Sylvie Germain

L'Enfant Méduse

Gallimard

À Linda et Henri de Meyrignac

« À force de mourir et de n'en dire rien,
vous avez fait jaillir, un jour, sans y penser,
un grand pommier en fleur
au milieu de l'hiver. »

JULES SUPERVIELLE

Enfance

« Ce jour-là, dit le Seigneur, je ferai disparaître le soleil à midi, et j'obscurcirai la terre en plein jour... »

AMOS, VIII, 9-10.

PREMIÈRE ENLUMINURE

Une nuit insolite, impromptue, vient de surgir au cœur du jour. La lune, qui un instant avant se tenait invisible, a jailli en plein ciel, toute de noir, de hâte et de puissance armée. La lune a rompu ses amarres nocturnes, elle s'est lancée à contre-courant des vastes remous de nuages pourpres et bleuté sombre qui frangent d'ordinaire le seuil de son apparition. Elle a brisé l'ordre du temps, renié toute mesure et toute loi. La lune est couleur d'encre, couleur de guerre et de folie, — elle monte à l'assaut du soleil.

La lune roule sur le soleil dont la couronne entre en fusion. Le soleil se hérisse de longues plumes incandescentes, il étire sur le pourtour du bouclier lunaire des bras sinueux de poulpe blanc. Une ombre immense s'abat et grandit sur la terre. Le sol, les murs, les toits, tout tremble, tout semble parcouru de frissons d'eau, d'ondoiements gris.

Un froid subit tombe et saisit les êtres, les arbres et les pierres. Les oiseaux se sont tus, ils se tiennent blottis, le cœur battant, au ras des branches. Ils n'ont aucun vol qui puisse s'élancer dans un ciel aussi vide et ombreux, ils n'ont aucun chant qui puisse s'accorder avec un tel silence. Les chiens gémissent, étendus à plat ventre dans les maisons et dans les cours. Ils ont l'échine raide, les flancs tendus. Ils modulent des plaintes aiguës comme s'ils avaient senti dans l'air l'odeur du loup. L'odeur d'un très grand loup céleste au pelage de cendres. Et les petits enfants aussi prennent peur, certains même se mettent à pleurer. Le loup céleste dévore la lumière.

Pourtant le ciel est beau. La lune a englouti le corps du soleil. Un bref moment les deux astres s'épousent en une étreinte de ténèbres et de feu. Le corps inerte, cendreux de l'un, s'étend sur le corps vif, ardent de l'autre. La lumière s'échevelle autour de la pénombre, elle auréole d'un nimbe rose et argenté le globe aux roches crevassées, troué de mers mortes et laqué de poussière. Et les étoiles s'allument partout alentour.

Les étoiles scintillent, myriades d'yeux immémoriaux qui posent sur le couple enlacé, sur le couple en lutte, en jouissance, en fusion, leur froid regard d'or.

Ce n'est pas le jour, ce n'est pas la nuit. C'est un temps tout autre, c'est un frêle point de tangence entre les minutes et l'éternité, entre l'émerveillement et l'effroi. C'est le cœur du monde qui se montre à nu — un cœur obscur ceint de gloire.

C'est soudain le doute dans l'âme des hommes quant à leur destin dans le vent du temps, dans la chair du monde : — savoir si leur mort sera à cette image qui fulgure là-haut par-dessus leurs têtes. Il se peut donc qu'un corps à jamais éteint se cercle de lumière pure, éploie des hampes de feu couleur de nacre, tremble une fois encore de splendeur comme au plus profond de l'amour ? Se peut-il vraiment qu'un corps s'arrache ainsi à la mort et flamboie de désir ? Savoir !

Et c'est aussi un très doux émoi dans les yeux des hommes levés vers le ciel.

Mais ils regardent avec prudence cependant. Les humains sont craintifs. Ils brûlent de savoir, mais s'effraient davantage. Tous ceux qui contemplent l'éclipse observent le ciel à travers des plaques de verre fumé. Quand la beauté monte à l'aigu, les yeux des hommes se consument.

Dans la cour de l'école tous les enfants sont rassemblés. Ils se tordent le cou pour mieux voir cette fantaisie céleste qu'ils n'auront peut-être plus jamais l'occasion de revoir dans leur vie. Ils clignent des paupières à l'abri de leurs écrans de verre noirci. Ils se tiennent en grappes immobiles à travers l'espace de la cour plongée dans la pénombre. On dirait qu'une nuée d'insectes aux gros yeux d'obsidienne s'est posée là ; des insectes inquiets qui scrutent le ciel plombé avant de reprendre leur vol trépidant. Ils retiennent leur souffle. Leurs astres familiers sont en train d'accomplir un prodige. Il fait nuit en plein jour, la lune a volé sa lumière au soleil.

Ils regardent, ils regardent, ils aimeraient bien que dure le miracle, que l'étrange vision reste dans le ciel, que la lune invente encore d'autres tours de magie.

Mais tout va si vite ; déjà la lune glisse, bascule et disparaît dans le jour retrouvé. Dans sa fuite elle emporte la nuit et les étoiles, et la magie si belle qu'elle avait instaurée un instant dans le ciel.

Seul demeure le soleil. Il a perdu son nimbe rose, ses hautes flammes blanchoyantes. Les enfants baissent leurs masques de verre, ils s'agitent et criaillent à nouveau.

Un enfant reste muet, le front levé vers le soleil. Un sourire radieux s'attarde sur ses lèvres. Une petite fille se tient à ses côtés. Elle a de grands yeux noirs, — si grands que leur éclat donne à son visage un air d'éton-

nement infini, et un peu drôle. Elle tire doucement le garçon par un pan de son manteau. Tous deux portent une écharpe de laine rouge autour du cou.

La lune s'en est allée, mais les ténèbres argentées dont elle a enveloppé la terre durant quelques minutes continuent à éblouir les yeux de ces deux enfants-là ; elles ondoient sous leurs paupières, frémissent dessous leur peau, et tournoient dans leur cœur.

Ils ont les yeux en fête, ils ont le cœur en joie. Le monde encore leur est enchantement.

LÉGENDE

Le monde leur est surprise, la vie s'ouvre à eux comme un jeu. Un grand jeu d'aventure dont ils commencent à déchiffrer les règles. Les jours de leur enfance sont légers et allègres. Des bulles de savon soufflées dans la lumière.

Lui, c'est Louis-Félix Ancelot. Il a onze ans, des cheveux en épis, couleur de cuivre, un visage moucheté de taches de rousseur, des yeux noisette. Il est myope, il porte des lunettes à monture d'écaille, et derrière ses lunettes il cligne sans cesse des paupières. C'est qu'il a tant de curiosité pour toutes choses de ce monde, tant d'ardeur à voir le visible, et tant de passion surtout pour les géographies du ciel. Cet engouement pour le ciel s'est saisi de lui dès sa petite enfance ; d'emblée les étoiles, les astres, les planètes lointaines ont séduit son regard. Il aime d'ailleurs bien rappeler qu'il est né au plus noir d'une nuit d'été, sous un ciel sans lune ni brouillard. Un ciel pur et constellé. Il est né à l'heure où culminait Véga, sous l'éclat de la Lyre. Et la Lyre, semble-t-il, émit cette nuit-là un son très clair qui vibra jusque sous les paupières de l'enfant nouveau-né, et qui, depuis ce temps, n'en finit plus de monter à l'aigu dans le cœur envoûté du garçon.

Son cœur, son regard, sa pensée, son désir, — tout son être est requis par cet ailleurs si proche qui chaque nuit scintille juste au-dessus de lui. Là-haut, à l'infini.

Là-haut, le ciel, à perte de vue et d'émerveillement. Toujours le ciel, de jour et de nuit, d'aube et de crépuscule. Vaste le ciel, tantôt rose tantôt bleu, tantôt rouge orangé ou pourpre violacé, tantôt couleur d'ardoise, de métal, de jais. Fécond le ciel, avec ses grappes d'astres, avec ses fleurs de lune qui s'ouvrent et se replient, avec tous ses soleils en forme de chardons, d'énormes sorbes cramoisies, de boules d'aigrettes pâles. Profond le ciel, avec ses galaxies flottant à ses confins et qui s'éloignent encore par-delà ces lisières pour dériver dans l'inconnu le plus béant. Léger le ciel, et doux, avec ses laits d'étoiles, avec ses nuages, ses brumes et ses neiges, avec ses arcs-en-ciel. Violent aussi le ciel, avec ses vents, ses foudres, ses jets de météores.

C'est un livre, le ciel, un grand livre d'images qui sont forces et vitesses. Un livre aux pages vives qui s'enroulent, se tordent, s'envolent, se déchirent, et reparaissent, à chaque fois les mêmes et cependant nouvelles. C'est un texte toujours en train de se récrire, de se poursuivre, et de se ré-enluminer. C'est l'album préféré de Louis-Félix. Mais il y a tant et tant de pages encore qu'il n'a pas lues, tant et tant d'images surtout qu'il n'a pas vues. L'album est infini, et difficile à déchiffrer. « Quand je serai grand, proclame Louis-Félix, je serai astronome. » Et il y croit à sa vocation, dur comme fer. Alors déjà il se prépare pour réaliser ce beau rêve ; le petit astrolâtre sait bien qu'il lui faudra beaucoup travailler pour devenir un vrai savant. Dans sa hâte et son zèle il dévore tous les articles et les ouvrages d'astronomie d'amateur qu'il réussit à dénicher. Son livre de chevet est un atlas céleste, les murs de sa chambre sont tapissés d'affiches et de photos du ciel découpées dans des magazines. Il a même collé une carte du ciel sur le plafond, au-dessus de son lit, et sa lampe de lecture est un gros globe céleste en plexiglas qui diffuse une lumière bleuâtre. Chaque nuit il s'endort au creux d'un firmament artificiel et il fait des rêves qui poudroient de soleil, qui scintillent d'étoiles ou chatoient d'aurores boréales. En songe il gravite autour des planètes, il vole dans le vent solaire, traverse la Voie Lactée, court à travers l'immensité du ciel comme un chasseur de papillons pour attraper des météores.

Pour ses dix ans il a reçu une magnifique paire de jumelles. Ce fut pour lui, l'enfant myope amoureux des étoiles, un double miracle. On lui donnait des yeux pour voir le lointain, — pour voir en grand. On lui offrait des yeux magiques, capables de voir l'invisible, de contempler bien au-delà de la terre, de se faufiler dans les coulisses du monde. Sur le papier glacé, bleu électrique, qui enveloppait son cadeau d'anniversaire, sa mère avait écrit « Pour notre petit Prince des Étoiles ».

Le petit prince avait son royaume, — le ciel. Il lui fallait un palais. Il se l'est inventé. Il s'est aménagé un observatoire dans le grenier. Cet observatoire se réduit à un tabouret planté devant la fenêtre ; comme la fenêtre est basse, il a scié les pieds du tabouret, il trône ainsi au ras du plancher. Il s'est confectionné un petit trépied en bois surmonté d'une planchette, afin d'avoir un accoudoir pour caler ses jumelles, et à côté de son siège il a installé un cageot renversé sur lequel il a disposé son matériel d'étude : un planisphère, une carte de sa région, un calendrier, un réveil, du papier millimétré, deux cahiers, une trousse contenant des crayons, des stylos, une règle et une gomme, un rapporteur et un compas. Au cours de ses séances d'observation il prend des notes et des mesures, dessine des graphiques, gribouille des croquis. Et il écrit aussi parfois ses impressions. Dans le cahier à couverture jaune il jette en vrac ses notes et ses croquis, dans le cahier à couverture bleue il écrit avec application. Côté cahier jaune il joue à l'apprenti astronome, côté cahier bleu il déploie son lyrisme astrolâtre.

Mais le petit prince des étoiles rêve d'étendre son royaume. Son désir à présent est tout tendu vers les télescopes. Le jour où enfin il en possédera un il sera vraiment un roi. Son matériel s'est toutefois considérablement enrichi ; pour ses onze ans il a reçu un appareil photo. Il s'applique à prendre des clichés des étoiles, et surtout de la lune. Une fois de plus ses yeux ont connu un miracle ; à présent son regard se double d'une mémoire qui perdure, tangible. Une mémoire en noir et blanc, découpée en petits rectangles de papier glacé, et qui s'accroît obstinément de mois en mois. Lui qui tout le jour pâtit d'une vue faible se révèle, les nuits de veille qu'il est autorisé à passer dans son palais-observatoire, doué d'une vue fabuleuse. Alors il jouit d'un regard de haut vol, précis et attentif, d'un regard qui en outre grave des traces et témoigne ainsi de ses patients éblouissements. Cendrillon traînait tout le jour en haillons et sabots, mais tournoyait la nuit en fins souliers de vair, vêtue de robes resplendissantes. Louis-Félix se sent un peu le frère de Cendrillon ; ses nuits de bal à lui se déroulent dans son grenier céleste, il danse avec la lune et les étoiles, paré d'un regard souverain. Durant ces quelques heures il oublie sa myopie du jour, il revêt des yeux de gloire.

*

Louis-Félix passe pour un enfant bizarre. On le prétend trop intelligent pour son âge, doué d'une curiosité et d'une mémoire peu communes. Il a déjà sauté deux classes. Ses professeurs se sentent assez désemparés devant lui, tant il pose de questions insolites et manifeste un inépuisable désir d'apprendre, de tout comprendre. Il excelle en mathématiques, en géographie, en sciences naturelles. Quand il avait six ans ses parents lui ont proposé de lui offrir des cours de piano, mais lui a alors réclamé des cours d'anglais afin de pouvoir lire des revues américaines d'astronomie réputées les meilleures. Mais il aimait aussi que sa mère lui raconte des histoires ; des contes tirés de la mythologie de l'antiquité gréco-romaine. Dans ces contes il retrouvait des noms qui lui étaient familiers. Jupiter, Uranus, Mercure et Pégase, Neptune, Saturne et Cassiopée, Titan, Andromède et Vénus. Les amours et les combats des dieux auréolaient de leurs légendes les astres et les planètes, et avivaient encore davantage le mystère et la beauté des grandes tribus célestes. Les personnages qui le séduisirent le plus furent, et demeurent, l'ardent Icare qui s'envola tout droit vers le soleil comme un oiseau ivre d'espace et de lumière, et qui mourut de la folie de son amour, ainsi que Séléné, la belle déesse Lune au teint d'une blancheur irradiante, au lumineux regard d'argent.

Un Dieu unique a créé l'ensemble de l'univers, — ça, c'est le Père Joachim qui le lui a appris au catéchisme. Et cet univers sans limites, en expansion perpétuelle, le Dieu unique et Tout-Puissant l'a créé à partir de rien. Ensuite sont venus tous ces dieux turbulents, ces déesses jalouses et hautaines. Leur règne sur la terre

23

des hommes fut passager, depuis déjà longtemps il a pris fin. Dieux belliqueux et belles déesses s'en sont allés, ils se sont retirés à l'horizon lointain d'un jadis doré. Le Père Joachim a dit que toutes ces divinités avaient été les fruits de l'imagination des hommes, avant que ceux-ci ne reçoivent la Révélation du vrai Dieu. D'admirables fruits pleins de lumière et de violence mûris dans les rêves des hommes, puis par eux accrochés aux plus hautes branches du ciel. Le Dieu unique a dissipé ce rêve, le temps a emporté ces fruits de foudre, d'orgueil et de colère. Mais dans leur exil ces dieux et ces déesses déchus ont semé leurs noms splendides au gré du ciel, ils les ont déposés sur les étoiles et sur les corps vagabonds des planètes cerclés d'anneaux vermeils, — couronnes de pierrailles, de glace et de poussières aux fronts des dieux nomades.

Louis-Félix passe d'autant plus pour un enfant bizarre que son étonnante maturité intellectuelle se double d'une totale ingénuité. Il est même si dépourvu de malice qu'il passe souvent pour un nigaud, et ses camarades de classe, bien plus âgés que lui, ne se privent pas de le tourner en dérision. Mais on ne se moquerait pas tant de lui s'il n'était en outre possédé par un tic bien plus risible encore que sa candeur. Dès qu'il reste un moment en station debout, Louis-Félix ne peut en effet s'empêcher de se mettre à sautiller. Il exécute des petits bonds verticaux, les jambes serrées l'une contre l'autre, les bras ballants, la tête raide et les yeux dans le vague. Il sautille comme un automate, sans souplesse ni grâce, et surtout sans raison apparente. Nul ne comprend ce qui met ainsi en mouvement des ressorts invisibles sous ses pieds sitôt qu'il se tient debout. Et lui-même serait bien en peine de donner une explication à son comportement saugrenu. Il éprouve un irrésistible besoin de sautiller, voilà tout.

Cela le détend, il a le sentiment de rêvasser ou de réfléchir plus à l'aise de la sorte. Ou peut-être tente-t-il confusément, à travers ces petits bonds syncopés, de tester les délices de l'apesanteur ?

Lorsqu'on passe en fin d'après-midi ou le dimanche devant sa maison de la rue des Oiseleurs, il est fréquent d'apercevoir dans le jardin sa silhouette légère en train de tressauter avec une régularité de métronome. Aussi, en plus des diminutifs un peu railleurs avec lesquels on a coutume d'écorcher son prénom, comme Louf ou Loup-Fêlé, on l'appelle souvent Moineau-Maniaque, Singe-à-ressorts ou Kangourou-quin. Mais cela lui est égal ; après tout bien des constellations ont reçu des noms d'animaux. Un gigantesque bestiaire vit dans le ciel. C'est la ménagerie de Cour dont se sont entourés les dieux dans leur exil. Il y a même des bêtes fabuleuses, comme le Dragon, l'Hydre femelle ou la Licorne, et aussi des animaux très simples comme le Poisson, le Petit-Chien, la Chèvre ou le Corbeau. Alors, pourquoi pas un Kangourou ? Et puis le Loup a déjà droit de cité là-haut ; il est couché entre le Scorpion et le Centaure.

Quand il a sauté pour la deuxième fois une classe à la fin de la dernière année scolaire, certains élèves, surtout parmi les plus âgés, — ceux qui avaient déjà tant redoublé qu'ils avaient pris plus de retard encore que Louis-Félix n'avait gagné d'avance, lui avaient lancé avec mépris : « Ça saute tout seul sur la pelouse de son papa, ça saute comme un lapin qu'a l'feu au cul, mais c'est pas près d'savoir sauter les filles, pas vrai, corniaud ? » Mais il ne se fâche pas, il se sent seulement très mal à l'aise parmi tous ces grands adolescents dont certains ont déjà des allures d'hommes ; il lui arrive surtout de s'ennuyer pendant les cours qui manquent d'allant et d'ampleur à son gré. Il ressemble un peu à ces petits paysans des légendes qui rêvent de devenir chevaliers, de partir à la conquête de terres inconnues, de se lancer à l'aventure à travers l'immensité du monde. Il aime les romans de Chevalerie, il admire Perceval, Lancelot du Lac et son fils, le très pur Galaad.

Louis-Félix veut devenir un chevalier, — chevalier des étoiles. Son Graal se cache tout là-haut, au plus profond du ciel, à l'autre bout du temps. Son Saint-Graal porte un drôle de nom ; il s'appelle Big Bang.

Mais tant pis s'il n'a pas encore trouvé de preux compagnons pour l'accompagner dans sa quête, ni même des maîtres véritables. Au moins a-t-il trouvé sa Dame. Une Dame à la mesure du chevalier balbutiant et maladroit qu'il est. Une jolie Dame miniature, enjouée autant qu'affectueuse. C'est la petite, là, qui est en train de le tirailler doucement par la manche.

*

Elle s'appelle Lucie Daubigné. Elle n'a rien d'une enfant prodige, celle-là, et ne manifeste aucune bizarrerie. C'est une petite fille d'une huitaine d'années, toujours enjouée. Si quelque chose est remarquable en elle, ce sont ses yeux, immenses et noirs. Des yeux au regard droit, et brillants de gaieté. Elle a de longs cheveux noirs qu'elle tresse en nattes. Elle est coquette ; elle raffole de barrettes de couleur, de colliers de bois peint ou de verre, elle aime porter de jolies robes, des socquettes brodées. « Ma fille a déjà le démon des chiffons et des colifichets, une vraie graine d'élégante ! » déclare souvent sa mère. Mais cette écharpe en laine rouge incarnat qu'elle porte autour du cou en cette froide journée de février, ne relève pas d'un souci d'élégance ; c'est une oriflamme. Une bannière de ralliement, un signe éclatant de son amitié pour celui qu'elle surnomme Lou-Fé.

C'est elle qui a eu cette idée, que tous deux portent une écharpe identique. Et c'est elle qui a choisi la couleur. Quand sa mère lui a demandé avant Noël ce qu'elle aimerait recevoir, elle a déclaré : « Une écharpe, et deux fois ! Deux fois la même, et rouge ! Le plus beau rouge possible ! » Alors sa mère s'est moqué d'elle, « Ah ! je comprends, l'autre c'est pour ton amoureux, n'est-ce pas ? » Mais Lucie a horreur de ce mot ; c'est un mot bon pour les adultes et pour les imbéciles, pas pour elle et pour Lou-Fé. Celui-ci est bien davantage pour elle, — il est son jumeau. Un jour dans la rue elle a croisé une femme qui tenait par la main deux enfants qui paraissaient dédoublés tant ils se ressemblaient. Cela a tellement frappé son imagination, elle a trouvé ce phénomène si admirable, qu'elle a décrété la gémellité qualité supérieure. Bien supérieure au banal fait d'être amoureux. Alors elle a scellé son amitié avec Lou-Fé de ce beau nom qui résume et exprime à merveille, selon elle, l'absolu de l'affection. Peu importe que son prétendu jumeau soit plus âgé qu'elle, qu'il soit roux et elle brune, qu'il ait des yeux d'une teinte claire tandis que les siens sont très noirs. Après tout son propre frère Ferdinand, que sa mère a eu d'un premier mariage, est de dix-sept ans son aîné, il est blond comme les blés et il a les yeux bleus. Donc tous ces détails physiques sont de peu de poids. De plus elle est du signe des Gémeaux, — cela doit bien avoir un sens, tout de même. Et puis à présent ils exhibent cette belle écharpe rouge à la gloire de leur amitié. Pour Lucie c'est là une preuve suffisante.

Leur amitié est née voilà plus de deux ans, lorsque Lucie a quitté la petite école pour se rendre au collège que fréquentait Lou-Fé. Comme ils étaient voisins, ils ont pris l'habitude de faire la route ensemble. Elle habite rue de la Grange-aux-Larmes qui est perpendiculaire à la rue des Oiseleurs. La rue de la Grange-aux-Larmes est située à la sortie du bourg, elle descend doucement vers les marais en décrivant un large coude. C'est au creux de ce coude que s'élève la maison de la famille Daubigné. Une belle maison abritée des regards derrière ses grilles peintes en vert forêt, derrière ses buissons de buis taillé, ses églantiers, ses arbustes et ses minces colonnettes de roses trémières et de lupins.

La rue doit son nom à quelque vieille légende qui prétend qu'autrefois, en ce lieu qui se trouvait alors à l'écart des habitations, se dressait une grange. Et, dit-on, cette grange était ensorcelée. À la tombée du jour on pouvait percevoir en passant près des murs du fenil, de confus sanglots, tristes et mélodieux. Une Fade malheureuse y vivait. Personne jamais ne l'avait vue, cette pauvre fée au cœur navré, mais ses pleurs d'invisible faisaient pitié. Même le ciel à la fin prit pitié d'elle ; un jour d'orage la foudre tomba sur la fameuse grange. Les larmes de la Fade s'évaporèrent dans le feu qui embrasa le vieux fenil depuis longtemps à l'abandon. Le chagrin de la fée se tordit dans les flammes, monta au ciel et disparut. Il ne resta plus sur la terre que le souvenir de ces larmes, et le lieu déserté reçut alors ce nom comme un écho ému de ces longs sanglots enfin tus.

L'amitié de Lucie et Lou-Fé s'est levée en chemin, au fil de matins de septembre. Ils s'en allaient tous les deux dans le brouillard léger, sans trop oser parler encore. Puis sont venus les froids matins d'hiver, blancs de givre, avec des petits nuages qui floconnaient autour de la bouche des écoliers à chaque parole enfin prononcée, à chaque éclat de rire. Puis sont venus les matins de printemps, avec un goût de sucre et de fraîcheur sur les lèvres des deux enfants devenus tout à fait babillards. Lucie, dont l'unique lecture était celle des contes et des légendes, saoulait son compagnon d'histoires invraisemblables peuplées de fées, de loups, de feux follets pleins de malice, de sylphes et de fantômes. Louis-Félix donnait libre cours à son lyrisme astral. L'imaginaire de l'une coloriait et avivait les connaissances de l'autre ; les fades et les sorciers transhumaient de la terre vers le ciel, allaient à la rencontre des divinités échouées sur les lointaines planètes. Quand arriva l'été les deux enfants étaient déjà inséparables ; ils quittèrent la route de l'école pour partir explorer d'autres chemins. Lucie entraîna Lou-Fé vers son domaine, les marais, les champs et les forêts, et lui conduisit son amie dans son grenier-observatoire. Puis un nouvel automne est revenu, toute une année encore s'est écoulée, et déjà ils en sont au milieu de leur troisième hiver. Mais ce sera le dernier qu'ils passeront ainsi côte à côte. À force de griller les étapes scolaires Louis-Félix a atteint la dernière classe. Dès la prochaine rentrée il lui faudra s'en aller. Dans leur petite ville il n'y a pas de lycée. Lou-Fé devra émigrer dans une plus grande ville de la région, il sera pensionnaire. Cette future séparation tourmente déjà Lucie. Elle se console cependant un peu par avance en pensant à la nouvelle chambre qu'elle va bientôt avoir, et où elle pourra inviter son ami à dormir lors de ses retours. Pour le moment elle occupe une très petite chambre enclavée entre celle de son père et celle de sa mère. Cette nouvelle chambre sera prête dans le courant de l'été.

Pour Lucie ce prochain déménagement à l'intérieur de la maison est une grande aventure. Elle va quitter l'étroit recoin de son enfance pour une vaste pièce située à l'autre bout du couloir. Sa nouvelle chambre donnera sur le potager, du côté du levant. Par-delà le mur du potager s'étendent des champs, des prés, et au loin des forêts. Et il y a aussi les marais. L'histoire de ce pays se confond avec celle des marais, et cette histoire a des airs de légende, — du temps du roi Dagobert s'en vinrent des moines défricheurs. À coups de hache ils abattirent les arbres ; la terre était rebelle, le lieu hostile et pauvre, le sol acide, mais les moines avaient puisé une patience obstinée dans la prière et dans les chants ; ils creusèrent la terre, élevèrent des digues, ils recueillirent l'eau des pluies comme une manne céleste et renouvelèrent le miracle du Christ multipliant les poissons ; les oiseaux sont venus nicher aux bords des eaux dormantes, dans les roseaux, les joncs, les mousses. Les oiseaux sont restés. Les moines ont disparu. Mais les étangs qu'ils ont creusés offrent toujours au ciel leurs doux miroirs d'eaux grises, humble mémoire des moines dont les chants se sont tus ; les oiseaux chantent toujours. Les chapelets d'étangs égrenés par les moines ne sont pas restés muets.

Et il y a bien d'autres voix encore, bien d'autres cris, chants et rumeurs qui s'élèvent des marais. Tant de grenouilles y vivent, et de crapauds carillonneurs. Les soirs de printemps ils sonnent d'étranges Angélus.

Dans le potager vit un crapaud, énorme, solitaire. Il est très vieux, si vieux qu'il semble à Lucie éternel. Hyacinthe, le père de Lucie, qui a toujours habité cette maison, assure que ce crapaud a près de quarante ans. On le voit rarement, mais on l'entend.

Chaque printemps sa voix rauque se relève du long silence qu'il a tenu dessous la terre pendant l'hiver. Sa voix résonne, monocorde et très grave, dans le crépuscule. Sa mélopée règne sur le lieu, sur la nuit, sur la paix de la nuit, elle scande la montée de la lune dans le ciel. Il est le doux génie du lieu. Quand elle était toute petite Lucie en avait peur, mais son père le lui avait rendu familier. « Il ne faut rien craindre de lui, il ne te fera aucun mal, et toi non plus tu ne dois jamais lui en faire. Ici, c'est son domaine. Il s'appelle Melchior ; c'est moi qui lui ai donné ce nom autrefois. Melchior est un sage, tu sais. — C'est quoi, un sage ? avait demandé la petite. — C'est celui qui sait beaucoup de choses, qui n'oublie rien, qui est fidèle et patient. Melchior dort pendant l'hiver, il s'enfouit sous la terre ou au creux d'une souche. Il dort avec la terre. Il se réveille avec le soleil, aux beaux jours il revient et alors il se tient tranquillement dans l'herbe nouvelle, il regarde le monde avec ses gros yeux d'or, et il voit, il entend des choses que ni toi ni moi ne sommes capables de percevoir. »

Hyacinthe se souvenait très bien du jour où Melchior avait établi sa demeure derrière la maison. Cela était arrivé peu de temps après la mort de son père. Un soir la voix s'était levée, sombre et sourde comme un glas égrenant des pleurs et des regrets. Le crapaud psalmodiait une obscure prière, pétrie de boue, de nuit et de chagrin. Était-ce la voix du défunt qui s'en venait ainsi hanter le lieu, ou bien étaient-ce ses larmes à lui, le fils incapable de pleurer, qui s'exprimaient de la sorte ? De quel cœur avait-il donc surgi, cet étrange animal tapi à ras de terre, — du cœur du mort ou de celui du fils ? Peut-être même était-il un cœur, un vrai cœur d'homme ? C'est que le cœur des hommes, quand le deuil s'en saisit, quand la détresse y rôde, quand le ... ...are, se creuse, s'évide et s'alourdit d'un vide profond, il se gonfle de larmes, il prend la couleur et la sonorité du bronze. Et l'absence y résonne.

C'est que le cœur des hommes est sujet aux métamorphoses, aux migrations, à l'exil. Il s'attarde longtemps dans les lieux qu'il a aimés, bien après que le corps qui le porta, qui le forma, se fut dissous dans la terre. Le cœur des morts est un mendiant qui erre en quête d'une mémoire où s'établir. Et tout autant le cœur des vivants, — qui deviennent des survivants sitôt le premier deuil franchi, est un vagabond qui chemine à rebours en appelant les disparus. Melchior se situait à la croisée de ces deux trajets de mémoire.

Chaque printemps, depuis presque quarante ans, Hyacinthe Daubigné attend le retour du crapaud Melchior. Il redoute le jour où la voix ne se relèvera pas du long silence hivernal, où le printemps restera muet, où le cœur sacré de la mémoire aura cessé de battre.

Mais Lucie ignore tout de cette légende que ressasse son père en sa mélancolie. Lucie n'a franchi aucun deuil. Melchior pour elle n'est qu'une grosse bestiole laide et drôle qui lancera bientôt sous sa fenêtre ses coassements familiers. « Tu sais, dit-elle à Lou-Fé, Melchior il est un peu comme toi, il aime bien la nuit et les étoiles, il chante sous la lune. Et puis il fait des bonds dans l'herbe, comme toi ! » Pour sa future chambre elle a déjà réclamé deux lits ; elle veut des lits jumeaux, mais sa mère a refusé. « Tout de même, Lucie, il ne faut pas exagérer, Louis-Félix n'est pas ton frère, pas même ton cousin... — Il est bien mieux que ça, pardi, il est mon jumeau ! — Allons, cesse tes enfantillages, veux-tu ! Il n'est que ton jumeau imaginaire. Il ne va pas venir s'installer chez nous, il a sa

32

propre famille et sa propre maison, et quand il ren-
trera de pension ses parents voudront le garder
auprès d'eux. Bien sûr, je ne m'oppose pas à ce qu'il
vienne passer ici une nuit de temps en temps s'il en a
envie. Mais un simple divan fera fort bien l'affaire. »
Alors Lucie a dû se résigner, elle se contentera d'un
divan. Et puis, c'est un joli mot, « divan », ça sonne
comme « dix vents ». On doit faire des rêves magnifiques, tourbillonnants, quand on dort allongé sur dix
vents. Ce sera idéal pour Lou-Fé.

*

Mais pour l'instant Lou-Fé ne songe nullement à se
coucher. Il rêve debout, la tête en l'air. Il se tient là,
émerveillé, dans le jour retrouvé. Il vient de voir le
plus somptueux de tous les vents : le vent solaire. Et
ses yeux, malgré l'éclat du ciel, restent fixés sur le lieu
où le miracle s'est accompli.

Un très grand vent a jailli dans le ciel, un vent de
lumière pure qui a écartelé ses bras autour du corps
de cendres et de suie de la lune. Le cœur de Séléné a
dû étinceler de joie. Cette vision perdure dans les yeux
de l'enfant, ce vent incandescent continue à vibrer en
transparence du ciel. Le monde luit, immense et neuf,
au sortir de l'éclipse qui un instant l'a enveloppé de
mystère.

DEUXIÈME ENLUMINURE

Les cloches sonnent à la volée. Les cloches sonnent avec tant d'allégresse que le ciel en est tout ébloui ; il pleut en même temps que le soleil luit. Les gouttes de pluie scintillent, elles virevoltent avec vivacité dans l'air limpide et frais. C'est une averse. Elle semble surgir des joyeux carillons qui de partout retentissent. Nul ne s'étonne de cette radieuse ondée de sons, de cette soudaine et tendre alliance entre la pluie, la lumière, les nuages roses et les sonnailles, — c'est Pâques. Le ciel s'accorde au psaume et aux alléluias que l'on vient de chanter en ce dimanche matin. « C'est là l'œuvre du Seigneur, c'est merveille à nos yeux. »

Le ciel est transparent et tremblant de lumière, le vent a un goût d'herbe et de sève nouvelles. C'est le matin levé après la longue nuit de Veille, c'est le jour retrouvé après l'épaisseur des ténèbres. Toutes les flammes des cierges allumés dans la nuit, dans l'attente, en silence, se sont envolées haut, très haut par-dessus la terre, et se sont retournées en flammèches cristallines qui tombent à présent avec un tintement de grelots.

Le ciel s'accorde à la légende qui charme les enfants. Toutes les cloches sont de retour, elles ont accompli leur pèlerinage à Rome. Elles s'en reviennent trépidantes, ivres de vent et de soleil, et dans leur vol pèlerin elles sèment à profusion leurs lumineux éclats de joie. Cette manne de pure clarté enchante les petits qui sortent de l'église et qui sautillent d'impatience sur le parvis couvert de flaques. Dans les jardins de leurs parents une autre manne les attend, délicieuse et sucrée.

Dans les jardins mouillés les cloches migratrices ont déposé des fruits en pâte d'amande, des œufs si bariolés qu'on les croirait pondus par des volailles fabuleuses venues de continents lointains, d'étranges fleurs de papier aux couleurs de vitraux qui recèlent des cœurs en nougat, en sucre d'orge, en pain d'épices, et des poules dodues, des lapins aux immenses oreilles en chocolat au lait. Les abeilles volettent, indécises, autour de ces fruits et ces fleurs, de tous ces froufrous de papiers odorants. Des escargots qui ont escaladé des œufs peints s'éloignent placidement dans l'herbe en traçant un mince sillage de bave aux teintes d'arc-en-ciel.

Les enfants prennent d'assaut les jardins en poussant des cris aigus. Ils fouillent dans l'herbe, dans les buissons, les plates-bandes. Ils s'adonnent à la cueillette rituelle des fruits et des fleurs de confiserie. Ils débusquent poules et lapins en chocolat et sans plus attendre leur croquent le bec, la crête, les oreilles. Ils emplissent leurs poches de bonbons, de petits œufs et de poissons en sucre rouge, jaune ou bleu. Pâques est pour eux un beau matin sonore, un grand jour de saveurs et de jeux. Un jour de joie, une fête du cœur autant que de la bouche.

Mais voilà que le ciel enlumine encore davantage ce jour de liesse. C'est là l'œuvre de la pluie : par-delà les prés où les agneaux chancellent sur leurs pattes trop frêles, par-delà les forêts qui bordent les étangs, se lève un arc-en-ciel. Et cet arc déploie avec un vif éclat tout l'éventail de ses couleurs. Les enfants délaissent leur miraculeuse cueillette ; ils se tiennent debout au milieu des jardins et pointent, tous, leurs doigts poissés de sucre vers l'arc resplendissant. Les parents et les vieux sont sortis sur le seuil des maisons et admirent eux aussi l'œuvre de la pluie. Car c'est merveille aux yeux de tous que cette cloche translucide aux bords irisés qui vient de se poser, légère, à l'horizon. Elle s'en revient de bien plus loin que Rome, elle n'est pas peinte de main d'homme. C'est une cloche de lumière, elle porte les couleurs de la miséricorde et elle n'émet qu'un son qui est de pur silence et de haute mémoire : « Et Dieu dit : Voici le signe de l'alliance que je mets entre Moi et vous et tous les êtres vivants qui sont avec vous, pour les générations à venir : Je mets mon arc dans la nuée et il deviendra un signe d'alliance entre Moi et la terre. »

Les cloches à présent se sont tues. On entend les bêlements ténus des agneaux dans les prés, et la rumeur qui monte des marais. La pluie a cessé, le bel arc lentement se fane dans le ciel. La grâce de Dieu se replie à nouveau dans l'invisible, le signe de son alliance se referme en secret. Et ne s'en souviendront que ceux qui savent faire œuvre de mémoire, de patience et de rêve. Les enfants quittent les jardins. Leurs parents les appellent. Le déjeuner est prêt. On a couvert les tables de belles nappes blanches et sorti des buffets la vaisselle des grands jours. Déjà les verres tintent autour des plats fumants.

LÉGENDE

Ils sont nombreux autour de la table. La mère, en ce dimanche pascal, a convoqué le ban et l'arrière-ban familial. Aloïse Daubigné est une femme de devoir, et de rituel. Deux fois par an elle réunit les membres, plus ou moins proches et déjà dans l'ensemble fort âgés, de la famille. Le jour de Noël et le dimanche de Pâques. « La famille, aime-t-elle répéter, est, quoi qu'on en dise et malgré ses défauts, une institution fondamentale, solide, et surtout utile. C'est un appui. Dans la vie, quand on n'a aucune famille autour de soi, on est perdu, exposé à tous les dangers. Mais ces liens se distendent facilement, c'est pourquoi il faut veiller à leur maintien, il est bon de les entretenir. » Forte de cette conviction Aloïse Daubigné retend les liens de sa petite famille deux fois dans l'année, comme on porte ses souliers à ressemeler chez le cordonnier afin de les faire durer. « Il faut que ça marche ! » Telle est la devise que Madame Daubigné pourrait faire graver au fronton de sa maison. Et si on lui demandait ce qui doit marcher de la sorte, et dans quelle direction, elle ne saurait que répondre : — la vie, dans la société. La vie n'est pourtant pas très gaie, et la société fort restreinte dans ce bourg endormi au milieu des marais.

La parentèle regroupée autour de la table dominicale est quelque peu disparate. Des oncles et des tantes venus du Blanc, de Châteauroux, de Bourges. Certains sont de la branche Charmille, famille d'Aloïse, d'autres de la branche Morrogues à laquelle Aloïse reste liée par son premier mariage, et quelques-uns sont des Daubigné. Ces rencontres bisannuelles n'ont pas créé des relations très profondes entre ces hommes et ces femmes déjà entrés pour la plupart bien avant dans la vieillesse. Alors on papote plus qu'on ne discute, on s'enquiert poliment de la santé des uns des autres, on parle du temps qu'il fait, qu'il fera, et même qu'il fit à la même époque au cours des années passées, on évoque les potins du pays, on se risque aussi à louvoyer autour du sujet le plus brûlant, — cette sale guerre d'Algérie qui décidément n'en finit pas et qui dégénère à présent en terrorisme au cœur du territoire.

Lucie n'aime pas ces repas, ils sont comme la table à rallonges, ils s'étirent en longueur, on n'en voit plus la fin, et l'ennui croît de plat en plat. On n'en est encore qu'à l'entrée : le fameux pâté de Pâques rituel en ce pays, une tourte à la viande et aux œufs durs. Le bonheur du jour, c'était le matin ; la cueillette miraculeuse de bonbons bariolés et de bestioles en chocolat à travers le jardin. Et puis il y a eu l'apparition de l'arc-en-ciel, ce déploiement de couleurs tendres dans la sérénité du jour, cette arche d'humble gloire ouverte à l'horizon. Lucie aurait voulu courir jusqu'à cette arche, en franchir le seuil, car certainement de l'autre côté le monde doit être différent. Plus lumineux, plus vif et beau encore. Mais la voix de sa mère, — cette voix claire, sonore, a retenti dans le jardin. « Lucie ! rentre tout de suite, va te laver les mains, nous passons à table ! » Voix impérieuse. C'est elle qui scande les journées de Lucie, du saut du lit jusqu'au coucher, ainsi qu'un gong de cuivre. C'est la voix de l'ordre, et des ordres. Celle du père est rare au contraire, et ne commande rien, à personne.

Voix si proche du silence, retenue par le doute, la crainte, assourdie surtout par la peine d'avoir été si peu et si mal entendue au temps déjà ancien où il parlait d'amour. Pour Lucie c'est la voix des rêveries, du doux désordre imaginaire, comme celle de Lou-Fé. Car tous deux frayent avec les lointains ; Lou-Fé lève sans fin les yeux vers les étoiles et ne parle qu'à travers elles, Hyacinthe ne dialogue qu'à très grande distance avec des étrangers.

Hyacinthe Daubigné est radio-amateur passionné, et depuis qu'il est à la retraite il consacre la majeure partie de son temps à cette occupation, envoyer et capter des messages. Il s'est aménagé son lieu d'écoute et d'appel dans une petite pièce au bout de la maison, — « sa grosse oreille », comme dit Lucie. Mais Aloïse n'apprécie guère cette fantaisie de son mari. « Mon pauvre ami, à quoi jouez-vous donc ? lui lance-t-elle régulièrement, vous vous tenez comme une carpe à la maison mais vous prenez plaisir à bavarder des heures avec des inconnus perdus dans tous les coins du globe. Drôle de passe-temps ! Et puis cette antenne derrière la maison, quelle horreur ! Quand allez-vous enfin nous débarrasser de cette chose laide à effrayer les oiseaux ? » Hyacinthe, aussi conciliant soit-il en général avec sa femme, tient bon cependant ; cette grande antenne tournante qui lui permet de communiquer avec des correspondants de tous les pays, jamais il ne l'ôtera. Il y porte même le plus grand soin. Au fil du temps la vraie vie de Hyacinthe s'est en fait enroulée autour de cette haute antenne. Celle-ci en vérité n'effraie nullement les oiseaux comme le prétend Aloïse, des passereaux viennent souvent voleter autour d'elle. Leurs pépiements accompagnent les voix des invisibles qui se parlent d'un bout du monde à l'autre.

Bien que fort mal à l'aise dans ces réunions de famille, comme dans toute société d'ailleurs, Hyacinthe accomplit cependant son rôle de maître de maison avec courtoisie. Ferdinand, son beau-fils, ne fait pas tant d'efforts, il s'ennuie très ostensiblement. Il émiette son pain, confectionne des boulettes de mie qu'il dispose en pyramides devant son assiette. Il ne participe pas à la conversation que sa mère s'évertue à animer entre ses hôtes, et ignore même les convives assis à ses côtés. Ferdinand n'aime pas la compagnie des vieilles personnes ; leurs discours, tout comme leurs habits, leurs cheveux, ont des relents de poussière rance, ils ont un avant-goût de mort.

Ferdinand vide avec lenteur son verre de vin, il fait toujours tout avec lenteur. Mais il boit avec plus de constance et d'excès que les autres. Le rose ne lui monte pas au visage, comme c'est le cas de quelques-uns autour de la table. Son regard reste terne et son humeur maussade. Ce vin bu en famille l'endort bien plus qu'il ne l'excite. C'est le vin et l'alcool qu'il s'en va boire, seul, aux comptoirs des bistrots, qui jettent quelques feux dans son âme et le font chanceler vers le soir, parfois. Peut-être est-il requis, lui aussi, par quelque mystérieux lointain, comme Lou-Fé et Hyacinthe, mais nul ne sait lequel. Lucie ne se pose pas la question, elle admire son frère tel qu'il est ; ce si grand frère qui était déjà presque un homme lorsqu'elle est née. Il est un des piliers de son monde encore tout neuf, tout simple, mais bien solide. Et puis il est paré d'une légende qui en impose beaucoup à la petite si éprise de fables ; né longtemps avant elle de la même mère, il est le fils d'un autre père, un héros de la dernière guerre mort au champ d'honneur. Il est le fils de la jeunesse de sa mère, il est le fruit du grand amour de sa mère, selon les mots mêmes de celle-ci. Et l'éclat de cette jeunesse révolue, la beauté de cet amour perdu rayonnent à travers Ferdinand. Aux yeux de Lucie il est un peu comme ces princes mélancoliques en exil loin de leurs royaumes, et elle éprouve à son égard autant d'admiration que de pitié, car elle, elle jouit pleinement de son propre royaume, aussi modeste soit-il comparé aux origines glorieuses de Ferdinand.

*

Tintement d'assiettes, voici le grand plat de ce déjeuner pascal. Un gigot d'agneau piqué d'ail accompagné de haricots verts, de flageolets et de purée. Une saucière en porcelaine blanche, ventrue, à double bec verseur, côté maigre et côté gras, passe de main en main. Lucie bâtit une petite montagne de purée dans son assiette, puis creuse un puits en son centre pour y verser la sauce. La sauce brune à reflets dorés déborde hors du puits et ruisselle le long des flancs de la colline de purée. « C'est un volcan en éruption ! s'écrie Lucie enchantée par son œuvre. — Lucie ! intervient aussitôt sa mère, calme-toi et mange proprement ! Et n'oublie pas les haricots, il faut aussi des légumes verts. » Lucie se tait, mais creuse discrètement un tunnel à la base de son volcan. La lave grasse et odorante se répand dans l'assiette, noie les légumes et la viande. Lucie déguste enfin son plat. Mais tout en mâchant, quelque chose la tracasse. Elle pense aux agnelets qu'un rien suffit à effrayer, à leurs cris si ténus qui toujours semblent implorer pitié et compassion. Et qu'on égorge pourtant sans aucun trouble pour commémorer le sacrifice du plus miséricordieux de tous les êtres qui passèrent en ce monde.

Mais bientôt un des convives, François Charmille, un grand-oncle de sa mère, vient la distraire de ses pensées confuses. On le tient pour loufoque, en excusant ses excentricités du fait de son grand âge. Sa dernière marotte est les yoyos. Il en a toute une collection dont il a apporté quelques spécimens. Il en a offert un à Lucie ; un large en bois laqué, rose d'un côté, violet de l'autre, monté sur un fil argenté. Sa mère lui a aussitôt interdit de jouer avec pendant le repas, mais le vieil oncle, lui, est exempt de cette interdiction et il s'amuse en toute impunité avec ses yoyos qu'il extirpe de sa poche et qu'il manipule entre deux bouchées en glapissant d'allègres « hop hop hop ! ».

Lucie le surnomme oncle Poivre à cause de sa manie de poivrer tous ses plats, desserts et café compris, et même son vin ou le champagne. Jamais il ne sort sans ses trois poivriers en argent ciselé ; l'un pour le poivre gris, l'autre pour le blanc, le troisième pour le vert. Il les a disposés devant son assiette, bien à l'alignement, et il vient juste d'épicer son verre de Saint-Estèphe d'un nuage de poivre gris, ce qui provoque un éternuement à répétition chez sa voisine de gauche, Colombe Lormoy. Celle-ci est une tante d'Aloïse, du côté maternel.

Tante Colombe est veuve, et depuis bientôt cinq ans qu'elle a perdu son mari il ne se passe pas de jour sans qu'elle ne se lamente sur sa disparition. Tous les convives ici présents connaissent par cœur le récit de la mort tragi-comique du « pauvre Albert », comme l'appelle toujours sa veuve. Colombe a raconté des dizaines de fois l'étrange façon dont le Seigneur a

42

convoqué son serviteur Albert en son céleste palais. Même la petite Lucie a entendu plusieurs fois, au cours des visites rendues à la tante en compagnie de sa mère, la triste histoire du pauvre Albert tué accidentellement sur le seuil d'un hôtel à Bruxelles par la chute d'une lettre de l'enseigne qui surplombait l'entrée. « Ah, gémit sans fin la veuve Colombe, j'ai été bien heureuse avec mon cher Albert, jusqu'au jour où le N de " L'Ange Blanc " lui a dégringolé sur la tête. Mon pauvre Albert, il est mort sur le coup ! Pas même le temps de dire ouf ! Il avait déjà rendu l'âme que sa Gitane fumait encore entre ses doigts, rendez-vous compte ! Et dehors, ce crachin qui n'en finissait pas ! Ça tombait, ça tombait, le ciel était tout gris, et c'est à cause de ça, — misère ! que j'étais remontée à la chambre chercher un parapluie, et pendant ce temps-là mon Albert attendait sur le seuil de ce maudit hôtel en fumant sa Gitane. Et quand je suis redescendue avec mon parapluie, qu'est-ce que j'ai vu ? Oh mon Dieu !... mon pauvre Albert couché par terre, du sang plein la tête ! Ah, mon pauvre Albert !... »

La tante Colombe ne se lassait jamais de ressasser la fin brutale de son Albert, et chaque fois elle scandait son récit de gros soupirs et de brefs sanglots roucoulés. Lucie, les premières fois, n'avait rien compris à cette histoire abracadabrante, elle entendait tout de travers. Elle confondait le N de « L'Ange Blanc » et le mot haine, et elle imaginait un ange terrible, blême de colère, qui frappait l'oncle Albert à la tête de par la force de sa seule haine. Et dans sa rage l'ange mauvais sifflait entre ses dents aiguës, entre ses lèvres blanches, — ce devait être ça le « crachin » qu'évoquait tante Colombe, la salive de l'ange furieux, ses crachats gris. Et puis il y avait cette gitane qui fumait entre les doigts du mort, et cela intriguait beaucoup

Lucie. Elle avait entendu raconter bien des choses inquiétantes au sujet des gitans qu'on appelait en général romanichels ou camps-volants ; — tous des voleurs, des fainéants, de sales brigands qui ne savaient manier que les cartes et le couteau ! On prétendait même qu'ils étaient un peu sorciers, capables de jeter le mauvais œil aux bêtes et aux hommes quand ils étaient mécontents. Et pire encore : on disait qu'ils enlevaient à l'occasion les petits enfants pour aller ensuite les vendre au loin. Tout le monde se méfiait d'eux. Quant à leurs femmes, elles passaient pour plus dangereuses encore, avec leurs yeux trop brillants, leurs regards fiers, leurs airs ensorceleurs, leurs cheveux longs et noirs comme la suie, entortillés dans des foulards aux couleurs criardes, et leurs mains sèches aux gestes plus furtifs que des chats sauvages ! Leurs mains qu'elles glissaient partout, dans vos poches pour vous détrousser, dans vos paumes pour y lire soi-disant votre destin, et jusque dans votre âme même, pour y semer la folie et l'effroi ! Des sorcières !

Ces contes étaient donc vrais ? Une gitane avait fait pacte avec un ange blanc et violent comme la foudre pour assassiner le pauvre oncle ? L'ange avait versé le sang, et la gitane avait aussitôt volé l'âme du mort. Même qu'elle fumait entre ses doigts ! Riait-elle cette gitane sans foi ni loi ? Était-ce ainsi que les gitanes lisaient dans les mains des gens, — voleuses de vie, de sang et de destin ? Longtemps cette légende avait tracassé Lucie, mais son père, qu'elle avait fini par questionner, avait émondé cette légende obscure de ses images parasites.

Mais ce n'était pas tout. La tante Colombe, sitôt son dramatique récit-ritournelle achevé et ponctué d'un gros soupir, reprenait souffle et entonnait un second refrain, suite fatale du premier. Elle l'introduisait chaque fois de la même façon : « Ah ! Et mes pauvres jambes, si lourdes ! Comme elles me font souffrir, grands dieux ! Je ne peux presque plus marcher. Regarde donc, ma bonne Aloïse ! » Et Colombe relevait sa jupe jusqu'aux genoux pour exhiber ses jambes malades. Des jambes informes, monstrueusement enflées, engoncées dans des bas de laine grise. Des jambes comme des piliers d'église, pensait alors Lucie avec stupeur. « C'est mon œdème ! » geignait la tante. Et ce mot mystérieux, « œdème » épouvantait Lucie tout autant que le N foudroyant de l'ange blanc, que le crachin qui n'en finissait pas, et que la fumée de l'insolente gitane. Les jambes de tante Colombe étaient semblables à d'énormes bûches de chêne. Cela allait-il continuer ? L'œdème sorcier allait-il progressivement transformer la tante en tronc de chêne ?

« Mes pauvres jambes ! » se désolait Colombe en rabattant le pan de sa robe. Puis elle enchaînait, d'un ton plus accablé encore : « À cause d'elles me voici clouée dans mon fauteuil, le moindre pas me coûte tant ! Elles ne me portent plus ces garces de jambes, c'est moi qui dois les traîner. Des vrais boulets ! Et avec ça je ne peux pas me rendre au cimetière sur la tombe de mon pauvre Albert... » Ici le second refrain s'élançait vers son apothéose : la complainte du cimetière. « Heureusement, disait-elle, Lolotte y va pour moi, elle prend bien soin de la tombe de mon cher Albert. » Lolotte était la fidèle servante de tante Colombe. Elle avait toujours été à son service et à celui de feu l'oncle Albert. « Monsieur Albert », comme elle disait toujours avec respect. On prétendait même que la brave Lolotte avait servi autrefois Monsieur Albert avec une sollicitude toute particulière ; elle ne lui aurait jamais rien refusé, à son bon patron, pas même son lit. Il faut dire, à la décharge du pauvre Monsieur Albert, que le lit de sa femme lui était le plus souvent fermé. C'est que Colombe, qui par ailleurs avait toujours voué une grande tendresse à son époux, avait la « bagatelle en horreur », comme elle l'avouait elle-même en ces termes pudibonds. Aussi toutes les occasions lui avaient été bonnes pour grappiller des nuits de chasteté, autrement dit de repos et de confortable sommeil. À toutes les fêtes carillonnées Colombe déclarait la continence de rigueur, et de même durant tout le temps de l'Avent, celui de Carême ainsi que l'entier mois de mai car, sermonnait-elle, — « on ne fornique pas pendant l'Immaculée Conception, ni entre les Cendres et Pâques, ni pendant le virginal mois de Marie ! » Lolotte par contre ne rechignait pas à accomplir l'œuvre de chair. On dit même que Lolotte aimait bien « la chosette ». Lucie ne comprend pas grand-chose à toutes ces expressions niaises glissées mi-figue mi-raisin par les adultes au cours de leurs bavardages, mais elle entend et faute de mieux invente le sens qui lui échappe. Toujours est-il que l'oncle Albert n'avait jamais eu à souffrir des crises de chasteté de sa femme, ayant sous son toit une maîtresse très dévouée. Colombe n'avait pas ignoré le stratagème, mais loin de s'en alarmer elle avait pris la chose du bon côté. Lolotte était pour elle comme une sœur, et puisqu'elle prenait du plaisir là où elle-même n'éprouvait que dégoût et ennui, et surtout puisque de la sorte Albert se trouvait satisfait et ne risquait donc pas de quitter le foyer conjugal, tout était pour le mieux. L'essentiel était de sauver les apparences. Mais les gens n'étaient pas dupes, la liaison d'Albert Lormoy et de Lolotte n'avait été un secret pour personne. Dans les petites villes tout se sait, chacun se délecte de ce qui se passe de louche derrière les murs des autres. En province on a l'art de s'aiguiser des regards en coin et de s'affiner l'ouïe comme les chauves-souris. Aussi surnommait-on Lolotte « Lolotte-toutes-les-fêtes ».

La tante Colombe voue un culte à la tombe de son cher Albert. Si elle en avait les moyens elle ferait ériger une chapelle. Une fois déjà elle a fait changer la pierre tombale, « qui vieillissait mal ». Elle l'a remplacée par une monumentale dalle de marbre noir sur laquelle elle a fait graver en larges lettres dorées le nom et les dates de son défunt époux, — Albert Lormoy — 1891-1956, ainsi que son propre nom et ses dates inachevées, — Colombe Lormoy — née Pasquier — 1899-19.. ; les deux derniers chiffres restent en suspens. Les jours de grande fatigue et de mélancolie Colombe dit d'un air résigné : « Je devrais demander au marbrier de graver déjà le 6, tiens, parce que malade comme je suis je ne passerai pas la décennie. » À quoi Aloïse répond d'un ton calme et consolant : « Voyons, tante Colombe, tu disais déjà cela à la fin des années cinquante, et tu vois, tu es toujours là ! Attends donc ton heure, elle viendra bien assez tôt. — Bah, objectait alors Colombe, ce n'aurait pas été si difficile de transformer un 5 en 6. — Oui, mais un 6 en 7 ou en 8, cela provoque déjà plus de dégâts, et tu tiens tant à ta belle dalle !... — En 8 ! Ne parle pas de malheur, veux-tu ! Il ne manquerait plus que ça, tiens, que je traîne encore en vie jusqu'aux années quatre-vingt ! Et pourquoi pas en 9, pendant que tu y es ? Ah non, ça suffit comme ça ! — Il faut bien continuer à vivre, cependant, insiste Aloïse ; je vis bien, moi, et pourtant j'ai perdu mon cher Victor !... — Ce n'est pas pareil, répond l'autre, tu étais jeune alors, et tu l'es encore,

47

tout de même. Et puis, tu es remariée, et il vit, lui, ton Hyacinthe. — Oh, Hyacinthe..., dit Aloïse d'un air dubitatif en haussant légèrement les épaules. — Bon, bon, consent la tante, c'est un remariage de raison, je sais bien, mais il te reste tes enfants. — C'est vrai, il y a mon Ferdinand. — Et Lucie ! ajoute Colombe en jetant un coup d'œil vers la petite occupée à jouer ou à dessiner dans un coin du salon. — Bien sûr, bien sûr, et Lucie », acquiesce Aloïse à retardement.

Lucie, qui au cours de ces visites chez la tante Colombe se tient à l'écart avec ses jouets ou s'amuse à dessiner, entend tout ce que racontent les deux femmes. Souvent Lolotte-toutes-les-fêtes se joint aux deux commères. Elles ont beau baisser un peu le ton par moments, Lucie ne perd pas un mot de leurs conversations, aussi absorbée paraisse-t-elle par ses jeux, ses coloriages, ou par les chats de la maison, Fanfan le gros matou, Finette la siamoise et Grison l'angora. Les voix des trois femmes se mêlent aux ron-ronnements des chats, leurs paroles se fondent dans la lumière qui baigne la pièce, et de-ci de-là un mot se détache, tantôt comme une légère plume qui volette dans l'air, tantôt comme un insecte stridulant qui vient se poser sur le cou ou la tempe de Lucie. Un insecte bizarre, qui la pique sans qu'elle en ressente sur le coup la très fine, et cependant profonde mor-sure.

Les mots les plus mystérieux semblent parfois à Lucie lancer d'obliques reflets dans les grands yeux des chats. Fanfan a des yeux d'un jaune orangé, et tout ronds. Son regard est doux, un peu vide peut-être. Les mots se bombent dans ses yeux et prennent la couleur du cuivre. Lucie aime bien donner des couleurs aux mots ; le nom de sa tante et de son oncle inconnu, Lormoy, ce fameux nom gravé par deux fois sur la tombe de marbre noir, se pare des lueurs orangées des yeux du placide Fanfan, et de même les mots bonheur et malheur, sans distinction. Finette donne le bleu turquoise de ses splendides yeux louches aux mots dalle, enseigne d'hôtel, ennui, veuvage, ange et œdème. Le vert très clair, presque tilleul, des yeux du chat Grison teinte les mots gitane, crachin, guerre et époux.

Tous ces mots si souvent entendus dans le salon de tante Colombe bruissent continuellement autour d'elle, même lorsqu'elle se tait ; ils s'enroulent autour de son cou grassouillet en longs colliers de perles invisibles, mais cependant irisées des couleurs des yeux des chats.

Lucie, en ce déjeuner pascal, regarde Colombe assise en face d'elle, et elle devine le murmure de l'essaim de mots bizarres qu'elle porte à son insu à son cou. Elle aime bien sa tante Colombe, ainsi que Lolotte. Quand elle va chez elles avec sa mère, elles lui offrent toujours des gâteaux, des morceaux de tarte. Lolotte est une excellente pâtissière, et elle est toujours d'humeur enjouée ; du matin au soir elle trottine dans la maison, s'affaire autour de sa vieille patronne statufiée sur ses jambes monumentales. C'est elle ce matin qui a aidé Colombe à s'habiller, se pomponner, pour la grande sortie de la saison. Elle a sa place à la table dominicale, elle fait partie de la famille, avec le temps. Elle vide son verre de vin par petites gorgées saccadées, avec un sourire radieux, et le rose lui monte à mesure au visage. Lucie la regarde avec admiration ; Lolotte se transforme au fil des verres en lumineuse poupée vermeille, ses yeux pétillent et elle rit à tout propos. Son babil rieur fait contrepoint au monologue plaintif qu'égrène tante Colombe entre deux bouchées, tandis que l'oncle Poivre scande l'ensemble de la conversation décousue qui vrombit autour de la table, en jappant ses joyeux « hop hop ! ».

*

À présent c'est le plateau de fromages qui fait le tour de la table. Voilà près d'une heure déjà que dure le repas. Lucie s'ennuie à périr, elle n'a plus faim, elle a envie de jouer avec son yoyo, comme l'oncle Poivre, et surtout de quitter la table. La colère la gagne ; son frère Ferdinand s'est esquivé au moment de la salade, sans recevoir la moindre remontrance, tandis qu'elle a reçu l'ordre d'assister au déjeuner jusqu'au café. Et puis elle enrage d'être assise à côté de sa marraine Lucienne, une vieille peste qu'elle redoute comme le diable.

Pourtant c'est en l'honneur de cette acariâtre vieille dame aux allures de douairière du siècle passé qu'elle se prénomme Lucie. Peu flattée de cette origine Lucie se console au moins du fait qu'elle ne porte que la moitié du prénom de Lucienne. « Elle, se dit Lucie, elle a le mot hyène dans son nom, pas moi. Ça lui va bien ! »

Ladite Lucienne est la sœur aînée de Hyacinthe. Mais à part quelques traits de ressemblance physique elle n'a rien en commun avec son frère. Lucienne n'est nullement requise par le rêve et la mélancolie, et n'a aucune attirance pour de lointains ailleurs comme Hyacinthe. Ce qui la tient en constante alerte, c'est la méfiance. Elle soupçonne partout l'hypocrisie et le mensonge, flaire chez tous de la duplicité, et souvent aussi de l'imbécillité. Elle a passé sa vie à se tenir sur ses gardes. Et elle tiendra ferme jusqu'au bout, plantée face aux autres tel un garde suisse cramponné à sa

50

hallebarde. « On ne passe pas ! semble-t-elle menacer à tout instant ; autrement dit, bande de canailles, vous ne m'aurez pas ! »

Sa méfiance et son mépris n'épargnent même pas son propre fils Bastien, un quinquagénaire mollasson resté célibataire. Elle lui en veut surtout d'avoir conduit à la faillite la petite entreprise que son mari avait si bien su faire fructifier de son vivant. De ses riches heures d'autrefois elle garde, outre une amère nostalgie, quelques fort beaux bijoux. Des brillants qui font l'admiration et l'envie d'Aloïse, laquelle d'ailleurs ne désespère pas d'hériter un jour d'au moins une de ces merveilles. Ces diamants n'allument aucune convoitise en Lucie, ils font bien trop partie du personnage déplaisant de Lucienne ; à vrai dire ils suscitent plutôt en elle une certaine inquiétude. La petite se demande en effet si sa grande trique de marraine portant chignon comme un heaume noir jais, — car Lucienne, tout comme Hyacinthe, a gardé intacte la couleur de ses cheveux, n'est pas un peu sorcière avec tous ses brillants qui lancent de fins éclairs bleutés à ses doigts maigres, à ses oreilles et à sa gorge, comme des petites langues de vipères invisibles. Le plus troublant de tous ces bijoux reste l'épingle à chapeau ornée d'éclats de diamant ; cette épingle, dont la tige est très longue, fascine Lucie qui s'imagine, lorsqu'elle voit sa marraine planter cette pique étincelante dans son chapeau, qu'elle l'enfonce jusque dans son crâne. Et chaque fois Lucie s'étonne de ne pas voir couler du sang de la tempe de sa vieille marraine diamantée.

Quitte à avoir une marraine âgée, Lucie aurait préféré que ce soit une autre de ses grand-tantes, comme la bonne grosse Colombe ou la simplette Lolotte aux pommettes vermeilles. Elles, au moins, comme l'oncle Poivre, savent offrir à Lucie de jolis cadeaux, des jouets rigolos, alors que l'austère Lucienne n'offre rien. C'est qu'elle a des principes, Lucienne, elle considère qu'il ne faut pas pourrir les enfants en les gavant de sucreries, en les comblant de jouets et babioles inutiles, et elle refuse de se faire la complice de ce gâchis. Elle préfère faire œuvre utile ; elle a ouvert un livret de caisse d'épargne au nom de sa nièce et filleule, et à chaque anniversaire, fête et Noël de la petite, elle dépose une certaine somme d'argent sur ce carnet mystérieux dont Lucie n'a que faire.

*

Enfin, voici le dessert qui fait son entrée triomphale sur la table. Une superbe île flottante à la crème vanille, nappée de caramel, et des plateaux de petits fours au chocolat, à la pistache, à la praline et à la fraise, ainsi qu'une corbeille de fruits.

Au moment où Lucie reçoit sa part de dessert, l'un des convives qui discute à mi-voix non loin d'elle, dit d'un air de confidence à sa voisine : « Vous ne saviez pas ? Mais il est opiomane !... », tandis qu'une autre, à l'autre bout de la table raconte : « ... Anne portait ce jour-là une très jolie veste en opossum... » et qu'un troisième, lancé dans une autre conversation encore, annonce en riant : « Mais oui, figurez-vous, ce brave Dédé joue dans l'orphéon municipal... » Et soudain il semble à Lucie que ce sont ces trois mots inconnus que l'on vient de servir dans son assiette, — opiomane, opossum et orphéon. Trois jolis mots dont elle ignore complètement le sens, et qui tous commencent par un O. Lucie aime les mots, et aussi les lettres de l'alphabet ; mais elle a ses préférences, ses engouements, ses antipathies et même parfois ses répugnances à leur égard. Le O est sa voyelle préférée, avec le U et le I. Ces deux dernières, elle a la chance de les porter dans son prénom. Le O lui plaît à cause de sa forme autant que de sa sonorité. On peut dessiner un visage dans un O, on peut aussi en faire le cœur d'une fleur ou le corps d'un soleil, le transformer en ballon, en pomme ou en orange, en roue de brouette ou en lucarne. On peut inventer mille choses avec un O.

Lucie contemple son assiette. L'îlot neigeux laqué de caramel qui flotte dans un lac de crème blanc ivoire se confond avec la lettre O. Elle n'ose pas y planter sa cuiller ; il lui semble qu'au cœur de l'îlot les trois mots qu'elle vient d'entendre doivent être enfouis. Opiomane, opossum et orphéon dorment sous le fin glacis de caramel, dorment comme des oisillons au creux d'un nid bien clos. Il arrive parfois que les yeux des chats colorent et éclairent certains mots, il arrive aussi que les mots se glissent au-dedans des choses, dans l'épaisseur d'un tissu, d'un pétale de fleur ou d'une chevelure. Les mots ont encore pour Lucie la légèreté des feux follets courant dans l'herbe, la fantaisie des ondins et des elfes ; comme eux ils sont doués d'une présence aussi vive qu'impalpable, et sont profondément enchanteurs.

Pour l'heure donc, trois jolis mots un peu sorciers se sont cachés dans cet îlot flottant au creux de son assiette, ils sentent la vanille et le sucre roussi. Lucie penche son visage tout près de son assiette, elle hume cette odeur, contemple les lueurs ambrées du caramel, elle oublie tout à fait l'assistance qui l'entoure, n'entend plus ce que disent les convives.

Leurs voix se mêlent aux bruits des couverts en un confus murmure ; bruit de la mer.

Rumeur de cette mer ivoire qui encercle l'îlot très mystérieux. L'assiette se creuse, s'évase immensément. Lucie s'embarque à l'insu de tous sur son îlot roussi, toute à l'écoute et à l'olfaction des trois mots clandestins enfouis dedans, opiomane, opossum et orphéon. Elle largue les amarres, entre en dérive sur les eaux ivoirées d'un songe déjà en voie de devenir fable. Un rien suffit pour animer les mots, surtout les inconnus, pour les lancer dans de grandes aventures, toujours inachevées. Les mots sont prêts à se lever, à percer la croûte de caramel, à prendre forme et mouvement.

« Lucie ! Redresse-toi, veux-tu ! Tiens-toi droite et mange ton dessert, nous avons tous fini. Qu'as-tu donc à lambiner ainsi ? » C'est la voix de sa mère ; voix de vigilance et des rappels au bon ordre des choses. Lucie sursaute ; opiomane, opossum et orphéon coulent à pic dans la mare crémeuse tout au fond de l'assiette qui n'est plus soudain qu'une banale pièce de vaisselle du dimanche. Lucie avale alors son dessert sans plus rêvasser, à rapides coups de cuiller. Elle est un peu déçue ; elle trouve un goût bien fade à cette île flottante qui avait pourtant émergé avec tant de magnificence. L'oncle Poivre a eu bien raison d'épicer sa part.

La belle nappe blanche est parsemée de miettes, de taches de vin et de sauce. Les verres ont perdu leur éclat, les serviettes froissées traînent entre les assiettes sales. L'ennui s'empare à nouveau de Lucie. Mais voilà qu'une odeur de café s'échappe de la cuisine. Lucie se réjouit, le déjeuner touche à sa fin, les grandes personnes vont passer au salon siroter leur café, des liqueurs, fumailler.

On se lève de table. Lucie chipe quelques petits fours au chocolat et file retrouver Lou-Fé. Elle sort son yoyo de sa poche et le fait danser le long de sa ficelle argentée. Et c'est à nouveau Pâques.

TROISIÈME ENLUMINURE

Quelqu'un joue de la flûte. Sa mélodie est lente, hési-
tante un peu, mais si jolie. Le crépuscule rosit le ciel, le
vol des oiseaux décline et ralentit, leurs ailes ont des
mouvements amples et pleins d'indolence. Ils se balan-
cent dans l'air humide et rose qui sent l'herbe coupée, la
résine et le genêt. Et il y a l'odeur qui monte des marais,
douceâtre et entêtante. Et aussi celle des vergers où les
branches des arbres ploient doucement sous la charge
des fruits. Et encore celle des jardins où les fleurs lente-
ment referment leurs pétales sur leurs cœurs attiédis.
Des abeilles parfois s'assoupissent au creux de cette
moiteur dorée. Elles ne rapporteront pas leur butin de
suc à la ruche. Couchées, légères, sur le flanc, délicieu-
sement saoules de sucre et de labeur, elles s'endorment
sur leurs lits de pistils dans un rêve de miel. Et la mort
se replie dans un frisson soyeux autour de leurs corps
frêles qui tomberont, plus tard, sur le bois d'une table
ou sur un napperon lorsqu'on aura cueilli les roses
pour les mettre en bouquets dans les vases. Leurs
dépouilles glisseront sans un bruit du cœur des roses
fleuries l'été et qui s'effeuillent en automne. Larmes fos-
siles de lumière, elles brilleront d'un éclat sourd au pied
des bouquets de septembre.

C'est la fin de l'été. Un feu de ronces et de broussailles brûle sur un talus. Sa fumée rampe au ras de l'herbe en torsades bleutées. Son odeur recouvre toutes les autres senteurs. Les agneaux ont grandi, mais les brebis et les moutons gardent toujours le cœur en alarme au fond des prés. Ils hument l'air du soir, l'odeur qui monte des marais et celle du feu de ronces que leur porte le vent. Parfois l'un d'entre eux lance un bêlement indécis, et sa voix plaintive semble sourdre chaque fois des confins de la terre, de la peur, — de la pitié enfin. Un faible bêlement en écho à la flûte.

Quelqu'un joue de la flûte. Chaque soir la même mélodie se lève, égrène ses notes aigrelettes. Le vent porte cet air le long des rues du bourg, à travers les jardins, avec l'odeur des eaux dormantes et des feux de broussailles. C'est un enfant qui joue, ses doigts sont encore maladroits, son souffle un peu tremblant. Mais il joue longuement, sa patience est immense.

Le feu de ronces déjà s'éteint. Sa fumée se mêle à la brume qui flotte au ras de l'herbe. Les troupeaux dans les prés semblent paître la brume. Les enfants rentrent de promenade à bicyclette à travers la campagne. Leurs joues sont rouges et leurs yeux sont brillants. Ils ont mangé leurs goûters en chemin, du pain d'épice beurré, du gâteau aux noix ou des beignets à la confiture. Dans les sacoches de leurs vélos ils rapportent plein de merveilles dénichées dans les bois et autour des étangs.

C'est la fin des vacances, bientôt ils vont reprendre le chemin de l'école. Mais ils vivent dans l'instant, et il leur reste encore quelques beaux jours avant la rentrée, quelques grands jours à courir la lande et les forêts. Ils zigzaguent sur la route, s'interpellent en riant, se donnent rendez-vous pour le lendemain.

Soudain leurs rires et leurs cris s'interrompent, lorsqu'ils entendent le son léger, si têtu, de la flûte. Ils se souhaitent bonsoir d'une voix assourdie, et ils s'éloignent d'un air grave vers leurs maisons en écoutant la mélodie.

Le ciel est violet maintenant. Toutes les formes s'épurent en silhouettes grises et noires. Les fenêtres s'allument. Mais on tarde à fermer les volets. Le soir est calme, la terre est odorante, la lune déjà se profile, énorme et lumineuse au-dessus des forêts. La nuit sera claire. Des aboiements de chiens se font écho, mais sans colère. C'est comme si les chiens s'appelaient du fond des cours et ébauchaient entre eux un obscur dialogue. Autour de la lune les nuages se font mauves. Et la flûte toujours égrappe note à note sa lente mélodie. Comme les brebis dans les prés, comme les chiens dans les cours, la flûte lance sa voix dans l'espoir d'un dialogue.

LÉGENDE

La petite flûtiste repose enfin son instrument. Sa mère vient lui dire qu'il faut passer à table. Sa mère aux yeux cernés d'une ombre bistre. Cette ombre est apparue depuis peu ; elle accuse le regard éteint, assez hagard de la femme. Cette ombre doit lui monter du fond du ventre car elle semble habiter tout le corps de la femme. Son pas est d'un coup fatigué, ses gestes sont lourds, et sa voix est enrouée. L'enfant suit sa mère en silence jusqu'à la salle à manger.

On mange sans beaucoup d'appétit chez les Limbourg, depuis que le malheur est arrivé. On ne parle presque plus, comme si chacun dans la famille avait perdu le sens des mots, surtout des simples mots de tous les jours. On se retient de pleurer, de maudire, de hurler vengeance. Mais cela ne servirait à rien, on ne connaît pas l'assassin. La fille cadette des Limbourg est morte au tout début de l'été, peu de temps avant la fin des classes. Anne-Lise avait neuf ans. On a retrouvé son corps après deux jours de recherches ; elle gisait dans un fossé. Son cou portait la marque d'une strangulation, son corps portait la trace d'une profanation. Pauline est l'aînée, elle a onze ans. Mais à présent elle n'est plus rien, la voilà redevenue fille unique.

Dans la famille on surnommait Anne-Lise l'Écureuil, car elle avait tout de cet animal, — la rousseur, la grâce et la vivacité. Et elle était douée d'une formidable gourmandise. À table, le père ne sort de sa torpeur que pour siffler entre ses dents de temps à autre, « Je le tuerai, l'ordure, je le tuerai ! » Mais où et comment trouver l'assassin de sa fillette, il l'ignore. La mère ne dit rien ; à peine entend-elle lorsqu'on parle à ses côtés. Son attention est retenue ailleurs, son ouïe est toute tendue vers d'impossibles bruits : — le rire de son enfant, ses pas sautillants d'écureuil, sa jolie voix aiguë. Son regard est absent, et terriblement morne. Elle regarde du fond de ces brouillards qui se sont déposés autour de ses paupières. « Mange, ma chérie, mange, il le faut... », murmure-t-elle parfois à Pauline en esquissant vers elle un geste de caresse. Mais le geste retombe, et l'invisible caresse roule hors de ses mains comme les perles d'un collier brisé. Elle roule, la caresse, elle roule dans la nuit comme un sanglot vers la petite retrouvée morte dans les bruyères, vers la petite qui gît là-bas dans le caveau de la famille Limbourg.

Pauline sent la caresse qui s'enfuit, qui s'envole et se traîne en pleurant vers la joue de sa petite sœur, vers ses cheveux roux et frisés. Elle n'est pas jalouse, elle n'a jamais été jalouse de sa petite sœur. Elle est timide, Pauline, bien trop grande pour son âge, mal à l'aise dans son corps maigrichon. Anne-Lise, elle, avait gardé les rondeurs de l'enfance, et elle avait surtout bien plus d'aplomb que sa sœur aînée. Pauline admirait la vitalité et l'audace d'Anne-Lise, et souvent s'abritait derrière elle.

Pauline non plus n'a pas de mots pour exprimer sa douleur, pour appeler Anne-Lise. Il lui reste sa flûte.

Elle n'a cessé d'en jouer tout au long de l'été. Comme le magicien qui avait ensorcelé les rats puis les enfants de Hammeln, pour les perdre sans retour, elle joue, elle joue sans fin. Mais elle joue à rebours du magicien de Hammeln ; elle voudrait désensorceler sa petite sœur, rompre le charme noir de la mort, faire se lever la lourde pierre qui la retient dans le froid de la terre parmi les ancêtres de la famille. Elle ne parvient qu'à engourdir sa propre peine, son effroi. Ce sont ses larmes qu'elle envoûte. Elle transforme ses larmes en notes grêles, en mélodie tremblante. Elle joue à fleur de rêve, elle souffle à fleur de son chagrin comme on souffle sur une brûlure pour tenter de l'apaiser.

Dans le bourg tous les gens tendent l'oreille vers cet air obsédant que Pauline Limbourg joue dans l'ombre de sa maison. Même lorsqu'elle ne joue pas, les gens continuent d'entendre cette douce rengaine. C'est comme si cet air, à force de ressassement, s'était détaché de la flûte, des lèvres de Pauline, et voletait tout seul au fil des rues. C'est comme si cet air, à force de tristesse, s'était déposé au creux des oreilles des gens, discrètement, et tintait à leurs tempes avec un bruit de larmes. On dit, « Vous entendez ? C'est la petite Limbourg qui joue. Elle ne peut plus arrêter de jouer. » On dit, « la petite Limbourg », sans préciser le prénom. Parce que chacun pense, « c'est Pauline qui joue ainsi, bien sûr, mais n'est-ce pas aussi Anne-Lise qui pleure à travers elle ? » Tous les parents se sentent le cœur serré en évoquant la petite Limbourg, — la morte et la vivante. Et les mères sont sur leurs gardes, elles sont inquiètes. On ignore tout de l'assassin ; peut-être rôde-t-il encore dans la région ? Depuis le crime les enfants du bourg n'ont plus le droit de s'en aller tout seuls se promener dans la campagne. Les pas de l'Ogre désormais hantent les chemins des alentours, pourtant si paisibles. Les enfants ne sortent plus qu'en bandes.

*

La peur n'a pas saisi Lucie. De toute façon Lucie ne sort jamais seule ; elle est toujours aussi inséparable de Lou-Fé. Dans la journée ils font avec quelques autres de longues balades à bicyclette, le soir souvent ils se retrouvent dans le grenier-observatoire de la rue des Oiseleurs. Madame Ancelot raccompagne ensuite la petite chez elle, ou bien Aloïse vient chercher sa fille.

Lucie connaissait bien Anne-Lise, elles étaient ensemble au catéchisme. La place d'Anne-Lise restera vide à la rentrée, tant au catéchisme qu'à l'école. Lucie n'a pas très bien compris ce qui s'est réellement passé. Les mots « crime » et « viol » qu'elle a entendu prononcer à plusieurs reprises lui font un peu le même effet que les mots rabâchés par sa tante Colombe, — « œdème, N de l'Ange blanc, gitane, crachin, guerre et veuvage ». Des mots bizarres, pleins de danger. Des mots terribles, comme sont dans les contes les noms « ogre, loup, marâtre ou sorcière ». Elle a bien essayé de poser des questions à sa mère au sujet de la mort d'Anne-Lise, mais Aloïse a éludé les questions et ne lui a répondu que par des formules évasives. Alors Lucie a fini par intégrer le mystère de la mort d'Anne-Lise à son imaginaire pétri de fables et de légendes, et de récits de la vie de Jésus et des saints. Un Ogre a tué Anne-Lise. Mais la petite fille n'est pas morte ; enfin, pas comme les hérissons, les chats, les musaraignes ou les oiseaux que l'on trouve parfois écrasés sur les bords des routes ou crevés dans les champs. Anne-

Lise est partie « chez Dieu », elle est devenue semblable aux chérubins. Elle est à présent assise à la table du Seigneur. C'est le Père Joachim qui a dit cela à l'église, lors des funérailles de la fillette auxquelles tous les enfants ont assisté. Il a cité les Béatitudes. « Heureux les cœurs purs, car ils verront Dieu. »

Depuis, Lucie imagine Anne-Lise vêtue de sa blouse d'écolière en vichy vert et blanc qu'elle portait le jour du crime, assise à une table immense. Une table bien plus grande que celle des banquets de noces ou de communion solennelle. Cette table céleste est couverte d'une nappe éblouissante, tissée en rayons d'arc-en-ciel, et l'on y sert du lait d'étoiles ainsi que des gâteaux de lumière ruisselants de miel solaire. La jolie petite rousse trône là-haut entre des anges musiciens et des chérubins rieurs. Anne-Lise est devenue enfant de Dieu pour l'éternité. Elle a déjà revêtu son corps de gloire ; un corps de lumière pure, plus gracieux et léger qu'un nuage rose au lever du jour. Mais elle porte toujours sa blouse d'écolière. Impeccable, bien sûr.

À l'église, à l'entrée de la nef, il y a une statue en bois polychrome de saint Antoine de Padoue. Il porte à bout de bras l'Enfant Jésus. Il dresse son visage vers l'Enfant qui le surplombe, il tend vers lui son regard. Un regard à la fois étonné, attentif, et comme affolé de tendresse. Les pieds du saint sont longs et maigres ; ils sont nus dans leurs grossières sandales. Les orteils du pied droit, sur lequel il prend équilibre, sont usés, ils luisent comme du marbre. Ce sont les furtives caresses des dévotes qui ont ainsi lustré le bois. Les plis de la bure du saint sont profonds, l'ombre semble s'y condenser comme au creux des sillons dans les champs. Le saint porte autour de la taille une grosse corde en guise de ceinture.

La peau de saint Antoine est blanche, légèrement ivoirée. Des cils peints en brun ornent ses paupières. Saint Antoine a de grands yeux de poupée à l'ancienne. Mais son regard n'est pas du tout celui des poupées. D'ailleurs il est impossible de croiser son regard ; celui-ci se tient levé vers l'Enfant, fixé sur lui, perdu en lui. L'Enfant Jésus est tout petit, mais souverain. Il est vêtu d'une robe claire, très simple. Ses pieds sont nus. Il ne regarde pas le saint, il regarde au-delà de lui. Son regard embrasse tout l'espace de l'église, traverse les murs de l'église, glisse sur les toits du bourg, survole les routes et les chemins, plane au-dessus des étangs, des forêts et des champs. Son regard recouvre toute la terre. Son regard est à lui seul un ciel.

L'Enfant Jésus porte dans ses mains un globe doré. Cette boule est lourde, mais cependant elle ne semble pas peser dans les mains minuscules de l'Enfant. Cette grosse boule a toujours intrigué Lucie qui ne sait pas s'il s'agit d'un astre ou d'un fruit. Quoi qu'il en soit c'est une bien jolie balle.

Au pied de la statue il y a le tronc pour les offrandes. Chaque dimanche Lucie demande une pièce à sa mère pour la donner à saint Antoine. Elle aime bien le bruit que fait la pièce en tombant dans le tronc. Un bref cliquetis. Elle imagine que les pièces qui s'amoncellent dans la boîte deviennent dorées comme le globe posé dans les mains de l'Enfant. Dorées et étincelantes comme les louis d'or qui ruissellent des coffres des pirates. Mais depuis la mort d'Anne-Lise elle ne glisse pas seulement des pièces de monnaie dans la fente du tronc. Elle y fourre des images, et aussi des bonbons, des morceaux de chocolat. Pour Anne-Lise. Lucie en effet a identifié la statue de saint Antoine de Padoue portant l'Enfant Jésus dans ses bras, à un doux

Protecteur des enfants morts. Elle demande au saint dans ses prières de prendre bien soin de sa camarade Anne-Lise, de lui donner des nouvelles de la terre des vivants, et à l'Enfant au globe doré elle demande qu'il joue avec la petite. Mais à quels jeux s'amusent les enfants morts ?

Malgré le beau sermon du Père Joachim qui leur avait assuré lors des funérailles que la fillette siégeait à présent à la table du Seigneur, Lucie éprouve parfois des doutes. C'est que le corps d'Anne-Lise a été inhumé au cimetière du village dans le caveau de la famille Limbourg. La petite est couchée dans le froid et la nuit de la terre, parmi ses ancêtres. Et Lucie ne peut s'empêcher de penser qu'Anne-Lise doit avoir bien froid, et peur dans cette nuit, et qu'elle doit surtout terriblement s'ennuyer parmi tous ces vieillards morts bien avant sa naissance, elle qui aimait tant s'amuser.

Dans l'imagination de Lucie les deux images se recouvrent. Il y a Anne-Lise radieuse, assise parmi les chérubins à la table du Seigneur, et il y a Anne-Lise ensevelie dans les ténèbres de la terre parmi tous les défunts vieillards de la famille Limbourg. Lucie s'applique à redorer et colorer l'image côté lumière et angelots, l'image inspirée par les livres pieux et les récits des vies des saints. Mais parfois l'image côté pénombre refait surface, alarmante. Anne-Lise se dédouble dans les pensées de Lucie ; le joli corps de gloire qui flotte tout là-haut bien au-dessus des nuées ne parvient pas toujours à faire oublier l'autre corps. Le petit cadavre en décomposition dans la terre, pareil aux charognes des bêtes crevées sur les bords des chemins. Même les images saintes les plus naïves, même les beaux tableaux glorifiant les martyrs, ne laissent pas d'être inquiétants si on les examine attentivement. À commencer par sainte Lucie dont elle porte le nom. Une double légende auréole cette vierge et martyre de Syracuse. On dit qu'elle eut les dents et les seins arrachés, puis qu'elle fut condamnée au bûcher, mais comme les flammes refusaient de la consumer, on lui trancha la gorge. On dit aussi qu'elle s'arracha elle-même les yeux et qu'elle les envoya à son fiancé qu'elle ne voulait pas épouser, afin de se consacrer à Dieu seul. Mais la Vierge offrit de nouveaux yeux, plus beaux encore, à la jeune fille éprise jusqu'à la folie de son divin Fils. Les peintres ont choisi cette légende, et les tableaux montrent sainte Lucie tenant ses yeux sacrifiés sur un petit plateau comme s'il s'agissait de fruits ou de fleurs, tandis qu'elle pose un regard paisible et assuré sur l'éternité avec ses yeux seconds offerts par la Vierge Marie.

Un seul être paré de deux paires d'yeux, tout comme Anne-Lise est devenue pourvue d'un double corps. Les yeux miraculeux et les yeux de douleur, le corps de gloire et la chair profanée déjà en voie de pourrissement. Les yeux émerveillés et les yeux d'épouvante, le joli corps chérubique et le petit corps de souffrance. Lucie se demande quel lien unit ces yeux, ces corps ; elle pressent que le passage de l'un à l'autre doit s'opérer dans l'effroi. Elle se demande aussi si la sainte continue à voir avec ses yeux arrachés, posés, tout ronds et lisses, sur le plateau, et si oui, que voient-ils et comment leur regard s'accorde-t-il avec celui des nouveaux yeux célestes.

À défaut de trouver des réponses satisfaisantes du côté des adultes elle a interrogé Lou-Fé. Mais le petit Kangourou amoureux des étoiles n'en sait guère plus qu'elle. « De toute façon, lui a-t-il dit, nous sommes tous faits de poussières d'étoiles mortes et tous nous redeviendrons des poussières, pour à la fin être à nouveau des étoiles. Les étoiles, ce sont nos ancêtres. Et puis les yeux, tu sais... si le télescope peut porter notre regard jusqu'au bout du ciel, Dieu peut bien porter le regard de ses martyrs jusqu'au bout du bout du monde, et même de tous les mondes. »

*

Aujourd'hui ils ont fait tous les deux une longue balade à vélo à travers la campagne. Lucie a rencontré des foules de géants. Ce sont les structures métalliques des lignes à haute tension qu'elle appelle ainsi. Leurs silhouettes immenses, dressées en file indienne contre le ciel, lui évoquent un cortège de guerriers gigantesques portant à bout de bras leurs lances et leurs javelots souples comme des lianes et plus violents que la foudre. Des guerriers immobiles, certes, et pourvus d'étranges armures tout ajourées — mais des guerriers à l'allure vraiment redoutable. Des guerriers sans défaillance, qui jamais ne baissent leurs bras levés, qui jamais ne plient les genoux, et qui jamais ne déposent leurs armes. Des guerriers en permanence prêts au combat. Lucie les appelle les géants aux bras en l'air, ou les guerriers à haute tension, et elle aime leur inventer des combats héroïques, terribles et fracassants. Les humains ne sont pas à leur mesure, pas même les éléphants ou les girafes. Seuls les dinosaures et les diplodocus seraient dignes de combattre contre eux, ou à défaut les baleines. Ou encore certains arbres énormes qui poussent dans les pays lointains, comme les baobabs et les séquoias. Et comme il faut un chef à des guerriers, elle leur a trouvé une reine ; tous les géants à haute tension sont les sujets de la tour Eiffel.

Aujourd'hui, tout en filant le long des routes sur son vélo dans le bel après-midi d'été, parmi la lande rose et les étangs couverts de nénuphars, elle a imaginé l'entrée solennelle de tous ces géants de métal aux bras de foudre dans les rues de Paris, pour aller rendre hommage à leur suzeraine de fer à la coiffe pointue. Sur le chemin du retour elle a décrit cette procession à Lou-Fé qui pédalait à ses côtés. Pour fleurir sa description elle s'est inspirée du défilé du 14 Juillet dont elle a vu le mois dernier des images à la télévision. Et Lou-Fé en échange lui a fait des révélations magnifiques ; il lui a dit que si l'on reliait toutes les lignes à haute tension qui parcourent l'ensemble du territoire, cela ferait deux fois le tour de la terre, et que si l'on mettait bout à bout les autres lignes à basse et moyenne tension, on pourrait relier plusieurs fois la terre à la lune. Puis il lui a parlé de l'électricité, cette force invisible et pourtant si puissante qui circule sans cesse, et cela à une vitesse extraordinaire, la même que la lumière. « C'est comme le Saint-Esprit, alors ? » a demandé Lucie. Mais Lou-Fé a évoqué quelqu'un d'autre, un certain Monsieur Faraday auquel il voue une grande admiration. Comme d'habitude Lucie n'a retenu que des bribes de mots de tout le beau et très sérieux babillage scientifique de son compagnon ; ce qui lui a plu ce sont l'expression « la fée électricité » dont on qualifia cette énergie enfin maîtrisée au siècle passé, et le terme de « champ magnétique ». Elle a compris « chant magnétique », et déjà elle transforme ses guerriers à haute tension en chœur clamant un chant plus fort que le tonnerre. La fée électricité, de toute évidence, est une très grande Fade, qui allie la puissance de la foudre à la vitesse de la lumière, et la voix enchanteresse des sirènes à l'omniprésence du Saint-Esprit.

Mais en rentrant dans le bourg, dans la roseur du crépuscule, c'est un autre chant qui se murmurait. Un chant sans gloire et sans puissance. Un chant comme une longue phrase sans fin recommencée, un chant triste et beau qui dévide en tremblant ses notes à bout de souffle, à fleur de larmes. Et Lucie a pensé que la Fade éplorée qui longtemps hanta la grange abandonnée que la foudre incendia, devait se lamenter de la sorte. La petite Limbourg, — la morte et la vivante, est devenue une fée. Une bien pauvre fadette, au cœur navré, au corps volé. Comment Lucie ne croirait-elle pas aux fables, à l'étonnante réalité des fables, puisque les vivants, au détour de leurs jours sur la terre, leur donnent chair, visages et voix ? Le monde est une fable et la vie un grand livre d'images ; images bariolées, sonores et odorantes, images en mouvement qui dansent ou qui frappent.

*

Ce soir, avant de regagner sa chambre Lucie s'est faufilée dans la nouvelle qu'elle va bientôt occuper. Une odeur de peinture fraîche y règne. Le mobilier sera livré dans quelques jours, — le lit, l'armoire, la table et le divan. Lucie traverse dans la pénombre la chambre vide, elle va jusqu'à la fenêtre ouverte, se penche vers le potager. Elle contemple la vue qui s'étend jusqu'aux forêts. Mais l'horizon est fantomal dans la brume qui monte des étangs. Lucie hume l'air du soir ; les senteurs du potager, du verger et des prés affluent vers elle, apaisantes. Le temps semble faire la pause. Il est comme en suspens dans cette odeur exhalée par la terre. C'est l'instant tiré en trait d'union entre le jour et la nuit, ou plutôt glissé entre les deux avec la légèreté d'une virgule. Au cours de ce bref instant le temps se fait étale, et le monde pareil au globe doré posé dans les paumes de l'Enfant Jésus porté par saint Antoine. D'une rondeur parfaite, d'une absolue sérénité. Un monde soustrait au mouvement, sans rotation, et sans histoire. Le monde en cet instant est moins une fable qu'un songe ; le songe suscité par la fable, — et cependant c'est le songe qui engendre la fable.

Lucie, accoudée à la fenêtre, ne lève pas les yeux vers les étoiles. Elle laisse son regard flâner à ras de terre. Elle puise ses forces dans l'odeur si vivace de la terre et de l'herbe, des fleurs, des arbres, des eaux dormantes. Elle trouve sa joie dans ce visible proche, dans cet espace qui l'entoure et qui ouvre à ses pas des chemins familiers, — des chemins d'aventure chaque jour nouvelle. Les chemins du ciel qui fascinent tant Lou-Fé l'effraient un peu ; ils sont trop éloignés, trop inconnus. Un jour elle a demandé à Lou-Fé si les étoiles avaient une odeur, il lui a simplement répondu : « Voyons, Lucie, t'es bête ou quoi ? » Depuis elle garde une vague rancœur contre ces étoiles inodores.

Elle écoute le chant rauque, syncopé, de Melchior, ce doux génie du lieu qui veille sur la nuit, sur la mémoire, sur la paix de la terre. Elle accueille le chant de Melchior dans son enfance, dans sa propre mémoire à venir. Elle recueille une voix de la terre, humble et grave, qui chante d'âge en âge et qui lie les vivants à leur terre, à leurs parents, et par-delà encore à leurs ancêtres disparus, à leur insu. Elle ne soupçonne pas, la petite Lucie, que cette voix un jour va se taire, que viendra un hiver au terme duquel Melchior ne se réveillera pas, que viendra une nuit de printemps muette et vide. Elle ne soupçonne pas la peine qu'elle en ressentira ; une peine d'enfant, aussi furtive que profonde. Elle ne sait pas non plus que cette voix qui aura retenti si souvent dans ses soirées d'enfance résonnera plus tard, parfois, à l'improviste au fond de sa mémoire, et qu'avec le temps tous les chants de crapauds lui seront nostalgie. Elle ignore que la mémoire s'empare, pour accomplir son œuvre clandestine, de tous les matériaux qu'elle trouve sur son chemin, fussent-ils les plus modestes, et même dérisoires. Comme le coassement têtu d'un vieux crapaud.

*

Penchée vers le soir, Lucie hume et écoute, heureuse. Au loin se chuchotent d'autres bruits. Les froissements des feuillages, le clapotis d'un ruisseau, l'appel d'un hibou, le claquement d'un volet, et, ténu, le son d'une flûte. Tous ces bruits se mêlent et tissent une rumeur confuse. Seul le chant de Melchior bat un rythme sonore, et net. « Bientôt, se dit Lucie, je dormirai au son de cette grosse pendule, ce sera rigolo. » Mais bientôt aussi elle va reprendre le chemin de l'école. Elle ira seule, désormais, dans les matins de septembre. Lou-Fé sera en pension. La seule consolation de Lucie est cette chambre. « Il faudra mettre le divan de Lou-Fé près de la fenêtre, pense-t-elle, d'ici on voit bien le ciel. »

Lumière

« Malheur à ceux qui appellent le mal,
bien, et le bien, mal, qui changent les
ténèbres en lumière et la lumière en
ténèbres, qui changent l'amer en doux et le
doux en amer. »

ISAÏE, V, 30.

PREMIÈRE SANGUINE

Un petit pan de ciel vient de s'entrebâiller, là-bas, du côté des marais. Le bleu de la nuit se déchire ; juste un accroc dans l'immensité lisse. Une clarté, si frêle encore qu'il semble que la moindre mésange d'un coup d'aile un peu brusque pourrait suffire à la briser, affleure les bords de cette déchirure. La clarté lentement déborde, et la trouée s'agrandit à mesure.

Le bleu de la nuit se met à trembler, l'horizon à pâlir. Comme une bruine couleur de paille, la clarté se diffuse dans la brise de l'aube, elle luit au travers de la brume, la disperse en vapeurs de plus en plus diaphanes. La lumière monte et s'épanche avec un élan continu dans l'espace entier du ciel. Elle devient espace. Et la terre se soulève ; elle redresse ses formes, rallume ses couleurs, elle accorde ses bruits, aiguise ses odeurs. La terre s'ouvre au jour, à l'humide et radieuse clarté du nouvel aujourd'hui.

C'est l'heure où la beauté du monde passe, gracile et aigrelette, par les chemins scintillants de rosée, et réveille au cœur des haies et des fourrés encore emplis d'ombres violettes les doux gazouillis des oiseaux qui s'ébrouent. C'est l'heure où la beauté du monde frôle les paupières et les lèvres des dormeurs au fond des chambres fraîches, et sème dans leurs cœurs de menues graines de désir. C'est l'heure où se délient les rêves, s'allège le sommeil ; où s'esquissent les songes.

Au fond du potager, près du vieux mur le long duquel s'élèvent les tuteurs de tomates, un homme est couché. Il gît sur le dos, un peu en biais dans l'étroite allée qui serpente autour des plantations. Sa nuque repose contre la terre amollie et lustrée de rosée, au pied des tomates. Ses talons s'enfoncent parmi les chicorées. Il est grand. Et d'être ainsi étendu, si insolite à cette heure, en ce lieu, il paraît gigantesque. La lumière irise ses cheveux blonds de chatoiements dorés, la brise glisse dans ses boucles, doucement les agite. Les tomates, du haut de leurs tiges, projettent sur son visage leurs ombres rouge-orangé, légères et mouvantes.

L'homme a les yeux ouverts. Il ne cille pas. Il contemple le ciel, le vaste ciel couleur de paille et de lilas. Il ne dort pas, aucun rêve ne l'habite. Le songe qui flotte en lui est étranger à la clarté si fine qui vibre dans le ciel où son regard se perd, — et s'affole : le ciel tourne à contre-courant de la terre contre laquelle il gît. Le songe qui pèse en lui est plus sombre encore que les ombres violâtres attardées au cœur des haies et des fourrés.

Un songe au goût d'alcool. Un songe lourd de sang ; d'un sang épais comme une boue. Alors le gisant attend que se délie ce songe, que s'allège et se calme son sang, et que le ciel et la terre coordonnent à nouveau leurs mouvements. Il attend comme attendent les bêtes, sans pensées ni questions. Depuis longtemps, depuis toujours, il vit soumis à son corps, à son corps plein d'excès, ivre d'oubli et d'obscures jouissances.

LÉGENDE

Son corps, — force et beauté. Ferdinand Morrogues passe pour le plus bel homme du pays. Il est grand, robuste, il porte la tête haute comme si toujours il humait dans l'air quelque secret parfum ou cherchait alentour une invisible présence. « Mon fils a de la classe », aime à répéter sa mère. Ses mains sont longues, ses doigts minces et souples. Les traits de son visage sont d'un parfait équilibre, et le bleu de ses yeux a l'éclat un peu froid de la lune qui luit à travers les nuages au début de la nuit quand le ciel vire à l'outremer. Ses cheveux sont d'un blond mordoré, et ils bouclent. La lumière toujours rehausse sa blondeur de vifs tons moirés, — d'ambre, de cuivre, de miel et de safran. « Mon fils allie le bleu lunaire et la clarté solaire ! » se plaît à déclamer sa mère à ses moments d'emphase.

La lumineuse blondeur de ses cheveux annelés fait l'admiration et l'envie des femmes. Toutes l'appellent « le beau Ferdinand ». Lorsqu'il était enfant, sa mère le surnommait son petit Roi Soleil ou son Bleuet lunaire, selon qu'elle s'extasiait sur sa chevelure ou sur ses yeux. Mais la liste est sans fin des glorieux et cajolants surnoms dont Aloïse a comblé son fils au fil des années.

Son corps, — tombeau vivant. Ferdinand a grandi sous le regard vigilant de sa mère ainsi que s'édifie un mausolée précieux sous la surveillance des fidèles qui en ont établi la commande afin de célébrer, selon leur goût très strict et dévotieux, la mémoire d'un défunt vénéré. Ferdinand a grandi sous le regard de veuve de sa mère, comme s'élève un mémorial. Il a grandi, seul, sous ce regard étincelant qui tout à la fois mendiait et exigeait de lui une absolue ressemblance avec l'époux mort à la guerre.

Et le petit Ferdinand, docile au-delà de toute espérance, est devenu l'image de son père. Alors sa mère reconnaissante a sacralisé cette image, elle l'a haussée au rang d'icône. Si d'aventure certaines personnes qui avaient bien connu le père, Victor Morrogues, osaient déceler quelques différences entre l'enfant et lui, Aloïse s'emportait avec fougue et ne lâchait pas prise avant que l'autre ne se soit rallié à son impérieux aveuglement. Mais depuis longtemps plus personne ne commettait l'imprudence de contredire la veuve Morrogues à ce sujet. Et puis, le souvenir précis du visage et de l'allure du mort s'estompant avec les années, les gens se laissaient plus facilement convaincre.

Ferdinand, lui, ne gardait aucun souvenir de son père. Lorsque celui-ci était mort il n'avait pas encore quatre ans. Mais ce qu'il avait toujours conservé dans sa mémoire, — dans les tréfonds et les pénombres de sa mémoire, c'était l'étrange embrassement de sa mère venue le réveiller le matin où elle avait reçu la nouvelle. Elle avait surgi brutalement dans sa chambre, en tenue de nuit, la chevelure dénouée, s'était jetée à genoux près de son lit et, avec une force qui alors lui avait paru inouïe, terrifiante, elle l'avait enserré dans ses bras en pleurant puis arraché hors de son lit, hors du sommeil. Hors de l'enfance, d'un coup.

Des bras de Titan. Entre ses bras inconnus elle l'avait étreint ; et cette étreinte avait une odeur. Une odeur nauséeuse qui mêlait la chaleur du corps maternel devenue brûlante sous l'épouvante du deuil, et le froid humide des larmes qui lui baignaient le visage et la gorge et qui mouillaient le col de la fine liseuse de laine couleur de pêche qu'elle portait par-dessus sa chemise de nuit.

Puis sa mère s'était soudain redressée et l'avait hissé tout au bout de ses bras fous, l'avait tenu en l'air au dessus-d'elle. Au-dessus de son visage renversé en arrière, blême, luisant de larmes. Sa bouche, qu'elle n'avait pas maquillée, tremblait. Son regard était fixe. Lui apercevait cette face inquiétante en plongée. Il voyait avec effroi, d'une hauteur qui lui semblait vertigineuse, un masque grimaçant et tout échevelé de sa mère d'ordinaire si soignée. Il ne savait pas s'il dormait encore, s'il faisait un cauchemar, ou s'il était bel et bien réveillé. Il regardait, hébété, la face plate et distordue qui blanchoyait sous lui. Il ne comprenait rien, il était la proie d'une trop grande frayeur. Il venait d'être arraché à la douceur du sommeil, à la tendre peau de l'enfance, à l'insouciance et à la paix, d'un seul geste. D'un geste de Titan qui d'un coup écorcherait, à vif, un cheval ou un homme, qui leur retournerait la peau comme on retire un gant.

Lorsque enfin elle l'avait reposé sur le sol, il avait battu l'air de ses mains, avait tâté le vide, non pas tant pour trouver un appui que pour retrouver son propre corps, sa peau d'enfant tiède et légère, le goût sucré du calme, la volupté du sommeil. Mais sa mère en sa douleur venait de lui voler tout cela, elle avait tout dévoré, — au nom du père tombé au loin. Et depuis ce jour elle n'avait eu qu'une hâte : que Ferdinand quitte au plus vite son corps d'enfant, qu'il devienne à son tour un homme. Un homme pareil à son père, aussi beau et brillant que le père. Elle n'avait plus eu qu'un désir : que le fils ressuscite pour elle l'époux disparu « dans la fleur de l'âge », comme elle répétait toujours ; et souvent elle ajoutait : « mort au zénith de notre grand amour. »

*

Son corps, — une belle apparence. Ferdinand a grandi à côté de lui-même, en parallèle à sa première enfance tranchée net. Il a grandi à partir d'une enfance seconde qui lui était étrangère, imposée du dehors. Un dehors si lointain, — cet horizon de légende aux confins duquel gisait le corps glorieux de son père. Il a peu à peu revêtu l'image de ce corps, la peau et les couleurs de ce corps, il est devenu le mausolée vivant de l'époux de sa mère. Et cela s'est accompli sans effort, sans même qu'il prît jamais conscience de la substitution. Il ressemblait à son père, voilà tout. La nature avait ainsi fait les choses. « La nature accomplit parfois des miracles avec les gens de race, disait Aloïse. Voyez mon fils : le portrait découpé de son père, — la même élégance, la même beauté, et cette blondeur rare, ces doux cheveux soyeux ornés de boucles d'ange ! Et les yeux sont les mêmes, et les mains, le sourire !... L'histoire a tué mon cher époux en pleine force de l'âge, mais la nature n'a pas permis un tel outrage et a reproduit à travers le fils la beauté volée au père. »

Ceux auxquels la veuve Morrogues vantait la splendeur héréditaire de son fils aux cheveux d'ange et aux yeux bleu lunaire écoutaient gravement, poliment ces propos enthousiastes, mais ils n'en pensaient pas moins, quand Ferdinand fut devenu grand, que ce garçon ne brillait guère par la volonté et le courage, ni même l'intelligence. Non qu'il fût sot ; mais il était bizarre, insaisissable. Il parlait fort peu, ne se confiait à personne, on ne savait jamais ce qu'il pensait, et par conséquent on ne savait trop que penser de lui. Il avait abandonné ses études en chemin, mais n'avait pas appris de métier pour autant. Il était trop velléitaire et instable pour apprendre quoi que ce soit, et pour persévérer dans un travail. Malgré les efforts déployés par sa mère pour qu'il se fasse une situation, il chômait presque tout le temps. Mais sa mère lui trouvait chaque fois des excuses ; l'argument le plus pertinent qu'elle tenait pour expliquer l'incapacité de Ferdinand à se fixer une tâche ou occuper un emploi stable consistait à évoquer le tempérament d'artiste de son fils. « Que voulez-vous, soupirait-elle avec un air mystérieux, mon fils est un artiste, il a une âme trop délicate pour s'accommoder des obligations de ce monde. » Et si l'on se risquait à lui demander en quoi résidait au juste le talent artistique de Ferdinand qui avait échoué dans ses études, n'écrivait nul poème, ne chantait ni ne jouait d'un instrument, et ne peignait ou ne sculptait pas davantage, elle répondait, évasive et hautaine : « C'est un rêveur. Un grand rêveur ! Sous ses dehors puissants il cache un cœur subtil. Il y a en lui quelque chose de céleste... » Mais cette subtilité échappait à tous, et si les femmes continuaient par faiblesse à l'appeler « le beau Ferdinand », les hommes eux ne se privaient pas de l'appeler « le grand Fainéant ».

Comme il lui fallait tout de même bien vivre, avoir un toit et se nourrir, il habitait toujours auprès de sa mère, chez le second mari de celle-ci. Il s'occupait, vaguement, du jardinage, d'un peu de bricolage, et de-ci de-là exécutait quelques travaux en tous genres chez ceux qui avaient besoin d'un coup de main occasionnel.

Les hommes jalousaient un peu sa beauté ; cette beauté qui allumait souvent dans les yeux de leurs femmes des lueurs d'admiration et de furtifs éclats de désir. Mais comme ce bellâtre d'envergure était un fainéant de plus grande étendue encore, et que de surcroît son penchant pour l'alcool s'aggravait de plus en plus au fil du temps, ils ne redoutaient pas trop sa concurrence. Leurs femmes ne risquaient pas de les quitter pour un bon à rien pareil, aussi séduisant fût-il.

Ferdinand était séduisant, certes, mais nullement séducteur. On ne lui connaissait même pas de liaisons, sa vie sentimentale présentait le même néant que sa vie professionnelle. On se doutait seulement que lorsqu'il allait dans quelque ville plus importante de la région il se rendait certainement chez les prostituées. « Pas fou, le beau Fainéant ! blaguaient les hommes entre eux, il ne s'encombre pas des femmes, lui au moins, il se sert juste des putains quand il en a besoin. — Quand même, déploraient les femmes, un bel homme comme ça, fréquenter les filles publiques ! » La mère de Ferdinand, elle, fermait les yeux sur toutes les frasques de son fils et faisait la sourde oreille à toutes les insinuations glissées à ce sujet. La tante Colombe posait rituellement sa question. « Alors, Aloïse, il ne s'est toujours pas trouvé une bonne amie, ton Ferdinand ? C'est qu'il avance en âge ; c'est pourtant pas les jolies filles qui manquent dans le coin ! La fille à Mélanie Brézoux, par exemple, ou la petite Maheux de la rue Sainte-Solange, ou la cadette des Besson, Evelyne, ou encore Sophie Chevrier... elles sont charmantes, bien comme il faut, et en âge de se marier. Des bons partis que ces filles-là, c'est sûr, mais à force de tarder Ferdinand ratera toutes ces bonnes occasions et restera vieux gars. — Bien sûr, bien sûr, ce sont de braves filles, répondait Aloïse agacée, mais mon Ferdinand a d'autres ambitions... enfin, je veux dire qu'il ne va pas se marier pour faire une fin. Il attend " l'âme sœur "... Et ça, c'est autre chose ! Avec son tempérament d'artiste Ferdinand a besoin d'une fille très fine, délicate, attentive... » La vieille Lucienne posait plus perfidement le doigt sur la plaie. « Eh bien, ma chère, à quand les noces de votre fils ? À la saint-Glinglin ou à la saint-Jamais ? Il semble que monsieur votre fils se montre un peu trop exigeant. Il est beau garçon, c'est indéniable, mais côté situation c'est un zéro pointé, vous en conviendrez. Il est pire encore que Bastien, et ce n'est pas peu dire ! Vous devriez tout de même le forcer à se préoccuper de son avenir, il n'est plus un gamin ! Jusqu'à quand va-t-il rester ainsi à votre charge et à celle de Hyacinthe ? Vous êtes trop faibles tous les deux, mon frère par mollesse, et vous par excès d'amour maternel. Cela ne donne rien de bon. Est-ce que je m'aveugle, moi, sur mon crétin de fils ? Bastien est un raté, et je ne me prive pas de le lui dire. Il sait d'ailleurs qu'il n'aura rien de mon vivant, du moins tant qu'il n'aura pas fait un effort pour se sortir de sa médiocrité. Et puis il a déjà perdu assez d'argent comme ça. — Vous êtes trop dure avec votre fils, et injuste envers Ferdinand, disait Aloïse ulcérée. — On n'est jamais trop exigeant avec les chiffes molles, elles ont besoin d'être passées à l'amidon ! Enfin, ma pauvre, nous n'avons pas eu de chance avec nos fils, que voulez-vous ! — Je ne me plains pas, j'aime le mien tel qu'il est », se contentait de rétorquer Aloïse. Mais dans son for intérieur elle souffrait du comportement de Ferdinand, pas seulement parce que son orgueil se trouvait blessé, mais bien plus encore par inquiétude. Elle craignait que son fils ne détruise sa santé à force d'alcool et de malsaines fréquentations. Ces putains, tout de même, quelles horribles maladies n'étaient-elles pas capables de transmettre ? Et puis, avec le temps, un autre souci taraudait Aloïse ; elle aurait voulu que son fils trouve une fille de qualité, qu'il se marie, et engendre à son tour un fils. Elle s'alarmait à la pensée que le nom de Morrogues ne tombe en déshérence, et à la fin ne soit tout à fait perdu, oublié. Or elle ne redoutait rien tant que l'oubli.

*

Son corps, — tourment et ténèbres. Ferdinand a grandi en étranger à l'ombre de son corps, en étranger par rapport à lui-même et aux autres. Son propre destin ne l'a jamais intéressé, son avenir lui a toujours été indifférent. Très tôt une grande paresse s'est emparée de lui, de son esprit. Une paresse qui voilait la stupeur et l'effroi qui s'étaient engouffrés dans son cœur un matin de sa petite enfance, et les tenait enfouis, bâillonnés. Mais il arrivait parfois cependant que cette peur se mît à mugir, à bouger comme un gros animal barbotant dans la boue, tout au fond de lui. Comme si le corps de son père dont il était le double se réveillait et s'agitait en lui. C'est que ce mort n'avait jamais reçu de sépulture, il avait été porté disparu. On l'avait vu tomber, mais la terre, elle-même éventrée,

84

l'avait aussitôt enseveli, englouti ; et on n'avait ensuite jamais pu retrouver l'endroit précis de son enfouissement. La mort du lieutenant Morrogues ne faisait aucun doute, et pourtant son cadavre n'existait pas. Il avait pourri quelque part dans la boue, mêlé à d'autres corps de jeunes hommes comme lui déchiquetés, du côté de Vouziers, en froide terre ardennaise, un beau jour de mai 1940.

Mais quelle était donc cette boue qui s'agitait parfois en lui, Ferdinand ? Cette boue incandescente qui se soulevait par à-coups dans ses entrailles, dans ses reins et son cœur. Était-ce celle où son père s'était décomposé, ou bien celle de sa propre enfance soudain noyée, souillée et engluée de larmes ? Toujours est-il que lorsque tremblait cette vase, le confus malaise qui couvait plus ou moins en permanence en lui devenait étouffement, angoisse. Et alors d'obscurs feux s'allumaient dans sa chair. Des feux aux flammes noires et pourpres comme des coulées de lave. Et son cœur se tordait sous ces flammes, — se tordait de désir. D'un désir qui était malédiction.

Ce fut à l'adolescence que ces feux éclatèrent dans son corps et qu'ils lancèrent jusqu'à son cœur leurs flammes noires. Il ne s'ébroua pas pour autant de sa paresse, ne chercha pas à éteindre le foyer de ces feux. Il se laissa tourmenter par ces assauts de maladive concupiscence, il subit passivement la souffrance de ne pouvoir l'assouvir. Ce désir était aussi impérieux qu'impossible ; cela Ferdinand le sentait. Longtemps il résista. Il s'efforça de tromper ce besoin qui lui tenaillait la chair, d'abord dans la solitude, puis auprès de femmes qui ne s'encombraient pas de pudeur et n'exigeaient nul sentiment. Mais son désir ne se laissait pas si aisément duper. Son désir savait exactement ce qu'il voulait, quand bien même sa propre conscience, tout embrumée au fond de sa paresse, n'y comprenait rien et échouait même à sonder la profondeur et l'ampleur de cette faim. Et un jour, finalement, sa passion triompha. Ferdinand s'empara du corps de jouissance dont il avait si longtemps rêvé.

Mais de s'être ainsi une fois assouvie, sa passion se fit ensuite plus exigeante encore, — elle régna en maître. Ferdinand avait osé goûter la saveur du fruit le plus défendu, le plus intouchable qui fût, et cette saveur était ivresse, était une jouissance unique, démesurée. Une jouissance qui confondait si intimement, si délicieusement, le plaisir et la honte, l'innocence et le crime, l'extase et la douleur, que toute autre jouissance était fadeur à ses côtés.

Alors Ferdinand tenta d'échapper à la malédiction d'un tel attrait en fuyant dans l'alcool. Il buvait jusqu'à s'abrutir, jusqu'à perdre conscience les jours où la tentation se faisait trop aiguë. Mais son désir se relevait chaque fois en tyran invincible. Une hydre qui ne cessait de redresser une nouvelle tête, rieuse et insolente. Et lui, soumis à son corps de jouissance, cédait à la tentation et repartait s'enfoncer dans ses ténèbres. Avec terreur, et volupté.

*

Et c'est bien, une fois de plus, sous la poussée de ce besoin incoercible qu'il s'est mis en route à la pointe de l'aube, tout titubant d'alcool, de fatigue et de faim.

La faim d'un frêle corps d'enfant.

Mais l'ivresse l'a fait culbuter au bas du mur sur lequel il s'était hissé, avant qu'il ne puisse cueillir le joli fruit interdit qu'il ne se lasse pas, depuis des années, de venir ici consommer. Il a chu, il est tombé tout d'une masse sur la terre grasse, humide de rosée. Et à présent il gît, la face exposée au soleil levant, sans pouvoir se relever, sans même pouvoir esquisser un mouvement, lancer un appel à l'aide. Jusqu'à ses paupières qui ne lui obéissent plus. Il reste là les yeux grands ouverts, la prunelle fixe. Et son cœur bat avec violence, le bruit de son propre sang roule dans son corps et cogne à ses tempes. Il se sent harcelé du dedans, englouti de l'intérieur. La chambre dans laquelle il s'apprêtait à pénétrer en voleur le surplombe d'une hauteur fabuleuse. Cette chambre située tout droit au bout de son désir, au cœur de sa folie.

DEUXIÈME SANGUINE

La lumière s'épure des dernières traces de la nuit, elle débusque les restes d'ombres encore tapis dans les fossés et les buissons. Comme un très fin grelot de verre elle vient tintinnabuler contre les paupières minces des oiseaux, contre les ailes repliées des insectes, contre le front de toutes les bêtes et bestioles des champs et des jardins. Elle fait s'ouvrir les yeux, les becs et les ailes, elle fait se gonfler les gorges, et s'ébrouer la faim.

Elle donne un éclat de cristal aux toiles d'araignées, minuscules lunes suspendues aux branches et aux barrières, et qui tremblent sous la brise. Elle s'accroche aux ronces des rosiers, aux piquants des grilles, aux petites feuilles rondes et laquées de vert sombre des massifs de buis. Elle s'approche des maisons, rôde dans les jardins, grimpe le long des murs. Elle brille sur les graviers roses et gris des allées bordées de roses trémières, de murets bas couverts de pots et de vasques de fleurs. Elle scintille sur les gouttières de zinc, sur les toits de tuile couleur de sang séché, sur les lucarnes des greniers. Elle luit sur les marches des seuils, sur les heurtoirs de bronze et les poignées de cuivre des portes. Mais les clefs, au-dedans, lui interdisent l'accès aux vestibules, aux salons et aux chambres tièdes de l'haleine et des corps des dormeurs.

Il est encore trop tôt pour les hommes. Ils reposent, ils

achèvent de dévider les fuseaux de leurs rêves. Seuls les animaux dont les nuits s'écoulent à la belle étoile ont entendu son clair appel, et déjà ils se tiennent en alerte à l'orée du nouveau jour. La faim est là, il faudra y répondre. Il faudra vivre, et il faudra ruser pour vivre ; les uns en attaquant, les autres en s'enfuyant ou se cachant.

La lumière tourne en vain dans le trou des serrures. Elle est sans force, elle est légère et tendre. Elle est patiente ; elle glisse dans la rue, elle attend sur les seuils, elle se pose en silence sur le bord des fenêtres cachées derrière leurs lourds volets de bois. Mais en douceur déjà elle se faufile par les fentes des persiennes et verse un peu de rose dans la pénombre brune enclose dans les chambres. Elle teinte cette pénombre de la couleur des rideaux d'épaisse étoffe tirés par-dessus les voilages. Elle esquisse de vagues lueurs tremblotantes sur les lattes des planchers, sur les plis brisés des draps, elle effleure les montants des lits, les angles des tables et des commodes. Elle éclaire, à peine, l'eau des vases et des carafes posés sur les tables de nuit, et parfois frôle une tempe, un cou ou une épaule nue, ou bien jette un éclat soyeux dans un miroir, sur un ongle, une lèvre, une mèche de cheveux. Mais cela ne suffit pas pour percer le sommeil, pour dessiller les yeux des hommes. Cela suffit tout juste à rosir les images furtives qui ondoient dans leurs songes.

Mais il y a une fenêtre dont les volets sont grands ouverts, les rideaux non tirés. C'est la fenêtre du premier étage sur le flanc est de la maison située dans le coude de la paisible rue de la Grange aux Larmes. La lumière matinale y pénètre en toute liberté ; elle éclabousse les murs comme l'eau vive d'une fontaine, elle dessine de *larges flaques chatoyantes sur le plafond et le parquet.*

Dans le lit placé en angle au fond de la chambre, un enfant est couché. C'est une petite fille. Elle se tient ramassée en chien de fusil, sur le côté, sous la fine couverture de coton à carreaux rouge orangé. Sa tête ébouriffée émerge à moitié ; ses doigts sont agrippés au rabat du drap orné de guirlandes de cerises brodées au fil incarnat. Elle est menue. Et d'être ainsi recroquevillée au milieu de son lit, elle paraît minuscule. Ses cheveux sont si noirs, et raides, qu'aucun reflet ne vient nuancer leur teinte. Ils tranchent, fouillis d'épis couleur charbon, sur la taie blanche. La couverture projette sur sa joue une lueur vermeille. Ses yeux sont écarquillés ; elle fixe la fenêtre. Ses yeux sont aussi noirs que ses cheveux. Elle ne dort pas, aucun rêve ne l'habite, pas même un songe. C'est la peur qui l'a mise ainsi en éveil. Une peur qui cogne dans son cœur par à-coups saccadés.

C'est la peur qui la tient tout entière en alarme. C'est l'effroi et la haine.

Un effroi à l'odeur nauséeuse, comme la paille humide qui moisit au fond d'une étable. L'odeur de l'Ogre blond qui s'en vient la saisir. Un effroi couleur de bleuets dans les blés. Une haine lourde d'un corps d'homme ; un corps pesant et étouffant comme une pierre tombale.

Elle attend, la petite, que surgisse cet Ogre, ce grand corps de sa haine. Elle attend comme attendent les proies qui ne peuvent s'enfuir, pétrifiées dans leur fatale faiblesse. Depuis longtemps, depuis bien trop longtemps pour son âge, elle vit raidie dans un secret plein de dégoût et de honte, et surtout de terreur. À l'aune de l'enfance le temps de la détresse est sans limites ni mesures.

LÉGENDE

Son secret, — une obscure alchimie qui soudain a transformé l'enfant enjouée qu'elle était. L'a altérée. Lucie Daubigné a perdu l'insouciance et la gaie pétulance qui avivaient sa joliesse. Elle a perdu toute grâce. Elle a troqué son regard droit, plein de confiance, et ses clairs fous rires contre des regards en biais et des éclats de rire mauvais. Sa minceur est devenue maigreur, sa sveltesse et les vifs ondoiements de ses gestes ne sont plus que souplesse d'orvet et mouvements onduleux de chétive renarde. Sa mère ne dit plus d'elle, « ma fille est un vrai courant d'air de printemps, on risque le rhume à tout instant à la voir ainsi gambader en tous sens ! » Sa mère, déçue, dit à présent, « ma fille est un aspic qui vous file entre les doigts et qui pique si on ose l'approcher. Je ne sais vraiment plus par quel bout la saisir. Ah, elle me donne bien du souci et pas une once de tendresse ! Et l'on prétend que les filles sont plus câlines que les garçons, plus proches de leurs mères ! Pff ! Billevesées que cela ! Quand je pense comme était cajoleur mon Ferdinand quand il était petit ! » Son père ne l'appelle plus « mon petit lutin, ma jolie cigale » ; il l'appelle Lucie, d'une voix un peu triste, et presque intimidée. Mais il ne se permet aucun commentaire.

C'est elle qui a exigé qu'on ne l'appelât plus désormais que par son vrai prénom. Elle a décrété révolu le temps des doux surnoms. Elle a jeté aux orties du passé tous ces gentils vocables niais. Et Louis-Félix avec. Elle a renié son compagnon de jeux et de rêves d'autrefois ; elle a répudié son jumeau aux lunettes à monture d'écaille blonde. De même elle a repoussé toutes ses camarades et elle refuse l'affection des adultes. De ceux-là surtout elle se tient à distance. Elle se veut seule. Elle y est parvenue, elle a instauré le vide autour d'elle. Elle est Lucie, un point c'est tout, et elle ne tolère plus la moindre familiarité.

Que nul ne s'aventure à franchir les strictes limites du désert qu'elle a tracé autour d'elle ; tout pas tenté vers elle pour la réapprivoiser est un grave faux pas qui lui lève le cœur de colère et de dégoût. À tous elle crie « arrière ! », de toute la fougue de sa détresse d'enfant. Mais celui auquel, à travers tous les autres, elle lance ce cri de rejet, celui qui seul en vérité a provoqué ce cri, celui-là se moque éperdument de l'interdit proféré contre lui et passe sans cesse outre.

Ce secret lui ronge la chair du dedans, Lucie a perdu l'appétit, elle a pris la nourriture en dégoût. Les odeurs des mets, des plats en sauce lui révulsent l'estomac. Elle ne peut plus manger de viande sans vomir. Elle se nourrit de légumes et de fruits, et de pain. Même les laitages la dégoûtent. Elle est devenue d'une sensibilité maladive aux saveurs et aux odeurs. Tout ce qui lui rappelle l'odeur du corps de son persécuteur, tout ce qui évoque ce corps et les sécrétions de ce corps, lui fait un effet immédiat de violente répulsion. Une odeur aigre et douceâtre à la fois ; l'odeur de la peau des blonds. Elle la flaire partout, cette répugnante odeur de peau d'homme, de sueur et d'alcool.

Cette odeur de suint d'homme échauffé par le désir, mouillé par le plaisir. Elle a pris en horreur les humeurs exsudées par le corps, — la sueur, la salive et le sang, et par-dessus tout cette étrange sanie blanchâtre, tiède et fade comme un reste de lait caillé au fond d'un bol, qui s'écoule du bas-ventre de l'homme.

« Vraiment, se plaint sa mère à ses vieilles commères, je ne connais rien de pire qu'un enfant qui refuse de manger. Quelle épreuve, mon Dieu ! Chaque jour il faut crier, menacer, ruser ou punir pour forcer cette tête de mule de Lucie à avaler un peu de nourriture. Mademoiselle dit non à tout, mademoiselle n'aime plus rien, fait des manières et des chichis à table comme une pimbêche princière. Si on la laissait faire elle ne mangerait que des légumes et des croûtons, comme une bique ! D'ailleurs elle est aussi têtue et désobéissante que la chèvre de Monsieur Seguin. Ce n'est pas faute de le lui dire, " Lucie, prends garde au loup ! À force de broutailler de l'herbe et des croûtons comme une méchante bique rétive, tu finiras en vilain sac d'os ! " Mais elle n'en fait qu'à sa tête. » Ce qu'Aloïse dans ses plaintes ampoulées ignore, c'est que le loup a déjà croqué la chèvre, depuis longtemps. C'est que sa fille n'a pris toute nourriture à ce point en écœurement, et particulièrement la viande en aversion, que parce qu'on a porté atteinte à son corps, porté outrage à sa chair d'enfant. Le loup a déjà dévoré la cabrette et recommence sans cesse son festin assassin. Parfois d'ailleurs le loup ose se plaindre, « tu es vraiment trop maigre, Lucie, tu as les os comme des clenches de fer. Et tu es plate comme une planche. On se fait des bleus avec toi. »

Il osait se plaindre, lui ! Lui qui avait détruit en elle le goût des aliments, lui qui la dépouillait d'elle-même. Qu'il s'en fasse donc des bleus, qu'il s'en fasse même sur tout le corps à force de venir se frotter à elle, et si possible qu'il s'en fasse jusqu'au front. Un bleu d'opprobre, là, en plein front, comme la tache de cendres à la messe des Cendres, afin que tous puissent le voir, et comprendre enfin.

Eh bien oui, elle est maigre. Et si elle le pouvait elle le serait davantage encore. Elle aimerait devenir maigre jusqu'à se rendre insaisissable, invisible, afin de décourager le désir du loup, de couper l'appétit insatiable de l'Ogre. Bien sûr les réflexions que font pleuvoir les autres en la voyant lui sont pénibles et l'agacent. « Ma pauvre Lucie, lui lance sa mère à tout propos, tu es si maigre qu'on s'écorche les yeux rien qu'à te regarder ! », ou bien « Lucie, finalement c'est moins à cette péronnelle de chèvre de Monsieur Seguin que tu ressembles, qu'au piquet de bois auquel elle était attachée ! » Son père lui demande simplement parfois, « ma petite Lucie, tu n'es pas malade au moins ? — Je vais très bien », répond-elle à chaque fois d'un ton sec en esquivant le geste de caresse qu'il amorçait vers elle. Et les tantes, avec leurs radotages ! « Ah Lucie ! Quelle misère ! Quelle maigrichonne tu nous fais là ! Ça fait pitié de te voir ! Même les chats de gouttière ne sont pas aussi efflanqués que toi. Toi qui était si rondelette quand tu étais toute petite ! Ah, tu as bien changé ! »

Oui, elle a changé. Et son regard aussi a changé. Elle ne les voit plus comme autrefois, ses deux bonnes grand-tantes. Elle les voit dans toute l'épaisseur et la mollesse de leurs chairs, dans toute l'inanité de leurs roucoulades et de leurs jérémiades. Deux vieilles bonasses qui pleurnichent en se goinfrant de gâteaux, surtout la grosse Colombe chaque fois qu'elle se joue son vieux disque rayé, « Albert-qui-a-reçu-le-N-del'Ange-Blanc-en-plein-sur-la-tête-sous-le-crachin-de-Bruxelles... » Bien fait pour sa gueule, à cet andouille d'Albert ! Et qu'elles se bâfrent tout leur saoul, les tantes Colombe et Lolotte, pour adoucir leur chagrin rance, mais elle, elles ne l'auront pas avec leurs flans et leurs tartes nappées de crème, avec leurs gâteaux de semoule aussi mous que leurs fesses et leurs seins ! Qu'elle enfle, qu'elle enfle à en éclater, la tante Colombe avec ses jambes comme des piliers de pont, et qu'elle gave ses matous obèses à les en faire exploser, la niaise Lolotte. Mais elle, ça non, elle n'ouvrira pas la bouche, elle n'avalera rien. Et il y a aussi la marraine Lucienne qui vient rajouter son foutu grain de sel. Celle-là, elle a toujours des grains de sel acide plein sa bouche en cul de poule, prêts à attiser les moindres plaies qu'elle décèle chez les autres. Chaque fois qu'Aloïse se lamente sur le compte de sa fille qui s'obstine à bouder tous les plats, la vieille Lucienne rétorque d'un ton pincé : « Ma chère il faut savoir élever ses enfants ! Un enfant, ça se dresse, et au besoin ça se punit. Lucie s'amuse à vous faire tourner en bourrique, elle fait son intéressante ? Eh bien, matez-la ! Quand elle refuse de manger renvoyez-la dans sa chambre et privez-la des jeux qu'elle aime. — Mais voyons, ma chère Lucienne, répond Aloïse d'un air contrit, ça ne marche pas. J'ai bien essayé, mais en vain. Lucie est si sauvage qu'elle préfère rester seule dans sa chambre plutôt que d'être en notre compagnie, alors vous pensez bien que je ne vais pas lui accorder ce plaisir ! Quant à la priver de ce qu'elle aime, la chose n'est pas aisée, — elle n'aime rien, ni personne ! — Envoyez-la en pension, alors. Là-bas, on la dressera. — J'y ai bien songé, ment Aloïse, mais son père s'y oppose. — Bref, conclut Lucienne, entre votre bon à rien de fils et votre fille capricieuse, vous n'avez pas beaucoup de satisfaction. Ah, c'est une jolie filleule que vous m'avez donnée là ; une pauvre perruche dont aucun chat ne voudrait de peur de se casser les dents ! Mais vous êtes trop faibles, Hyacinthe et vous, vous manquez de vraie sévérité avec vos enfants. Mon pauvre frère est bien gentil, mais c'est un vrai mollasson. » Et Aloïse se raidit, furieuse, non parce que la perfide Lucienne a traité sa fille de perruche et son mari de mollasson, — ils le méritent bien, après tout, mais parce qu'elle a insulté Ferdinand au passage. Et ensuite elle dévide sa colère sur Lucie. « Ah, qu'est-ce que je ne dois pas endurer à cause de toi ! Moi qui fais tant d'efforts pour plaire à Lucienne, et tout ça dans ton intérêt, mais toi, petite morveuse, tu t'amuses à me ridiculiser ! — Mais je n'ai rien fait, et rien dit ! se défend Lucie. — Si, tu fais ! Tu fais que tu viens en visite comme on va chez le dentiste, avec un air d'ennui et de souffrance. Tu fais que tu me fais honte avec ta maigreur de squelette. Non mais, regarde-toi, on voit le jour à travers ta peau ! Et puis tu ne réponds même pas lorsqu'on te parle, et tu lances des regards moqueurs. Tu crois peut-être que cette vieille taupe de Lucienne ne s'en rend pas compte ? — Si c'est une vieille taupe, pourquoi alors on va chez elle ? — Comment, pourquoi ? Mais elle est la sœur de ton père, tout de même, et ta marraine de surcroît ! Et puis, n'oublie pas qu'elle m'a promis un certain nombre de ses bijoux, parce que précisément tu es sa filleule et que quelques-uns de ses diamants te reviendront un jour. Ce n'est pas rien ! » Mais Lucie murmure entre ses dents avec un sourire en coin, « ses diamants elle peut se les foutre dans le cul, la vieille taupe, elle les chiera dans son cercueil. C'est les vers qui vont bien rigoler ! — Qu'est-ce que tu baragouines encore dans ta barbe ? Combien de fois me faudra-t-il te répéter qu'il est grossier et même odieux de ronchonner en catimini. Les apartés, c'est bon pour le théâtre, mais en société c'est incorrect ! »

Mais il arrive aussi parfois, que certaines personnes posent un regard inquiet, et non pas critique ou agacé, sur l'enfant maigre, fuyante et insolente. Il y a des gens que le regard si noir, et déjà fou, de la petite, met en alarme ; il y a des gens qui sentent que seuls le malheur, la douleur, ensauvagent à ce point un enfant. Et certains ont tenté d'en parler avec Aloïse. Mais chaque fois celle-ci a nié, s'est dérobée. Elle ne veut surtout pas s'aventurer sur ce terrain glissant du doute ; un instinct aussi aveugle que féroce lui dicte la plus grande prudence : — ne pas fouiller trop profond dans l'âme marécageuse de son fils, ni dans celle endolorie de sa fille. Car elle pressent bien qu'il y a de la boue dans l'âme de son beau Ferdinand, et des larmes dans celle de sa rebelle Lucie. Mais elle est tout à fait incapable de porter cette confuse intuition jusqu'à sa conscience, et encore moins d'en discuter avec quiconque. Une telle enquête du côté des ombres et pénombres portées par ses enfants risquerait bien trop de saper les rigides fondations sur lesquelles elle a érigé sa vie, et de démanteler son personnage trinitaire d'honorable fille posthume d'un héros de 14, de digne veuve de guerre remariée par raison, et enfin de mère courageuse dévouée à ses enfants. « Si quelque chose était arrivé à ma fille, je le saurais tout de même ! répond chaque fois Aloïse d'un ton assez sec et sûr de soi. J'ai l'œil sur elle, c'est une enfant gâtée et également très surveillée. Si malheur il y a, elle seule en est responsable, elle se l'invente de toutes pièces. »

Aloïse est d'autant plus confortée dans son art de l'esquive que Lucie elle-même fait la sourde oreille aux questions qu'elle lui pose malgré tout parfois.

« Voyons, ma chérie, dis-moi ce que tu as. Il y a quelqu'un qui te fait des misères, à l'école ou au catéchisme ? Il y a quelque chose qui ne va pas ? Tu dois tout me dire, tu sais, — je suis ta mère ! » Et forte de cet argument choc, elle attend les confidences de sa fille. « Il n'y a rien, maman, je te le jure », répond la petite.

« Je suis ta mère », — la belle affaire ! C'est justement à cause de cela que Lucie ne peut rien lui dire, quand bien même certains jours l'aveu lui brûle les lèvres. C'est que sa mère est aussi la mère de l'autre. Sa mère est en même temps celle du loup et celle de la chèvre. Elle est même bien davantage celle du loup.

Sa mère à la voix claire, sonore, au regard fier qui ne s'adoucit, ne s'attendrit, ne s'illumine que face au fils de son ancien amour demeuré éternel. Face à son fils confondu à l'amour.

Sa mère, une louve presque. Une traître qui s'ignore.

*

Son secret, — une œuvre au noir accomplie dans sa chair. Une œuvre de souillure, de trahison et d'épouvante commise contre son corps d'enfant, et qui n'en finit pas de la hanter. Quand on reproche à Lucie son excessive maigreur pour l'inciter à reprendre un peu de poids, elle répond avec humeur : « Je sais, je suis maigre. » Et cela sonne péniblement avec « je suis aigre ».

Elle est aigre de toute la sueur et de toutes les sanies qui ont été versées contre sa peau ; elle est aigre d'avoir été si souvent souillée par ce pus écoulé du bas-ventre d'un homme. Un homme qui était son grand frère, blond et beau comme le jour ; un homme qui était son héros, sa fierté d'enfant, son dieu familier du logis. Elle est aigre dans son corps et son cœur, — d'avoir été ainsi trahie, bafouée. Son héros n'était qu'un voleur de rêves, qu'une brute qui puait l'alcool et la sueur, son dieu du logis n'était qu'un vulgaire sorcier qui s'introduisait la nuit à l'insu de tous dans sa chambre pour venir se vautrer sur elle en ahanant. Le grand frère n'était qu'un ogre qui se rassasiait de la tendre chair des petites filles.

Alors elle a pris sa propre chair en horreur. Et sa maigreur se double d'une rage de propreté. Elle ne se lave pas, elle se récure. Chaque matin et chaque soir elle se savonne en se frottant presque jusqu'au sang. C'est qu'il lui faut débusquer hors de chaque pore de sa peau l'odeur et les souillures que l'ogre blond a répandues, et les chasser loin d'elle. Puisque sa mère lui avait répété à l'envi que désormais elle était grande, qu'elle avait pleinement l'âge de raison et par conséquent l'obligation de jeter à la poubelle ses peurs idiotes chaque fois qu'elle avait demandé à revenir dans son ancienne petite chambre sous prétexte qu'elle se sentait angoissée dans la nouvelle, Lucie avait décrété qu'elle avait aussi l'âge de se laver et de s'habiller seule. Sa mère se moquait de sa subite et excessive pudeur. « Voyez-moi ça, c'est maigrichon comme une trique, ça n'a que la peau sur les os, et ça joue déjà les effarouchées comme si mademoiselle avait de plantureuses formes à cacher ! Pauvre petite souris, va, cache-toi si ça t'amuse, mais je t'en supplie, au lieu de t'astiquer comme un cuivre de musée pense un peu à faire usage du peigne et de la brosse, et prends soin de tes vêtements ! Tu es toujours hirsute et attifée comme une chiffonnière. Quand je pense comme tu étais coquette avant ! Et maintenant un vrai épouvantail, et pas seulement à moineaux, mais même à corbeaux ! » Tous ces reproches et ces railleries par lesquels sa mère espérait ranimer en sa fille un brin d'élégance ne faisaient que consolider celle-ci dans son attitude. Si elle l'avait pu, Lucie se serait lavée à l'eau de Javel, se serait décapée à la paille de fer, frottée au soufre et à l'éther, afin de dégoûter ce frère au nez d'ogre.

Elle avait remarqué, près des étangs et des rivières, comment se comportaient certains crapauds lorsqu'ils étaient attaqués par quelque prédateur. Ils se renversaient sur le dos et simulaient la mort, exhibant leurs gros ventres aux couleurs agressives, tandis que des glandes de leur peau exsudaient une mousse corrosive à l'odeur âcre qui faisait aussitôt passer à leur ennemi l'envie de les dévorer. Souvent, au cours des nuits où l'angoisse l'arrachait au sommeil pour la jeter en alarme, l'oreille tendue, le cœur battant au moindre bruit décelé sous sa fenêtre, elle s'était imaginé qu'elle allait parvenir à voler leur secret aux crapauds et que soudain, lorsque le frère surgirait et viendrait lui arracher ses draps, il ne trouverait plus dans le lit qu'un vilain petit corps raide surmonté d'un énorme ventre ballonné, à la peau jaune et verte, luisante de cloques brunes et exhalant une odeur aigre. Elle rêvait les contes et les fables à rebours ; jamais, en découvrant un crapaud dans l'herbe ou aux abords d'une mare, elle ne fabulait en songeant aux belles histoires qui racontent comment les princes charmants se trouvent parfois transformés en vilains crapauds par quelque sorcière malfaisante, pour mieux ensuite se retransfigurer en splendides jeunes hommes sous le baiser d'une princesse. Bien au contraire, Lucie souhaitait revêtir la peau gluante et boursouflée de verrues des crapauds des marais pour pouvoir horrifier le frère. Les ogres ne croquent pas les crapauds.

Les ogres ne croquent pas les crapauds, mais ils les réduisent au silence. Du moins Melchior s'était-il tu depuis les visites nocturnes de Ferdinand. Après l'automne, puis le long hiver au cours desquels le frère s'était révélé voleur de chair d'enfant, le doux génie du lieu n'avait pas reparu. Le vieux crapaud si familier ne s'était cette fois-là pas réveillé de son sommeil dans la terre. Lucie avait remarqué ce silence ; un silence qui trouait les nuits de printemps. Mais elle ne s'était pas étonnée. L'ogre était un sorcier qui retournait toute chose en son contraire et transformait le familier en angoissante étrangeté.

Lucie a fini par se vouloir laide. Puisque sa propre mère la livrait aux mains de l'ogre, puisqu'elle ne pouvait se confier à personne, puisqu'elle ne disposait d'aucune arme pour se défendre, eh bien il lui restait une issue : devenir maigre et sèche comme une branche morte, et laide à décourager tout désir. « Maigrichonne et laideronne, voilà ce qu'est devenue ma fille, se lamente Aloïse. Elle qui était si mignonne lorsqu'elle était petite ! Elle n'a jamais eu l'éclat de son frère, c'est vrai, mais tout de même, elle était bien charmante à sa façon. Elle a de beaux yeux noirs, des traits fins. C'était une jolie brunette, mais la voilà devenue une vilaine noiraude ! Elle est si squelettique, les os lui saillent de partout ! Et avec ça elle ne grandit pas, — il n'y a que ses yeux qui grandissent et qui lui dévorent le peu de visage qui lui reste ! Et en plus elle a pris un regard sournois. Elle ne sait plus sourire, elle grimace, et elle qui avait de beaux cheveux, elle s'acharne à les saccager. J'ai beau cacher les ciseaux elle en déniche toujours une paire quelque part et se coupache les cheveux en dépit du bon sens. Elle refuse également de porter des jupes ou des robes. Si

je la force à en porter une, elle s'arrange immanqua-
blement pour la déchirer. Quant aux taches, n'en par-
lons pas ! Elle s'en couvre de la tête aux pieds. Mais
sous ses hardes elle a la peau plus décapée qu'un
cuivre à graver ! Vraiment, ma fille est une énigme ; là
où toutes les petites filles de son âge s'ingénient à se
faire belles et séduisantes, elle s'évertue à s'enlaidir.
Partie comme elle est, si elle continue sur sa lancée, ce
n'est pas un gendre qu'elle me ramènera quand elle
sera grande, mais quelque monstre glauque déniché
dans un film d'horreur ! »

Le monstre est déjà là, et il ne sort d'aucun film. Il
est de la famille. Et il est très bel homme.

*

Son secret, — un sceau invisible le maintient
enfoui, bâillonné. Un sceau fait de honte et d'effroi.
Lucie se tait. L'ogre lui a volé sa voix, il a mis sous ver-
rou les mots de l'impossible aveu qui la tourmente
tant.

C'est qu'il règne sur elle par la douleur et par la
peur. Il ne cesse de lui prouver sa toute-puissance. Il
lui fait mal, il lui tord les poignets et lui tire les cheveux pour la forcer à exécuter ses désirs, et il la terrifie
en la menaçant de la tuer si jamais elle ose crier.
Parfois il s'effondre sur elle, et s'endort tout d'une
masse une fois son plaisir accompli. Elle étouffe sous
le poids mort de ce corps repu d'alcool et de jouissance. Il lui semble alors sentir sur elle le poids de la
dalle qui pèse sur la petite Anne-Lise Limbourg.

Parfois il tente, après avoir abusé d'elle, de la rassurer, — de la séduire et de l'apprivoiser. Il feint alors la
douceur et la complicité. « Ma petite Lu, tu es bien
avec moi, n'est-ce pas ? Tu aimes bien mes caresses,

c'est agréable, non ? Nous ne faisons rien de mal, tu
sais. C'est très beau de s'aimer comme on s'aime, tous
les deux, vraiment. Mais les autres sont méchants, et
jaloux, c'est pourquoi il ne faut rien leur dire. Rien, et
jamais ! Tu me le jures, hein, que tu ne raconteras rien
à personne ? C'est notre secret, notre grand secret à
tous les deux seulement ! Il faut le garder ainsi. » Et il
la saoule alors de mensonges, murmure tout bas
contre son oreille. Mais plus souvent il la menace, et
c'est par cela qu'il la tient. « Si tu dis un seul mot, je te
tordrai le cou, tu entends ? Ne t'avise surtout pas
d'aller me dénoncer, je t'écraserai comme un pou. Tu
la fermes, sinon, zou ! Je t'expédie tout droit au cimetière dans une jolie boîte en sapin. Et n'essaie pas de
bloquer ta fenêtre, j'entends venir quand bon me
semble et trouver toujours les volets ouverts. Si jamais
tu t'enfermes, tu auras de mes nouvelles le lendemain,
crois-moi ! Tu dois m'obéir en tout. »

Chaque soir elle se couche avec la peur au ventre, et
la colère au cœur. Elle se réveille plusieurs fois par
nuit en sursaut, au moindre bruit elle se tourne vers la
fenêtre. C'est par là qu'il entre. Il grimpe sur le mur du
potager et de là il se hisse aisément jusqu'à sa fenêtre.
Il peut s'introduire chez elle sans aucun danger. Les
chambres où dorment les parents sont situées à
l'autre extrémité de la maison. Et la chambre du dessous, c'est la sienne. Nul ne le voit, nul ne l'entend. La
petite est sa chose.

Lucie est réduite au silence, et même à se faire la
complice de son persécuteur. C'est qu'elle sait qu'il ne
profère nullement ses menaces à la légère. Anne-Lise
Limbourg, la jolie petite rousse frisottée dont le rire
cessa un jour de tinter dans la cour de l'école, dont le
rire s'est tu brutalement, à jamais, — c'est lui qui l'a

tuée, elle en est sûre à présent. Et cette autre petite fille dont elle a lu le nom dans le journal il y a plus d'un an, c'est lui aussi qui l'a tuée. Qui l'a forcée à se donner la mort. Irène Vassalle. Il y avait sa photo dans tous les journaux. Une fillette blonde, au regard doux. Elle portait deux grosses nattes qui encadraient son visage. Lucie a découpé sa photo dans l'un des journaux et l'a cachée dans sa boîte à secrets, avec celle d'Anne-Lise. Les articles disaient que la petite fille s'était pendue un soir dans le grenier de sa maison, sans avoir rien laissé prévoir d'un tel acte. Mais les motifs de ce suicide étaient évidents.

Peut-être en a-t-il tué d'autres, encore. Et un jour, ce sera son tour à elle. Un jour il ne desserrera plus ses mains qu'il s'amuse parfois à nouer autour de son cou pour l'effrayer et l'obliger à garder le silence. Ces mains, ces doigts mauvais, longs et durs, — Lucie sent en permanence leur étreinte sur sa gorge. Et ses larmes se glacent, ses cris s'étranglent, les mots se brisent dans sa gorge oppressée.

*

Voilà un long moment qu'elle est réveillée. Un bruit l'a arrachée à son sommeil sans profondeur. Un bruit qu'elle connaît jusqu'au vertige : il marche à pas de loup dans les allées du potager, tâtonne vers le mur qu'il vient escalader. Il a bu, ses pas de loup sont trébuchants. Il a bu, son haleine puera l'alcool, ses gestes seront brutaux, ses yeux luiront d'un éclat trouble. Ses yeux auront leur regard d'ogre, — elle y lira la faim de l'ogre, la folie, le goût du crime. Il aura le regard crasseux, comme si ce n'étaient pas des larmes qui humectaient ses yeux mais de la sueur. Il aura le regard vitreux, dans le bleu sanieux de ses iris la pupille sera fixe. Il a bu, il va lui murmurer des mots de grossière et hypocrite tendresse, puis il ricanera et sifflera entre ses dents des mots de menace, terribles et réels. Il a bu, il va se coller contre elle, il va se frotter à elle, et lui écarteler les membres comme on le fait avec des insectes ou des grenouilles de dissection. Il a bu, il va sombrer dans un sommeil lourd sitôt sa faim assouvie, son corps inerte pèsera sur elle ; elle étouffera, sera meurtrie. Il a bu, — il s'en vient une fois de plus commettre son œuvre de souillure et d'épouvante.

Elle attend, toute racornie et crispée dans son lit, ses doigts froissent la bordure du drap et son cœur bat si fort qu'elle en est tout assourdie. Elle voudrait se lever, s'enfuir, courir jusqu'aux chambres où dorment ses parents. Mais elle ne bouge pas. Comme à chaque fois la peur la cloue dans son lit, lui coupe le souffle et la voix. Ses muscles sont si raides qu'elle ne parvient pas à déplier ses jambes et ses bras. Ses muscles sont en fer, ses os en verre. Si elle fait un mouvement tout en elle va craquer, se casser. Et puis son cœur lui fait mal à battre comme ça si vite, si violemment.

Elle voudrait au moins fermer les yeux, refaire la nuit dans sa chambre, ne plus rien voir, mais même cela elle n'y arrive pas. Ses yeux demeurent écarquillés, rivés à la fenêtre par laquelle l'ogre va s'engouffrer d'un instant à l'autre.

Elle ne pleure pas, n'éprouve même pas l'envie de pleurer. Il y a longtemps qu'elle ne sait plus verser de larmes. L'ogre lui a tout volé, — jusqu'à ses larmes. La première fois qu'il a surgi dans sa chambre, elle avait été saisie par une telle stupeur qu'elle avait éclaté en sanglots. C'est que le temps de traverser la pièce il avait arraché ses vêtements tout en s'avançant vers son lit, avait jeté sa chemise, son pantalon, son caleçon sur le plancher, et il s'était approché d'elle tout à fait nu. C'était la première fois qu'elle voyait un corps d'homme, la nudité d'un homme. Un sexe d'homme. Et cela l'avait terrifiée. Elle n'avait rien compris. L'homme qui venait d'apparaître en pleine nuit dans sa chambre portait bien le visage de son frère, mais ce corps lui était inconnu. Un corps à la fois très beau, et monstrueux. À quel animal avait-il donc volé ce membre étrange qui lui saillait au bas du ventre ? Un membre à la fois dérisoire, tronqué comme un moignon, et cependant infiniment plus inquiétant que tous les autres membres qui font se mouvoir le corps. Un membre, qu'elle, ne portait pas, et dont elle ne saisissait guère la fonction, mais dont, d'instinct, elle avait ressenti la violence. Et le frère, d'autant plus angoissant qu'il était à la fois familier et brutalement inconnu, s'était penché vers elle, avait tiré d'un coup sec le drap et la couverture, l'avait saisie par le bras et forcée à se lever, l'avait traînée jusqu'au divan, et là s'était abattu sur elle. Et quand elle avait commencé à crier il l'avait attrapée à la gorge et lui avait dit : « Ne crie pas ou je t'étrangle, compris ? Et puis ne pleure pas. J'ai horreur des larmes. Horreur, tu entends ? » Et il lui avait essuyé son visage ruisselant de larmes avec un pan de sa chemise de nuit qu'il lui avait remontée jusqu'aux épaules, d'un geste brutal.

De ce jour elle avait cessé de pleurer. Même lorsqu'elle était punie, ou lorsqu'elle se blessait, elle ne pleurait pas. L'ogre avait d'un coup tari en elle la source des larmes. Les gens avec le temps avaient bien remarqué ce changement en Lucie ; elle qui autrefois éclatait en sanglots aussi facilement qu'en fous rires, ne pleurait jamais plus, et ne riait d'ailleurs pas davantage. Un jour Aloïse avait mentionné ce phénomène devant la marraine Lucienne ; la vieille taupe avait aussitôt rendu son diagnostic : « Un enfant qui ne pleure jamais est un enfant qui n'aime pas ! Les yeux secs sont le reflet d'un cœur sec ! On ne peut rien en attendre de bon. » Sa mère se contentait de lancer à Lucie de-ci de-là d'absurdes prédictions : « Ma fille, à force de ne jamais mouiller tes yeux, ils vont tomber en poussière. Parfaitement, ils vont s'effriter comme de la terre desséchée ! », ou bien : « Méfie-toi, Lucie, tes yeux sont si secs qu'en passant près d'une chandelle ils pourraient bien s'embraser, et il ne te restera plus alors que deux petits tas de cendres sous les paupières ! » Mais le feu était dans le cœur de Lucie. Un feu de honte et de douleur inavouées.

*

Voilà vraiment longtemps qu'elle a entendu le bruit, le bruit furtif et trébuchant des pas du loup. Il faisait encore nuit lorsqu'elle a reconnu ces pas. Et puis il y a eu un autre bruit, plus sourd. Celui d'un corps qui s'affaisse contre la terre. Mais la terre du potager est meuble, les bruits s'étouffent contre elle. Et depuis, plus rien. Le jour est tout à fait levé à présent. Et plus monte la lumière, plus la terreur desserre son étreinte dans le cœur de Lucie. Peu à peu ses muscles se détendent. Elle commence à bouger dans son lit, à dégourdir ses jambes et ses bras. Elle tend son cou, sort complètement sa tête hors des draps. Elle se redresse même, et s'assied dans son lit, l'oreille aux aguets. Aucun bruit. Alors sûrement ces bruits n'étaient pas ceux des pas de l'ogre, ce devait être un quelconque animal venu fureter dans le potager. Elle a eu peur pour rien. Elle se rassure, déjà elle se réjouit. Mais pour se tranquilliser pleinement elle décide d'aller vérifier à la fenêtre. Elle se glisse hors de son lit, se hâte sur la pointe des pieds jusqu'à la fenêtre, l'entrouvre à demi, se penche légèrement au-dehors.

La terreur s'empare aussitôt d'elle ; elle a un brusque mouvement de recul et déjà ses mains tremblent, son cœur se remet à battre à tout rompre. Il est là. Elle l'a vu, là, en bas, couché au pied des tuteurs de tomates, près du mur. Elle reste un moment pétrifiée à deux pas de la fenêtre, les yeux hagards. Les secondes s'écoulent, puis les minutes. Mais si longues, si tendues d'effroi, si vibrantes aussi de fureur, qu'elles pèsent comme des heures. Et dehors, toujours aucun bruit, rien ne se passe. Alors, tout doucement, la panique commence à décroître dans le cœur de Lucie, et à nouveau elle recouvre l'usage de sa raison et de son corps. Puisque l'ogre ne bouge pas, puisqu'il gît immobile sur la terre, c'est qu'il n'a pas trouvé la force de se hisser jusqu'à sa chambre ; c'est qu'il a dû tant boire qu'il a fini par perdre l'équilibre. C'est cela, l'ogre cuve sa vinasse, les pieds dans les plants de chicorées. Le danger est donc passé, du moins pour cette nuit. L'aube est déjà trop avancée pour que l'ogre à présent se risque à grimper jusqu'à elle.

Mais une autre pensée s'immisce subitement dans l'esprit de Lucie. Une pensée si fabuleuse qu'elle n'ose encore la prendre au sérieux.

Et si l'ogre était mort ?

Mort le frère ! Mort le loup ! Mort le voleur de larmes, le voleur de rire, le voleur d'enfance ! Mort, enfin mort, le bel ogre blond ! Lucie bondit vers la fenêtre, l'ouvre en grand cette fois, et elle se penche, le cœur battant d'espoir et d'inquiétude mêlés. Elle darde sur le corps immobile son regard soudain perçant comme celui d'un autour.

Mais non, il n'est pas mort, le salaud. À quelques imperceptibles signes elle comprend qu'il vit toujours. Ça ne fait rien, elle est tout de même la plus forte. Pour la première fois. Les ogres sont vulnérables lorsqu'ils gisent ainsi ; dès qu'ils dorment dans l'herbe, loin de leurs antres, ils perdent leurs pouvoirs maléfiques. Petit Poucet n'a-t-il pas dérobé ses bottes au grand ogre pendant son sommeil ? Des bottes de sept lieues ! Des bottes pour s'en aller au bout du monde, pour fuir loin de toute douleur, de toute peur. Des bottes à chausser à l'envers pour retourner au pays de l'enfance, pour retrouver Lou-Fé et son doux regard translucide et ses bonds de kangourou rêveur. Des bottes pour traverser le ciel et conduire Lou-Fé jusqu'aux étoiles. Et puis, dans son jardin d'enfance, elle invitera aussi Anne-Lise Limbourg et Irène Vassalle.

Non, jamais elle n'enfilerait les souliers de son frère. Ils avaient bien trop de boue, et de larmes et de sang séchés à leurs semelles. Ce ne sont pas ses chaussures qu'elle lui volera, — qu'elles restent donc plantées là, ses godasses, parmi les chicorées !

Pas ses chaussures, — mais ses pas ! Voilà ce qu'elle va lui voler. Ses pas de loup furtif qui ont tant et tant de fois rôdé à la pointe du jour, ses pas d'ogre aux yeux de lune froide, ses pas de voleur enjambant sa fenêtre, ses pas d'homme nu foulant le plancher de sa chambre. Foulant ses draps, son corps, et son cœur à la fois. Ses pas d'assassin suivant les petites filles à la tombée du jour le long des chemins de campagne pour resserrer ses mains autour de leurs cous.

Ses pas, ses pas qui depuis une nuit de septembre, près de trois ans auparavant, n'ont plus cessé de résonner dans son cœur, dans sa peur, — et sa haine. Ses pas qui ont semé tant d'effroi dans ses jours et ses nuits. Ses pas qui ont creusé sa solitude. Ces pas-là, elle va les immobiliser, les faire taire à jamais.

Il gît, le bel ogre aux boucles d'or et de safran, il gît la face contre le ciel, les yeux ouverts sur le soleil levant. Qu'il ne bouge pas, surtout ! Qu'il reste là, vautré dans les légumes à exhaler ses vapeurs d'alcool, les vapeurs de son sang mauvais. De ce sang noir et fou qui coule sous sa peau claire.

Pour la première fois c'est elle qui va venir à lui. Elle, la petite qui ne sait plus ni pleurer ni chanter, ni rire ni crier. Mais dépouiller l'ogre de ses pas clandestins, de ses pas d'assassin, — ça, elle saura.

Et soudain illuminée par sa haine pour le frère, Lucie se prépare pour accomplir son œuvre de vengeance ; son œuvre de justice.

TROISIÈME SANGUINE

La lumière soudain semble avoir arrêté son long mouvement de flux ; elle s'immobilise comme une eau saisie par le gel. Est-ce d'avoir pénétré dans une chambre à une heure où elle aurait dû encore demeurer sur le seuil, qui l'a ainsi pétrifiée ? Mais elle n'a pas l'opacité des pierres ; elle est translucide et rosée comme un ongle d'enfant. Le ciel s'est vitrifié. Il est si haut, si vertigineusement haut, qu'aucun oiseau n'ose à présent y lancer son vol, pas même l'alouette. Le ciel est nu. Et il est vide ; ce n'est pas lui qui dispense la lumière.

La lumière ne monte plus de l'horizon d'où tout à l'heure elle avait point. Son cours a été détourné, sa source s'est déplacée. Elle ne sourd pas davantage de la terre, ni des ruisseaux, ni des cailloux, ni des feuillages des arbres, ni du cœur des roses ou des glaïeuls. Elle tire son éclat fixe de deux immenses ocelles noirs cerclés de rouge cramoisi que rehaussent encore de larges cernes d'or.

Nul papillon, aucun oiseau, pas même le plus majestueux des paons n'a jamais arboré de si fabuleux et terrifiants ocelles. Car ils sont terrifiants ces deux ocelles couleur de lave en fusion ; et ils ont de la lave *l'incandescence et la violence. Des ocelles ignés. Et leur fixité est telle que peut-être elle résulte d'une giration forcenée.*

Elle a perdu toute patience, la lumière. Elle a perdu toute mesure. Elle ne cherche plus de fentes par où se faufiler, elle ne se couche plus sur les seuils dans l'attente que les clefs tournent dans les serrures et que s'ouvrent enfin les portes et les fenêtres. Elle a trouvé où se poser. Elle a trouvé de quoi frapper. Et elle frappe, ivre de haine et tout enjouée de jeter l'épouvante.

L'homme gît toujours près du vieux mur, au pied des tuteurs de tomates dont l'ombre vermeille tremble sur sa face. Certaines tomates sont encore petites et à peine orangées ; d'autres au contraire sont lourdes et d'un lumineux rouge vif, les tiges ploient sous leur poids. Leur rondeur est parfaite, et leur goût sera frais, délicieux. Mais l'homme à terre ne reconnaît plus les fruits ; il ne reconnaît rien. Il voit pourtant, ses yeux sont grands ouverts. Il voit à en perdre la raison. Car ce qu'il voit est si étrange, et surtout si vibrant de violence, que les formes des choses alentour semblent s'être dissoutes sous la poussée d'une force terrible. Toute chose paraît sur le point d'exploser.

Il voit à la lumière non plus du jour terrestre, mais à celle qui tombe des deux ocelles ardents dont le cœur noir darde sur lui un regard fou.

Les formes ont éclaté, et les couleurs entrent en fusion ; elles s'éploient en larges ondes noires, rouge vif et dorées, elles s'irradient comme des flammes, — des flammes jaillies des antres de la terre. Et elles crient. Les couleurs crient et grincent, elles se distordent, se contorsionnent. Elles crient jusque dans les fruits ronds suspendus au-dessus de lui, elles bouillent sous la peau des tomates. *Elles battent comme un sang brûlant de fièvre dans ces globes de chair humide qui se balancent imperceptiblement au sommet des tuteurs de bois. Mais ces tuteurs ont tant grandi, et ils se sont tant affilés que l'on dirait de hautes lances de combat. Des lances de vainqueurs parées des cœurs des ennemis embrochés sur le champ de bataille. Des lances de grands prêtres païens dressant vers le ciel souverain les cœurs à l'instant arrachés aux torses des victimes sacrificielles. De jolis cœurs d'enfants tout ruisselants et rutilants encore de sang vermeil. De jolis petits cœurs pour apaiser d'obscurs dieux en courroux, ou bien pour égayer un peu l'ennui qu'ils éprouvent à force d'immortalité.*

Mais lui, le gisant, il voit cela du dessous, il n'a pas le regard en plongée des dieux qui siègent dans les nuées. Il est tombé, il est cloué à ras de terre, et cette vision est pour lui épouvante. Son propre cœur lui fait mal, il bat hors mesure, à une cadence précipitée, et il brûle, comme hérissé d'épines incandescentes. Son cœur n'est plus qu'un roncier en feu et son sang siffle dans ses veines. Alors, d'un geste infiniment lent le gisant replie un bras, il remonte sa main jusqu'à sa poitrine. Il cherche à tâtons le sourd battement de son cœur, il écoute du bout des doigts la rumeur de son corps. Mais son cœur ne bat plus, il se tord, se déchire, et la rumeur de son sang est devenue clameur brisée de discordances, lacérée de stridences. Il a peur. Il est pris d'un effroi inconnu, — d'un effroi sans retour. Il a peur de mourir. Mais il meurt pourtant. Il meurt comme meurent les damnés dans les tableaux naïfs et cruels qui jetaient aux regards des pauvres gens des visions de l'enfer afin de les détourner du mal et de toute vile tentation. Les damnés passent leur éternité à mourir sans cesser un instant d'être vifs et de subir l'horreur de l'agonie.

113

Il voudrait bien détourner son regard, refermer ses paupières, arrêter de voir ces cœurs sanglants à la clarté des ocelles couleur de lave, mais il ne le peut pas. Il est fasciné, envoûté. Les ocelles dardent sur lui leur regard ensorcelant. Et quand bien même il parviendrait à fermer ses paupières, cela serait en vain. Il continuerait à voir ; la vision a pénétré bien trop profond sa chair pour qu'elle puisse disparaître. Elle s'est gravée à l'intérieur même de sa peau.

Il est trop tard déjà. L'homme à terre est vaincu, il est perdu. Il se sent vidé de ses forces, dépouillé de sa volonté, privé de toute pensée, dépossédé de son propre regard, arraché à lui-même. Son regard est englouti dans la vision des cœurs vermeils, — et plus encore dans celle de la face bariolée d'ocelles ardents qui est penchée au-dessus de lui, et qui dispense cette lumière d'apocalypse. Il ne peut plus cesser de voir car il n'est pas hors de l'image ; il est avalé par cette image qui le domine, il est au-dedans du tableau, corps et âme. Ces ocelles sont des bouches autant que des yeux. Ils sont des gueules dévorantes.

La face est inclinée vers lui, en surplomb. Une face encastrée entre deux genoux osseux. La petite est accroupie sur le sommet du mur. Elle porte un short en toile ocre et un polo à rayures rouge vif et brun foncé. Ses jambes et ses pieds sont nus ; ses genoux maigres sont tout marqués d'écorchures. Sa peau est mate, brunie par le soleil. Ses cheveux, drus et courts, sont si ébouriffés qu'ils se dressent tout autour de son petit visage comme des ronces noires.

Elle ne bouge pas. Elle se tient à croupetons sur le mur, aussi immobile que l'homme gisant en contrebas. Son équilibre est si précaire qu'il semble qu'elle va tomber, — qu'elle doit tomber. Mais elle ne tombe pas, elle fait corps avec les vieilles pierres comme une chimère taillée à même le mur. Et si jamais elle s'en détache, ce ne sera pas pour choir, non. Ce sera pour s'envoler d'un élan brusque avec un bruit sifflant, et pour ensuite fondre à pic sur sa proie.

La petite tient solidement sa posture de chimère sculptée en porte à faux. Sa posture de gargouille aux yeux de lave ardente, à la crinière hirsute, aux genoux maigres et saillants, et à la bouche grimaçante. Car elle grimace, elle grigne. Et ses grimaces sont à la fois colorées et sonores. Elle a barbouillé ses lèvres de rouge sombre et s'est noirci les dents. Et elle tord sa bouche, retrousse ses lèvres comme des babines de chienne en fureur, fait tantôt claquer ses mâchoires et tantôt grincer ses dents, émet des sifflements aigus, des chuchotements, des gargouillis, des petits cris syncopés. Parfois elle tire la langue, rose et horrible entre ses dents souillées de noir. Elle la roule, la déplie, la pointe en l'air, la réenroule, la tortille. Et elle roule aussi ses yeux, les révulse, les dilate, les referme à moitié, — pour mieux chaque fois redarder ensuite son regard droit sur le visage du gisant.

Et enfin, elle a ce geste : tout en restant bien calée, fesses et talons sur le mur, elle glisse ses mains lentement dans les poches de son short et en retire quelque chose. Deux photos, et des épingles. Deux longues épingles à chapeaux, ornées l'une d'une boule de verre, l'autre de nacre. Elle pique une épingle en haut de chaque photo puis, avec précaution, se penche vers les tomates poussées au sommet du tuteur et y plante les photos. Les épingles crèvent la peau lisse des tomates bien mûres ; un peu de jus s'égoutte des fruits blessés. Le jus perle sur la peau des fruits, coule doucement, puis tombe en brillantes gouttelettes jusque sur le visage

115

du gisant. Et chaque fois la petite scande la chute de ces larmes vermeilles d'un bruitage sifflant.

Elle ne parle pas, lui non plus. Pas un mot n'a été échangé entre eux depuis qu'elle a surgi sur le mur. Et pas un mot ne sera proféré. Des sons, des bruits, des grincements, seulement cela. Ponctués par un silence plus angoissant encore. Les mots n'ont plus lieu d'être. Le regard seul est en jeu, — un regard fou échangé en miroir. Le ciel, la terre entière, la lumière de ce radieux matin d'été, tout a éclaté sous la violence de ce regard immense et fixe qui embrase et vitrifie tout ce sur quoi il se pose, et qui plus encore dévore qui le voit.

LÉGENDE

Son regard, — il a couvé au feu de la honte et de la peur, longtemps. Il a couvé sous ses paupières qu'elle a tenu continuellement baissées pendant deux ans. Sous ses paupières qui ne connaissent plus la fraîcheur des larmes. On a dit d'elle qu'elle avait le regard fuyant, sinon sournois. « C'est bien une fille, lançait sa mère excédée, elle fait déjà des manières et vous regarde en biais comme une chatte qui feint de dormir pour mieux vous épier et vous griffer ou détaler si on s'approche d'elle ! — Voyons, disait la tante Colombe, peut-être est-elle simplement timide. Ça lui passera en grandissant. — Ou ça s'aggravera, répondait Aloïse. D'ailleurs, elle n'était pas du tout timide avant, elle était même plutôt délurée. Ça l'a prise d'un coup, sans raison. C'est un genre qu'elle se donne ; mais elle se trompe si elle croit se rendre intéressante avec ses simagrées. Elle n'est qu'agaçante. Timorée rime avec mijaurée, et chafouine avec sagouine ! Tu entends Lucie ? »

Mais oui, Lucie entendait. Lucie avait toujours entendu les lamentations et les reproches de sa mère à son sujet. Seulement, autrefois cela ne l'affectait pas ; les plaintes et les soupirs de sa mère glissaient sur elle, indolores. Et puis ces doléances étaient dites d'un ton badin et restaient enveloppées dans un nuage de tendresse. Alors qu'à présent sa mère récrimine d'un ton acerbe. De même Lucie entendait autrefois d'une oreille distraite, parfois amusée, parfois intriguée, les bavardages échangés entre sa mère et les commères de la famille. Les mots portaient alors des auras magiques, les phrases proférées par les adultes, à haute voix ou en sourdine, étaient souvent pleines de mystères, et nombre de leurs expressions lui semblaient sibyllines. Et puis elle possédait son propre monde et son propre langage. Il y avait en contrepoids, si doux, si léger, les clairs silences de son père, l'imposante réserve de son frère, les babillages de ses amies et surtout les grands élans lyriques de Lou-Fé qui montaient en volutes émerveillantes jusqu'aux étoiles et aux planètes lointaines. Il y avait un équilibre, il y avait une harmonie. Chacun était à sa place et tenait le langage qui était le sien.

Mais cela n'était plus. L'ordre des choses avait été bousculé, l'équilibre rompu et l'harmonie brisée. Les propos acrimonieux de sa mère résonnent désormais sèchement à ses oreilles attentives. Ils claquent dans le silence de la solitude qui s'est refermée sur elle. Les caquetages des commères bourdonnent péniblement à ses oreilles devenues railleuses. Les silences de son père pèsent comme un douloureux mutisme, et les airs distants de son frère ne trahissent plus qu'une scandaleuse hypocrisie.

Lucie entendait tout, mais elle ne pouvait jamais répondre, elle ne pouvait rien expliquer. Il lui était impossible de se défendre, pas même par un regard. Elle ne savait plus lever les yeux vers les gens, les regarder en face. Un matin elle s'était levée et elle avait perdu son regard franc, plein de confiance et de curiosité enjouée. Car le frère dans la nuit lui avait volé son enfance, sa joyeuse insouciance. Il l'avait bâtée d'un secret trop lourd et ténébreux pour elle.

Un si grand poids pesait sur elle qu'elle ne parvenait pas à le porter ; un poids qui alourdissait jusqu'à ses paupières. C'était le poids brutal d'un corps d'homme vautré sur elle, c'était le poids terrifiant des menaces qui lui serraient la gorge. Elle n'était plus qu'une étranglée en sursis. Elle tenait son regard détourné parce qu'elle craignait que les autres n'y lisent le secret qui venait d'être inscrit dans son corps. Elle avait peur qu'ils ne découvrent, — là-bas, tout au fond de ses prunelles, la silhouette de l'ogre nu. De l'ogre nu avec ses longues jambes en marche, ses grands bras prêts à l'étreindre, ses fortes mains ouvertes pour l'étrangler, — et cet autre membre dur et tronqué, dressé au milieu du corps. Il lui semblait que ses prunelles étaient deux corridors au bout desquels pouvaient surgir à tout instant les images qui hantaient son corps.

Et puis aussi, elle n'éprouvait plus soudain que méfiance et malaise à l'égard des adultes. C'est qu'elle connaissait désormais leurs vrais corps, elle savait ce qu'ils faisaient la nuit dans leurs chambres closes. Elle comprenait leurs sous-entendus, leurs sourires en coin et leurs petits rires acidulés lorsqu'ils évoquaient « la chose » en parlant des histoires privées des autres, — jamais d'eux-mêmes. Elle ressentait alors jusqu'au dégoût leur hypocrisie, leur vulgarité. Ils s'ingéniaient à ne pas parler de « ça » devant les enfants, du moins ouvertement, mais ils ne savaient pas prendre garde aux irruptions de « ça » dans la vie des enfants. Ils étaient trop aveugles pour reconnaître les traîtres qui se trouvaient parmi eux.

Depuis longtemps les adultes sont devenus pour Lucie une autre race, une race étrangère indigne de confiance, affublée de corps opaques et étouffants. Elle les tient à distance, — ils comptent des ogres dans leurs rangs.

*

Son regard, — il a mûri au feu de la détresse et de la solitude. Peu à peu elle s'est éloignée des enfants de son âge, et même de ses amies de l'école, jusqu'à Lou-Fé. C'est que ceux-là ne savaient rien et n'auraient rien compris. Ils avaient gardé leurs regards innocents et confiants, ils frayaient en toute insouciance avec le monde des adultes. Ils n'étaient pas tombés entre les mains de l'ogre, eux. Leurs nuits étaient paisibles, leurs lits étaient purs, leurs matins heureux. Ils ne vivaient pas avec la peur au ventre, avec la honte et la défiance au cœur. Ils n'étaient chargés d'aucun poids, ne vivaient pas sous la menace. Celles qui avaient croisé le chemin de l'ogre étaient restées au fond d'un fossé ou d'un grenier. On les avait trouvées souillées, le cou brisé. On les avait portées en terre. Au moins n'avaient-elles subi qu'une seule fois les violences de l'ogre. Elle, elle ne cessait de les endurer. Il ne se passait pas une semaine sans que l'ogre ne s'introduise dans sa chambre. Cela durait depuis près de trois ans.

C'était peu de temps après le départ de Lou-Fé en pension que Ferdinand avait surgi pour la première fois dans sa chambre. Dans sa nouvelle chambre, aménagée exprès pour elle « parce que maintenant elle était une grande fille ». Et à l'époque Lucie s'était réjouie, elle s'était installée avec fierté dans cette nouvelle chambre meublée selon son goût. Des meubles en chêne clair, un coffret en osier pour y ranger ses jouets, et un joli divan pour inviter Lou-Fé.

Elle haïssait cette chambre, et par-dessus tout ce divan. Depuis cette nuit de septembre où le frère avait fait intrusion dans sa chambre, celle-ci lui était devenue prison. L'ogre avait détruit le calme bonheur du lieu, il avait transformé le divan en couche de détresse, — car c'était vers ce divan qu'il la traînait après l'avoir délogée de son lit, c'était sur ce divan qu'il la jetait, puis s'abattait sur elle. Pour ne pas laisser de traces sur les draps brodés de la petite. Lucie avait aussitôt demandé à revenir dans son ancienne chambre, mais sa mère s'était mise en colère devant ce caprice insensé. Lucie avait alors supplié qu'on retirât au moins cet horrible divan, mais là encore Aloïse n'avait rien voulu entendre. Et Lucie est restée prisonnière de sa belle chambre orientée vers le soleil levant, condamnée à y subir sans défense les visites de l'ogre.

Alors, puisque cette chambre n'était qu'une trappe où on l'avait jetée en pâture au loup, elle en avait interdit l'accès à tout le monde. Elle éprouvait une telle répulsion pour cet espace, ces meubles, qu'elle n'aurait pas pu supporter d'y recevoir des amies et encore moins de laisser dormir Lou-Fé sur le divan souillé. L'ogre aurait pu s'en prendre à tous ces enfants-là aussi, qui sait ? Cette chambre était maudite, c'était un cabinet de magie noire où tout se retournait en son contraire, où se défigurait l'enfance.

Lucie s'était peu à peu éloignée des autres enfants, jusqu'à s'isoler d'eux tout à fait. Elle avait cessé de se mêler aux jeux des autres petites filles ; elle ne partageait plus leurs rêves et leurs désirs. Et puis ces petites filles grandissaient normalement ; d'un pas léger, elles traversaient le temps, certaines même le gravissaient à pas rapides. Elles s'allongeaient, prenaient des formes nouvelles, de jolis seins s'arrondissaient déjà sous leurs corsages. Elles devenaient coquettes, se souciaient de leurs charmes, et soupiraient parfois avec des mines douceâtres sous les premiers élans du désir qui mûrissait confusément en elles. Elles entraient de plain-pied, tête haute et bouche en cœur, dans le temps des petites amourettes. Lucie, elle, se réjouissait de sa disgrâce physique, qu'elle cultivait, et méprisait ces embryons de femmes qui minaudaient déjà devant les garçons, et elle avait leurs idylles imbéciles en dégoût.

Avec Lou-Fé la rupture avait été plus brutale. Au début elle avait voulu tout lui raconter. Mais elle n'avait pas réussi à trouver les mots pour s'exprimer, ni surtout le courage d'avouer. Plusieurs fois pourtant elle avait essayé, « Lou-Fé, tu sais... » commençait-elle soudain, profitant d'un instant de silence. Mais aussitôt sa gorge se nouait, son cœur battait à la volée, le sang lui montait au front, et ses yeux fixaient lamentablement le bout de ses souliers. C'est que les mots de menace proférés par le frère assassin résonnaient dans sa tête et dispersaient les pauvres mots qu'elle cherchait pour passer à l'aveu. « Ben quoi ? demandait Lou-Fé toujours sautillant à ses côtés, qu'est-ce que je sais ? » Et comme elle tardait à répondre et qu'elle restait figée, le regard baissé, il s'impatientait. « Alors quoi, c'est quoi ta question ? T'es bizarre à la fin ! Tu commences à parler et puis tu te tais. Vas-y donc, je t'écoute. » Mais il n'écoutait pas comme elle l'aurait souhaité. Il écoutait d'un air distrait, — si loin, si loin du secret qui la tourmentait. « Arrête de sauter, tu m'énerves à la fin ! » grognait-elle faute de mieux. Mais lui, comme s'il n'entendait pas, se lançait dans de grands discours alambiqués, ponctués de mots savants qu'il tentait d'apprivoiser en les proférant avec force bonds et gesticulations. Il palabrait sur Andromède et sur Orion, sur la couronne solaire, les vents stellaires, il s'exaltait en évoquant les bras en spirales lumineuses de la Voie Lactée, les météorites et les trous noirs du ciel. Mais les mots avaient perdu leur magie pour Lucie, les fables galactiques de Lou-Fé ne la faisaient plus rêver. Quelques mois auparavant elle l'écoutait encore avec admiration, en écarquillant ses grands yeux noirs émerveillés, — car elle « voyait » tout ce qu'il décrivait, son imagination visuelle était à la hauteur de la passion astrale de Lou-Fé. Mais depuis la rencontre de l'ogre elle ne voyait plus rien, et le charabia lyrique de son compagnon l'exaspérait. Il déversait tant et tant de mots, alors qu'elle n'en trouvait aucun pour avouer son secret. Il usait de mots rares et précieux, tandis qu'elle échouait à choisir les mots les plus simples. Et puis, qu'avait-il à lui parler toujours ainsi des régions les plus reculées du ciel, à s'enthousiasmer pour des cadavres d'étoiles mortes depuis des milliards d'années, alors qu'elle, elle souffrait là, maintenant, et qu'elle était hantée par des cadavres de fillettes tuées récemment ?

Son frère lui avait rabaissé brutalement son regard, le lui avait cloué au sol, enfoui dans la boue. Son imagination rampait dorénavant à ras de terre, et même creusait dessous la terre, elle n'avait plus d'élan ni de fantaisie, mais seulement de la peur et de la colère. Aussi plus Lou-Fé s'enflammait en parlant des étoiles, et plus elle se sentait abandonnée, seule. Il voguait dans les nuées, tandis qu'elle restait rivée à la terre par de noires et gluantes racines.

Toutes ces années-lumière qu'il évoquait, c'était en fait entre elle et lui qu'elles s'instauraient.

Alors peu à peu, à force de ressasser en vain son tourment sans pouvoir trouver les mots pour l'avouer, elle commença à perdre tout plaisir dans la compagnie de Lou-Fé. Elle devint impatiente, irascible, et à la fin se fit moqueuse et agressive. « Et patati et patata... tu m'emmerdes avec tes histoires ! Qu'est-ce que je m'en fous de tes planètes ! Ah, t'es miro comme une taupe et tu frimes avec tes étoiles du bout du ciel ! Crétin, va ! Et puis c'est pas en sautant comme un kangourou débile que tu vas devenir une fusée. T'es qu'un pétard mouillé, tu t'envoleras jamais, et en plus tu radotes comme la grosse tante Colombe, pauv' plouc ! » Le jour où elle lui avait ainsi jeté sa colère à la tête, sur une petite route à travers champs où ils se promenaient, lui coupant brusquement la parole, Lou-Fé était resté consterné. Il avait bredouillé en roulant des yeux ronds, soudain ternis, « ... mais Lucie, qu'est-ce qui te prend ?... — J'en ai marre de tes salades, t'es pas drôle. Et puis c'est pas la peine de ribouldinguer comme ça tes quinquets bigleux, on dirait une vache. Et d'ailleurs tu parles comme une vache qui pisse ! Ah ah, du pipi d'étoiles ! — Mais Lucie, c'est vrai que tu es méchante... », avait dit Lou-Fé dans un souffle. Elle avait rétorqué d'un ton glacé : « Et toi t'es con, c'est bien pire. » Il avait eu les larmes aux yeux et était demeuré figé, les bras ballants. Lucie venait de casser les ressorts du petit kangourou amoureux des étoiles. Elle venait du même coup de briser le dernier lien qui la rattachait encore à la joie de l'enfance. Devant les larmes de Lou-Fé elle avait perdu la tête, elle avait senti qu'elle était en train de commettre une bêtise insensée, une méchanceté impardonnable. Elle venait d'humilier son ami, l'avait blessé, trahi. Elle aurait dû lui demander pardon, revenir en arrière, — et enfin tout avouer. Mais elle n'avait pas pu. Un vide immense s'était ouvert en elle. Il lui fallait rejeter Lou-Fé. Surtout Lou-Fé, parce qu'il était candide et fidèle, — bien trop naïf pour réussir à découvrir et à comprendre son secret, et bien trop fidèle pour la laisser à cette solitude qui s'était emparée d'elle et dont elle souffrait autant qu'elle en ressentait un besoin obsédant. Elle ne savait plus ce qu'elle voulait. Elle finissait par vouloir cette souffrance qui de toute façon lui collait à la peau, au cœur. À l'âme.

L'amitié de Lou-Fé n'était plus à la mesure de la folie qui grandissait en elle. L'ogre était tellement plus puissant que le gentil rêveur d'étoiles. Le bel ogre blond au cœur de ténèbres était à l'image de ces fameux trous noirs dont lui avait parlé Lou-Fé, et qui attirent et engloutissent les nébuleuses passant dans leurs parages. L'ogre blond aux yeux de bluets plus vénéneux que les colchiques d'automne tenait dorénavant Lucie par une laisse aussi invisible que serrée, et dont l'étreinte allait croissant. À force d'abuser d'elle, de lui voler son corps d'enfant, il avait fini par lui voler sa raison avec, par consumer ses rêves, enténébrer son cœur. Il avait réussi à faire main basse sur son âme d'enfant.

Lucie avait donc planté là son ami humilié et meurtri et avait détalé à toute vitesse sur la route en criant d'une voix suraiguë : « Hi hi ! pipi d'étoiles et crottes du ciel ! Ancelot n'est qu'un idiot ! Louis-Félix bisque bisque rage ! Hou hou Loup fêlé !... » Elle avait couru à en perdre haleine, elle avait glapi comme une chauve-souris prise de panique. Elle fuyait les larmes du tendre Lou-Fé, elle fuyait loin de son regard d'enfant rêveur tout constellé d'étoiles et ébloui d'aurores boréales ; étoiles désormais à jamais inaccessibles pour elle. Étoiles éteintes, mortes. Quant aux aurores, elles n'avaient qu'une couleur, — celle des cheveux et de la peau de l'ogre.

Elle avait couru, couru droit devant elle sur la route déserte, droit vers sa solitude. Droit vers la folie qui venait enfin d'éclater dans son cœur.

*

Son regard, — elle l'a redressé au feu d'images nouvelles. Le temps de la honte avait pris fin. Les larmes de Lou-Fé l'avaient brutalement rejetée loin de tous, elle avait rompu tous les liens. La honte alors avait cessé, — seul demeurait l'effroi. Un effroi soudain dépouillé de la sourde peur du scandale et du jugement des adultes, — ces aveugles. Un effroi tout autant dépouillé des lancinants appels à l'aide, à la pitié, qu'elle avait lancés en silence, et en vain. Nul n'avait su percevoir ses signaux de détresse, nul n'était parvenu à deviner son secret. Il était d'un coup, et irrévocablement, trop tard. Elle s'était découverte naufragée sur une île déserte. L'île de l'Ogre. Seule, absolument. Pas même un Vendredi pour lui tenir compagnie.

Alors son regard s'est relevé, il s'est fait dur et insolent. Elle a appris à se frayer une seconde vue à travers la broussaille qui s'élevait autour d'elle. Le temps des visions galactiques était révolu, le temps des beaux livres d'images était clos, — celui d'autres visions venait d'échoir. Des visions terrestres, toutes pétries de boue, de chair, de racines. Et de nouveaux livres d'images étaient à ouvrir, à inventer. Des images non plus cueillies au ciel comme de merveilleux fruits de lumière, mais arrachées au ventre de la terre ainsi que des entrailles ou des silex. Des images extirpées du sol aride de l'île de l'Ogre.

Comme elle ne partage plus les jeux des enfants de son âge et qu'elle ne fréquente personne, elle passe son temps libre à courir les prairies, les champs, les berges des rivières, à hanter les marais et les bois. Elle se tient en vigie dans les bruyères, parmi les hautes herbes des berges, ou à l'ombre des buissons, ainsi que les pêcheurs ou les chasseurs épient leurs proies. Mais elle se met à l'affût les mains nues ; elle ne vient pas pour tuer les bêtes. Elle les traque seulement pour les observer, et pour surprendre et admirer leur art particulier — à s'entre-tuer entre elles. Elle ne fait qu'une exception, — pour les limaces. Celles-là elle les tue sans pitié. Elle leur plante en plein milieu du dos le petit canif qu'elle porte dans sa poche, et elle examine ensuite comment la bestiole se tord, se fait plus visqueuse encore, et à la fin se contracte. Elle hait ces mollusques gras et traînants, couleur de brique, qui ressemblent à d'épaisses lèvres. Des lèvres obscènes toutes gonflées de faim vile, de désir répugnant, parties en quête de baisers à voler. « Bien fait pour elle, se dit-elle chaque fois qu'elle enfonce son canif dans le dos de l'une d'elles, ces salopes n'ont qu'à s'habiller comme les escargots, se mettre une coquille, au lieu d'aller comme ça, si nues. Les dégueulasses ! »

Sa préférence va aux insectes, aux batraciens, aux reptiles et aux oiseaux. Tout ce qui rampe et ce qui vole, tout ce qui saute par bonds vifs ; bêtes de l'air, bêtes de l'eau et des rocailles. Bêtes de peu de chair et dénuées de tout poil ; bestioles à membranes et élytres, animaux à peau lisse ou à plumes. Et surtout, bêtes à métamorphoses, à mues et à camouflages.

Il y a les lézards, ces drôles de virgules vert ou gris irisé échappées de quelque texte archaïque. Virgules filantes, fragiles comme le verre mais plus vivaces que le feu, et qui savent se faufiler dans les moindres fentes des pierres. Virgules qui vous filent entre les doigts. Lucie aurait tant aimé pouvoir filer ainsi entre les sales pattes de l'ogre, — ne lui laisser entre les doigts qu'une cheville ou un poignet de verre.

Il y a les couleuvres. Quand le temps est à l'orage elle suit à pas légers les sentiers broussailleux en lisière des bois. Elle marche dans la chaleur moite où vrombissent de grosses mouches au vol lourd jusqu'à ce qu'elle déniche un reptile lové entre des racines, parmi des feuilles mortes. Elle contemple la longue bête aux écailles vertes et jaunes, aux minuscules yeux fixes, souvent vitreux, elle aime la voir se dérouler, glisser à ras du sol en lentes ondulations. Elle admire ces bêtes sinueuses et silencieuses dont l'aspect inquiétant se double d'une troublante grâce, et qui quittent leur peau à chaque saison aussi facilement que la main se retire d'un gant. Elle leur envie ce pouvoir merveilleux, — rejeter sa peau de l'année morte pour se vêtir d'écailles neuves. Abandonner sa peau sur le bord d'un chemin et ne plus s'en soucier. Faire peau neuve, — et pure, car intouchée.

Il y a les grenouilles et les crapauds. Lucie a une prédilection pour toute la gent batracienne, de la menue rainette vert tilleul jusqu'au crapaud trapu couleur de bronze en passant par les tritons crêtés aux ventres orangés tachetés de noir, et par les salamandres couleur de suie marbrée de jaune soufre. Ces dernières bestioles semblent vraiment s'être échappées tout droit d'un feu des antres de la terre, flammes sorcières qui ondoient dans l'eau avec grâce, et continuelle avidité.

128

Dès les premiers jours de printemps, lorsque l'odeur d'humus, de bois mouillé et d'eau stagnante s'exhale à nouveau, les crapauds émergent de dessous les vieilles souches où ils ont dormi tout l'hiver, et regagnent par bonds les eaux de leur naissance. Les belles eaux glauques des marais, moirées de vase, festonnées de roseaux à panaches violâtres, de joncs, d'iris et de myosotis, enguirlandées d'algues et de rameaux de lenticules, et brodées de renoncules blanches, de sagittaires, de nymphéas. Les eaux profondes des marais, — profondes comme des rêves hantés de fleurs et de plantes onduleuses, d'yeux ronds et fixes scrutant les ombres aqueuses, et de mâchoires, de langues aiguës, véloces, toujours à l'affût d'une proie à happer, à croquer, déchiqueter. Les eaux de rêves anciens, sombres et verdâtres, sillonnées de traits et de bulles irisées d'or, de pourpre ou de bleu vif, et qui mêlent le chaud au froid, comme des fièvres. Des eaux mortes qui grouillent d'une vie multiple et violente. Des eaux au ras desquelles veillent les yeux des grenouilles et des crapauds, globuleux et splendides.

Des eaux magiques qui lancent des sanglots de bronze dans les brumes des soirs d'avril. Les marais alors retentissent comme si dans les profondeurs de leurs vases des royaumes engloutis sonnaient le glas à la volée. Des cités dont les crapauds sont tout à la fois les princes et les hérauts, les forgerons et les sonneurs de cloches. Les chants d'amour des crapauds sont funèbres et grotesques, ils parent de sons mortuaires les tourments du désir, ils accompagnent toute autre clameur de pariade de leur obsédante voix de basse aussi discordante que moqueuse. Ils dénoncent ainsi le mensonge du désir qui n'est qu'un besoin vil et brutal, comme l'enfant du conte qui ose s'écrier : « Le Roi est nu ! » Ils soulignent le ridicule des cérémonies des amours prétendues belles et souveraines.

Ainsi celles des grues cendrées lorsque les mâles suivent à pas altiers les femelles encore indécises, en dressant leurs petites têtes hautaines au bout de leurs grands cous, et en serrant leurs ailes, pour se mettre ensuite à exécuter leurs ballets froufroutants ponctués de courbettes et de tournoiements et rythmés de stridents coups de trompette. Même ces danses solennelles ne trouvent pas grâce aux yeux de Lucie ; elle ne manque jamais d'y assister, elle suit les danses courtoises des élégants échassiers avec une avide curiosité, mais elle lutte contre l'admiration qui s'empare d'elle devant tant de grâce et de volupté, pour laisser libre cours à un rire ironique sitôt que retentit un âpre coassement de crapaud tapi au bord de l'eau.

Elle connaît toutes les parades nuptiales, tous les chants de pariade des bêtes des marais, des champs et des sous-bois. Mais aussi somptueux soit à chaque fois le luxe déployé par les mâles pour séduire les femelles, ce faste ne parvient pas à faire oublier à Lucie la laideur de l'acte d'accouplement qui s'ensuit. Les amours animales de l'île de l'Ogre n'ont pour elle plus de secrets ; elle sait s'embusquer en tout lieu selon la saison des noces propre à chaque espèce, et faire le guet sans bouger pendant des heures pour observer les couples, qu'ils soient d'insectes, de canards, d'oiseaux, de lièvres, de chevreuils ou de cerfs. Derrière leurs cris, leurs stridences, leurs mélodies, leurs brames, toujours elle entend en contrepoint de dérision le sombre glas des crapauds. D'ailleurs, à la fin de l'automne, lorsque le froid s'empare de la terre et des bêtes, les crapauds quittent les marais et les jardins pour retourner s'enfouir sous la terre dans quelque trou secret, et leurs voix se taisent. La saison du désir et des accouplements est révolue, le temps de l'ironie s'achève donc avec.

Et puis ces bêtes passent aussi par de fantastiques métamorphoses. D'abord minuscules graines noires encloses dans de longs chapelets gélatineux accrochés à des herbes aquatiques, ils se font têtards lisses et effilés qui progressivement prennent membres et formes pour s'accomplir enfin crapauds ventrus au dos serti de pustules d'airain, à têtes plates ornées d'yeux d'or en saillie, et à gorges capables de s'enfler en goitres volumineux, sonores comme des beffrois. Vraiment ces bêtes sont les maîtres des marais, les princes des eaux mortes, les chantres des crépuscules de printemps.

Ils sont l'âme de l'île de l'Ogre. Une âme rauque, vibrante d'amère dérision.

Il est si loin le temps de Melchior ; le vieux crapaud placide aux mélopées empreintes de mélancolie avait été longtemps l'âme d'une terre sûre et douce. Son gros ventre évoquait la rondeur de la terre, la rondeur des jours paisibles de l'enfance. Melchior était mort avec l'enfance. Et à présent les gosiers et les ventres gonflés des crapauds des marais sont tendus comme des peaux de tambour de guerre.

Il y a les insectes. Les hannetons cornus comme des diables roux qui volent lourdement à la tombée du jour, et les sauterelles voraces. Il y a les coccinelles qui évoquent davantage des prunelles de diablotins que des bestioles du bon Dieu. Il y a les gros lucanes à carapace noir rougeâtre, armés de pinces étincelantes, titubant sous le poids de leur cuirasse comme des chevaliers lourdauds. Il y a les araignées, à pattes grêles ou velues, toutes expertes dans l'art de la plus implacable des patiences. Il y a les mantes cruelles et désinvoltes qui savent si bien comment ne pas s'encombrer de leurs mâles chétifs. Il y a les libellules, qui promènent entre les fleurs, à vifs coups d'ailes de cristal, leurs yeux géants taillés en milliers de miroirs ardents dans lesquels scintille une insatiable faim. Il y a aussi les dytiques, agiles et prompts à foncer sur leurs proies auxquelles ils injectent un suc acide pour mieux les avaler une fois leurs corps dissous en gluante nébuleuse.

Et il y a les papillons. Ceux-là sont à l'air ce que les crapauds sont aux eaux dormantes, — les maîtres. D'ailleurs Lucie s'est mise à élever des chenilles ainsi que des têtards afin de suivre continûment leurs développements. Elle possède un terrarium et un aquarium qu'elle a disposés sur une étagère dans sa chambre, et dont elle s'occupe avec un soin extrême pour le plus grand déplaisir de sa mère. « Ma fille a vraiment des goûts délicats, s'exclame-t-elle, elle pouponne larves et chenilles ! Voilà son passe-temps favori ! À son âge les filles aiment les chats, les petits chiens, les canaris ou les perruches, mais ne jouent pas avec des embryons ! Même mon Ferdinand, un garçon, ne s'est jamais souillé avec de telles saletés ! Ces goûts larvaires ne laissent rien présager de bon, — quel pervers instinct maternel couve donc ma drôle de fille ? »

Cette première étagère s'est doublée de deux autres ; l'une, inférieure, où s'alignent des bocaux de diverses tailles contenant des cadavres de têtards et de grenouilles conservés dans du formol, et l'autre, supérieure, qui présente de beaux papillons aux ailes déployées, piqués sur des planchettes de bois inclinées. Aloïse, écœurée, a résumé cette marotte de sa fille en quelques mots définitifs : « Non contente de dorloter des larves, ma romantique petite fille cajole à présent des cadavres ! »

Ce qu'Aloïse n'a pas remarqué c'est le choix effectué par Lucie ; celle-ci n'épingle sur ses présentoirs que des papillons aux ailes ornées d'ocelles ou striées de lignes et de taches éclatantes. Les papillons aux tons unis et pâles sont bannis de son musée. Elle aime les paons-de-jour, les machaons et les vulcains, pour le rouge ou le jaune intense de leurs ailes, marbré de noir, de blanc et de bleu vif, et les zygènes rutilants de verts et de bleus métalliques pailletés d'or, et les satyridés aux tons de feuilles mortes, de rouille, de terre brûlée, de sang séché, de cuivre, émaillés d'yeux fauves ou blancs. Elle aime tout autant les lourds papillons de nuit aux larges ailes veloutées, tous les sphingides brun rosâtre zébrés de lignes mauves, orangées ou ivoire, et les brocatelles d'or, les aspilates pourprées, les zérènes blancs et noirs rehaussés de sillons jaunes. Sa préférence va aux sphinx-tête-de-mort, parce qu'ils allient en leurs longs corps deux inquiétantes bizarreries : — ils exhibent sur leurs thorax un dessin de crâne noir sur fond jaune, et émettent parfois des cris gémissants, des chuintements de peur. Ils sont par excellence les yeux de la nuit ; des yeux hantés de mort et qui, dans leur terreur, ne versent nulle larme, mais pleurent le bruit des larmes. Des yeux volant dans les ténèbres, solitaires et plaintifs.

Des yeux ! Voilà ce qui fascine tant Lucie chez les crapauds et les papillons : ces deux espèces, au terme de leurs diverses métamorphoses, se transforment en yeux. Volumineux globes d'or et d'airain flottant au ras des herbes et des eaux mortes, larges fleurs bariolées comme des kaléidoscopes virevoltant dans l'air, ou encore sombres pleurs couleur d'automne louvoyant dans la nuit, ainsi apparaissent grenouilles et crapauds, papillons diurnes et nocturnes, à l'enfant qui elle-même n'est plus que regard. Et de même aime-t-elle les hiboux, les effraies, les chevêches, parce que leurs faces plates ne sont qu'immenses yeux aussi fixes que lumineux. Le jour ils gardent leurs paupières closes, se tiennent impassibles et rigides dans quelque discret trou de muraille ou dans l'ombre des branchages. Mais ils ne dorment pas ; ils aiguisent leur vue sous leurs paupières, ils filent leur propre lumière à l'insu de tous, en cercles de soie orangée autour de leurs prunelles noires. Et à la nuit tombée ils rouvrent leurs yeux, alliage de lune rousse et de soleil radieux. Alors, comme soulevés par cette clarté superbe montée du fond de leur être, ils gonflent leurs plumes, ils déploient leurs ailes, et prennent en silence leur vol. Des yeux ailés, armés d'un bec et de serres acérés.

On les dit de mauvais augure, tout comme les sphinx-tête-de-mort ; les uns poussent des ululements lugubres, les autres des gémissements plaintifs. Ils ne frayent qu'avec la nuit, comme les esprits sorciers et les âmes des morts mal morts. On va même jusqu'à prétendre qu'ils portent le mauvais œil, qu'ils sont les hérauts du malheur, les messagers du deuil.

Mais pour Lucie ils sont de mystérieux augure, ils portent l'œil souverain, — celui qui perce les secrets, qui dénoue les attentes, qui révèle le vrai regard à porter sur le monde et les êtres. Un regard qui déchire les mensonges et ne craint plus la mort, se moque des jugements. Un regard fou par excès d'acuité, de patience obstinée.

C'est auprès de toutes ces bêtes des champs, des marais et des bois, auprès de ces bêtes grouillantes dans les replis de l'île de l'Ogre, que Lucie a, peu à peu, redressé son regard. Et celui-ci a acquis la fixité

134

glacée, étincelante, et surtout inquiétante, de tous ces ocelles et pupilles de démesure. « Lucie, Lucie ! lui crie parfois sa mère, n'écarquille donc pas tant les yeux, sinon ils vont te tomber de la tête ! Ah, et puis cesse de fixer ainsi les gens comme un hibou halluciné, c'est ridicule et déplaisant ! Observe-toi un peu dans une glace, il y a de quoi faire peur, tu es maigre, à croire que tu as été réduite par quelque Jivaro, mais avec ça tu roules de gros yeux de cyclope ! »

Lucie se moque dorénavant tout à fait de ces critiques. Elle a enfin retrouvé le goût de voir par-delà la honte et la frayeur. Elle a reconquis un regard, et cela avec une force inespérée, car elle l'a redressé loin des humains, tant adultes qu'enfants ; elle l'a reconquis auprès des bêtes et des bestioles les plus déconsidérées, sinon réprouvées. C'est à ce bestiaire rampant, barbotant, voletant, qu'elle doit la chance d'une seconde vue. C'est aux sifflements, aux coassements, aux stridulations et aux ululements de ce bestiaire vorace qu'elle doit l'éclat et l'ampleur de son nouveau regard. Mais à côté des beaux feux or, vermeil et cuivrés de ce bestiaire grouillant, elle a trouvé un autre feu encore, — un feu muet, pétrifié et glacé, au cœur duquel elle a achevé de forger sa vision.

*

Son regard, — elle l'a armé au feu des morts. Ses vagabondages solitaires ne l'entraînent pas seulement vers les marais et les sous-bois ; ils la conduisent aussi jusque dans les cimetières. Cette idée, d'aller traîner parmi les tombes, lui est venue peu de temps après sa rupture d'avec Lou-Fé. En fait cette idée est plus ancienne encore, elle date du jour où elle avait deviné que l'assassin d'Anne-Lise, puis d'Irène Vassalle, n'était autre que l'ogre blond, son frère. Mais lorsqu'elle avait compris cela, elle avait succombé à la peur et à la honte, et n'avait pas osé se rendre sur les tombes des petites filles.

Elle avait honte, car elle était seule à connaître l'assassin que la police s'évertuait en vain à débusquer, et elle ne le dénonçait pas. À ce meurtrier elle était liée par le sang ; ils étaient nés tous les deux de la même mère. Tous deux avaient grossi, comme des têtards, dans les mêmes eaux troubles, dans les mêmes entrailles. Et elle lui était liée aussi par un autre sang, — celui du vice. Le lien du sang qui la ligotait à son frère était en vérité multiple ; c'était un lien intranchable, plus volubile qu'un liseron et plus épineux qu'un chardon, brûlant comme une brassée d'orties, et noir.

Car tout ce sang était noir, — noir le sang monté du ventre maternel, noir le sang des obscènes et grotesques amours qui unissaient le grand frère assassin à la petite sœur impubère, noir le sang du secret, de la honte et de la frayeur, et noir encore celui des deux fillettes souillées et étranglées.

Mais si le sang des origines, celui des avilissantes pariades, étaient d'un noir opaque, celui des deux fillettes à jamais disparues est d'un noir translucide, luisant, comme celui qui glisse la nuit au versant des vitres éclairées doucement de l'intérieur ; les vitres alors se font miroirs, et en même temps on peut distinguer le dehors à travers, entr'apercevoir l'espace de la nuit.

Avec le temps ce sang second, celui des enfants mortes, a crû en force et en éclat. Il a pris un noir d'ocelle satiné. Et, progressivement, le lien du sang s'est détourné ; Lucie se sent désormais moins la sœur

de l'ogre que celle d'Anne-Lise et d'Irène. Elle est devenue, à force de solitude et de terreur, leur sœur diagona-
nale. Cet obscur lien sororal a pris pleinement racine
et élan en elle, depuis le jour où elle a rejeté l'unique
ami qui lui restait, le fidèle et candide Lou-Fé. En son
cœur mis à nu, mis à vide, une place s'est ouverte pour
accueillir ce lien, le laisser croître et s'enlacer à elle
autrement que sur le mode de la détresse et de l'effroi.

Au début Lucie s'était sentie coupable envers ces
deux petites filles ; elle était la sœur de leur assassin,
elle taisait tout ce qu'elle savait, elle n'avait pas le courage de dénoncer son frère, de tout avouer, elle subissait le mal dans un silence lâche. Et de porter ainsi, si
seule et muette, le poids d'un tel secret, elle s'était
même soupçonnée de complicité. À cause de sa
lâcheté justice n'était pas rendue aux deux petites victimes.

Mais tout cela est fini ; ces sentiments de honte, de
culpabilité, sont tombés d'elle comme des peaux
mortes. Tombés soudain, tandis qu'elle courait sur la
route sous un soleil pâle d'après-midi, au milieu des
champs tout en criant d'une voix de chauve-souris
devenue folle des injures contre Lou-Fé. Elle avait
couru ce jour-là à en perdre le souffle, couru plus vite
que la pitié qu'elle éprouvait pour son ami aux yeux
embués de larmes, couru plus vite que le remords.
Elle avait renié son ami aux grands yeux tournés vers
les mystères des nues et de la pure lumière. Elle avait
renié tous les astres. Elle avait troqué la splendeur du
firmament contre celle de la terre, — de la terre à
boue, à broussaille et à vase ; elle avait troqué l'or
radiant des étoiles contre le bronze étincelant des couleuvres, des crapauds, des insectes et des yeux des
hiboux. Elle avait troqué l'amitié enjouée de Lou-Fé
pour celle, terrible, de deux fillettes mortes. Elle avait

basculé si brutalement contre la terre, qu'elle ne voulait même plus se relever. Elle ne désirait plus que s'enfoncer dans la terre, creuser dessous la terre.

Anne-Lise Limbourg repose au cimetière du bourg, dans une allée perpendiculaire à celle où se trouve la tombe du « pauvre Albert ». À chaque Toussaint sa mère la traînait là-bas ; elles faisaient la tournée des morts de la famille Daubigné, des pots de chrysanthèmes plein les bras. Il y avait d'autres ancêtres encore, mais tous inconnus, tous aussi lointains que ces étoiles filantes aux confins du ciel qui ne l'intéressaient plus. Des noms sans visage, sans mémoire pour elle, gravés dans du marbre glacé. Elle s'ennuyait. Même la tombe du « pauvre Albert » ne la faisait plus rêver ; elle ne cherchait plus, dans l'herbe alentour de la dalle, les traces des pas nus de la fameuse gitane si souvent évoquée par la tante Colombe. Quelques insectes qui d'aventure voletaient dans les parages retenaient un instant son attention, tandis que sa mère, flanquée de Lolotte, marmonnait des prières d'un air grave. Et rituellement sa mère disait dans un profond soupir tout vibrant de hautaine douleur, au moment de quitter le cimetière : « Ah, ceux-là au moins reposent en paix en terre consacrée, avec tout le respect dû à leur mémoire ! Mais mon cher Victor, lui ! Quelle injustice et quel outrage ! Il ne reste de lui qu'un nom gravé sur un monument collectif ! Pas même une dalle pour lui seul, pas même un humble trou en terre bénite, pas l'ombre d'une croix sur son corps !... » Et ses yeux brillaient de larmes qui ne coulaient pas ; ses cils se mouillaient de larmes immobiles, — des larmes belles et sacrées comme celles qui moirent les yeux des saints et des martyrs dans les tableaux accrochés à l'ombre des chapelles. Dans sa petite enfance ces larmes de sa mère plongeaient Lucie dans la stupeur et le respect ; sa mère d'un coup se haussait au rang des grandes saintes souffrantes dont elle avait admiré les portraits dans ses livres d'histoire religieuse. Et Lolotte, reprenant le flambeau de la grosse Colombe restée clouée à la maison sur ses poteaux de jambes, tâchait à chaque fois de consoler Aloïse, veuve et martyre. « Allons, chère madame Daubigné, le nom de feu votre premier mari n'est pas tombé dans l'oubli, il est gravé sur le monument aux morts de sa ville natale, et il reçoit plus d'hommages et d'honneur que nos simples morts, et c'est bien normal vu qu'il est mort en héros pour sa patrie. Il est mort pour nous tous... » Et, avec une mine solennelle, Lolotte lâchait le grand mot : « ... comme notre Seigneur Jésus-Christ ! » Alors Aloïse redressait encore un peu plus sa tête altière et répétait d'un air inspiré, « Oui, comme le Christ... »

Longtemps Lucie avait vécu dans cette légende. Sa mère avait eu une autre vie, autrefois. Une vie de gloire et de bonheur pur. Elle avait eu un Époux, — ce mot sonnait avec emphase aux oreilles de la petite. Et cet Époux était un héros, et même un sauveur, tout comme le Christ. À présent sa pauvre mère déchue n'avait plus qu'un modeste mari, comme toutes les autres femmes ; un homme bien gentil mais sans éclat, comme ne manquait jamais de le souligner Aloïse. Le grand frère, lui, était le fils de l'Époux, et l'aura du héros rejaillissait sur lui. Lucie, elle, n'était que le rejeton du mari, et la poussière de cet homme banal retombait un peu sur elle. Mais c'était ainsi ; Lucie n'en concevait ni jalousie ni complexe. Elle était même fière du passé glorieux de sa mère et d'avoir un grand frère engendré par un héros. Quant à son propre père elle l'aimait tel qu'il était ; un vieux monsieur, déjà, silencieux et effacé, mais d'une merveilleuse douceur.

Mais désormais c'en est fini de cette légende aussi ridicule que mensongère. C'est justice que Victor Morrogues ne repose pas en terre chrétienne, il a engendré un ogre. Et si l'on n'a jamais pu retrouver son corps, c'est parce qu'il n'est pas mort comme meurent les gens normaux. D'ailleurs on dit qu'il a explosé. C'est bon pour les étoiles, pour les volcans, pour les obus, pour les chaudières mal réglées et les pétards, d'exploser, mais pas pour les humains. Il arrive bien sûr parfois que des bestioles crevées sur le bord d'un chemin, en plein été, se mettent à enfler, enfler, jusqu'à ce que leur ventre éclate. Donc seules les charognes en décomposition explosent. Alors, que fallait-il penser de ce fameux époux qui avait explosé et disparu sans laisser de traces ? Qu'il devait être une sorte de monstre, tout simplement. Et de ce monstre était sorti l'ogre blond, comme la vermine sort en grouillant du ventre des bêtes pourrissantes et puantes. C'était bien fait si ce monstre n'avait pas droit à une place paisible parmi les braves morts. Et l'ogre blond, explosera-t-il un jour, lui aussi ? Lucie y compte bien. Par avance elle lui interdit le droit de séjourner en terre bénite, et surtout de reposer dans le même espace que l'une de ses victimes. Elle espère qu'il finira par exploser à son tour, alors elle ira jeter ses débris dans les eaux voraces des marais, elle le donnera en pâture aux brochets, aux couleuvres à collier, aux busards des roseaux, aux tritons et aux dytiques, à toutes ces mandibules avides, à tous ces becs dévorants.

À présent elle va seule au cimetière. Elle s'y rend en grand secret. Elle s'y glisse aux heures où elle ne risque pas trop de rencontrer une de ces éternelles vieilles toujours trottinant à pas menus dans les allées, un petit arrosoir à la main, un sécateur à l'autre. Toutes ces vestales rabougries semblent ne plus connaître d'autre occupation que celle de nettoyer, fleurir, lustrer les pierres tombales. Mais elles sont curieuses, cancanières ; Lucie ne veut pas attirer leur attention de vieilles fouines. Elle se faufile jusqu'à l'allée où se trouve le caveau de la famille Limbourg. La pierre est déjà ancienne, sombre comme une grande ardoise d'écolier. Cinq noms y sont inscrits. Charles-Amédée Limbourg — 1839-1930 ; Ernestine Limbourg, née Fasquelet — 1845-1937 ; Aristide Limbourg — 1864-1950 ; Edmée Limbourg, née Pommier — 1870-1953 ; Anne-Lise Limbourg — 1952-1961.

Noms et dates des aïeux d'Anne-Lise ; dans la famille Limbourg on vit vieux. Sauf lorsqu'on croise le chemin de l'ogre. Les grands-parents de l'enfant vivent encore. La petite est déjà là, elle. Son nom se trouve tout au bas de la liste, avec sa poignée d'années qui n'atteignent même pas la décennie. Elle est là, inscrite à la hâte, comme par raccroc, par erreur, avec son âge dérisoire à côté des âges vénérables de ses ancêtres. Elle gît parmi sa tribu de vieillards. La dorure de son nom, — son nom si doux, comme un murmure soyeux, brille davantage que les autres. Elle est morte l'année de la grande éclipse ; cela est encore très récent et pourtant si lointain. Lucie se souvient de la fillette dans la cour de l'école, le jour de l'éclipse. Quand le soleil avait reparu, elle avait battu des mains et crié de joie. Elle portait un anorak bleu ciel et un bonnet en laine écrue.

Lucie se souvient à présent de tant de détails concernant Anne-Lise. Elle a fouillé sa mémoire dans ses moindres recoins afin de retrouver le plus de souvenirs possible de la fillette. Elle revoit les frisettes cuivrées, les innombrables taches de rousseur sur la peau claire, et le vert clair des yeux rieurs. La couleur du lichen. Lucie, si brune et raide de cheveux, si mate de teint, avait souvent envié à Anne-Lise ses couleurs vives, surtout le vert tendre de ses yeux qui se moirait de tons divers au gré de la lumière. Mais le souvenir le plus fort reste celui de l'air lancinant que Pauline Limbourg a longtemps égrené sur sa flûte. Pendant des mois cette mélodie a hanté les habitants du bourg, la sœur de l'enfant morte n'en finissait pas de moduler sa peine. Puis un jour elle a posé sa flûte. Pauline avait appris à vivre avec son chagrin, elle l'avait apprivoisé. La flûte s'est tue, mais son air toujours perdure en sourdine dans la mémoire des gens. Il revient souvent dans celle de Lucie.

L'autre fillette, Irène Vassalle, est enterrée au cimetière de son village, situé à une dizaine de kilomètres du bourg. Celle-là Lucie ne l'a jamais connue. Mais elle avait vu son portrait dans les journaux. On avait parlé de crime, bien que la fillette se fût pendue. Car d'emblée on avait découvert le mobile de ce suicide d'enfant ; le corps qui pendait à une poutre du grenier portait encore les marques de la violence qui venait de lui être infligée. Et cette violence qu'elle avait subie dans sa chair s'était enfoncée jusque dans son cœur et sa raison, cette souillure avait d'un coup embourbé en elle le goût de vivre. Sitôt rentrée à la maison la fillette était montée au grenier d'un pas rapide. Elle avait détaché une des cordes tendues où sa mère en hiver mettait la lessive à sécher, l'avait accrochée à un gros clou planté dans une poutre, avait glissé la corde armée d'un nœud coulant autour de son cou, puis, d'un coup de pied résolu, avait renversé la chaise sur laquelle elle s'était hissée. Comme Anne-Lise, Irène était morte par strangulation. L'ogre avait le pouvoir d'étrangler même à distance, et à retardement.

Les journaux s'étaient emparés du drame, et à l'occasion de cette mort on avait brusquement arraché à l'oubli, où déjà elle commençait à s'effacer, la petite Limbourg. On soupçonnait le criminel d'être le même dans les deux cas. Mais la mort d'Irène Vassalle bouleversait encore davantage les consciences, car la détermination avec laquelle cette enfant avait accompli son geste de désespoir soulignait de façon insupportable l'obscénité de l'offense qui avait dicté son geste. Irène Vassalle avait prouvé, sans proférer un seul mot, que l'outrage porté à un corps d'enfant était d'emblée une mise à mort. L'indignation et la colère s'étaient alors enroulées autour de la corde au bout de laquelle la fillette aux longues nattes blondes s'était pendue. Cette corde était devenue un fouet dans le cœur des gens, un fouet que tous brandissaient contre l'assassin. Mais une fois encore on n'avait pas retrouvé l'assassin, on n'avait fait que cingler l'air, le vide, avec ce fouet de vaine douleur. Comme du temps où sévissaient les loups dans les campagnes, — on parlait de la Bête, on discourait avec terreur, avec horreur, on s'armait de haches et de fourches, on organisait des battues. Mais la Bête demeurait invisible. Elle croquait en toute tranquillité les bergères isolées et les petits vachers là où on ne la cherchait pas. La Bête ne se laissait pas prendre. Elle hantait les consciences, elle semait l'épouvante. Ainsi agissait l'ogre.

Seule Lucie connaissait la tanière de la Bête, et son

nom, son visage. Elle connaissait même sa voix, et le bleu de ses yeux, et l'odeur et le poids de son corps. Elle était son otage. Elle était aussi sa sœur.

Irène Vassalle obsède Lucie plus encore qu'Anne-Lise. Lucie éprouve une immense pitié pour son ancienne camarade d'école, mais à l'égard d'Irène elle ressent de l'admiration. Aux yeux de Lucie, Irène est de la même étoffe que la patronne du pays, sainte Solange, qui avait préféré la décapitation à l'outrage que voulait commettre contre elle un seigneur dépravé, et qui avait ensuite fièrement porté sa propre tête décollée du lieu de son martyre à celui de sa sépulture. Irène est de la trempe de Jeanne d'Arc, la sainte guerrière. Irène a eu le courage, l'orgueil et l'intransigeance des grandes saintes et martyres. En se donnant elle-même la mort elle a finalement triomphé de l'ogre et a reconquis sa pureté. Une pureté de légende, une pureté devenue intouchable, car enracinée dans l'éternité.

Lucie ne se lasse pas de contempler la photo d'Irène qu'elle garde précieusement cachée dans sa chambre. Elle fixe le regard doux et clair de la fillette dans l'espoir insensé que ce regard va la fixer à son tour, lui faire signe. Cette photo d'Irène est pour Lucie comme un tombeau, — mais un tombeau ouvert. Elle se penche sur les yeux d'Irène comme les saintes femmes s'étaient penchées sur le tombeau descellé, et vide, du Christ ressuscité. Elle espère voir se profiler, en transparence des yeux clairs, le visage d'un ange. D'un ange non pas gardien, mais de vengeance, de justice et d'extermination. Et à force de contempler ainsi cette photographie, de scruter ce regard jusqu'à la fascination, elle s'est identifiée à l'enfant disparue, et s'est emparée de la violence muette qui monte de sa face.

Cette image imprimée sur un papier journal est devenue pour Lucie un masque posé à fleur de mort, un masque grand ouvert sur la mort. Un masque dont elle pare en rêve son propre visage, et dont elle s'arme comme d'un heaume de guerre pour fourbir en secret son regard de haine et de vengeance. Dans le portrait d'Irène, Lucie puise sa plus grande force.

*

Voilà, c'est ce regard-là qu'elle jette en cette aube d'été à la face de son frère gisant au pied du mur. Ce feu d'ocelle flamboyant de violence. Ce cri de défense longtemps mûri dans la souffrance, la honte. Cette arme de vengeance forgée auprès des bêtes des marais, dans l'abandon et le silence. Cet éclat de justice, de mépris et d'orgueil aiguisé auprès des morts.

C'est ce regard-là qu'elle dresse comme un sceptre, un glaive, un éclair, pour foudroyer l'ogre blond. Et lui, renversé sur la terre qui n'en finit toujours pas de tourner à contre-courant du ciel, il voit ces yeux fous. Il voit ce regard accroché entre le ciel et la terre, comme un oiseau de proie, qui s'abat droit sur lui et qui fond sur son cœur pour y planter ses crocs, ses griffes et ses dards. C'est un regard qui siffle, et grince, et saigne, et qui verse sur lui les larmes des enfants qu'il a jetées en terre. Et il sent, l'ogre déchu, il sent avec effroi qu'il n'en reviendra pas de ces énormes yeux d'enfant sorcière qui conjuguent la souffrance et la haine, la hideur et la beauté. Un regard de Méduse.

Vigiles

« Les terreurs s'avancent contre lui, toutes les ténèbres cachées sont là pour l'enlever.

Un feu qu'on n'allume pas le dévore et consume ce qui reste sous sa tente. »

JOB, XX, 26.

PREMIÈRE SÉPIA

Une lumière dormante baigne la pièce. C'est une lumière de fin d'après-midi d'automne ; elle semble avoir longuement infusé dans les eaux brunes et bronze des marais, parmi les joncs et les bruyères, dans les feuillages et les buissons roussis, dans les fossés luisants d'argile ocre, dans les fumures répandues sur les champs, et jusque dans les bogues éclatées des châtaignes. Elle a traversé la campagne, les forêts, les étangs, les landes, les prés et les vergers, avec lenteur, toujours rasant la boue, les écorces et l'eau. Et c'est tout alourdie de ces diverses teintes du dehors qu'elle pénètre à présent dans le salon par les fenêtres voilées de rideaux blanc ivoire. Elle se meut imperceptiblement dans la pièce, se pose en larges flaques sur le parquet vernis, sur le bois roux des meubles. Elle nimbe d'un blond mat les bibelots, les vases, les fruits du compotier.

Sur un guéridon est posé un service à thé, réduit à l'usage d'une seule personne. Un peu de thé luit au fond de la tasse, une fine poussière de sucre scintille au bord de la soucoupe, une mouche s'abreuve à une goutte de lait renversée sur le plateau laqué. L'odeur des pommes et des poires se mêle au parfum poivré des roses sombres qui commencent à ployer en cercle autour du vase de faïence. De temps en temps se détache un pétale

149

qui tombe avec mollesse. La lumière s'enfonce dans les plis des corolles, rosit, à peine, le pourpre des pétales. Ceux qui s'effeuillent prennent une teinte lie-de-vin, puis se foncent encore à mesure qu'ils se racornissent, et finissent couleur de sang séché. Une abeille parfois choit du cœur d'une rose. La fleur voluptueuse où l'insecte avait trouvé la mort, s'effondre et s'exfolie. Les roses sont d'éphémères tombeaux.

Le petit corps blond et léger comme un brin de paille gît parmi les lambeaux violacés de la rose. Un même oubli emporte dépouille et sépulture. La rose, en ses multiples plis et replis gonflés d'ombre, avec son fabuleux recel d'arôme et de douceur, et son cœur composé d'un limon de lumière, semble promesse de mémoire, car elle a, de la mémoire, la profondeur et les méandres. C'est une promesse non tenue. La rose ne se soucie pas de ce qu'elle est, et encore moins de ce qu'elle fut. La rose croît, s'arrondit, se déhisce, ouvre son cœur au vent qui répand son odeur, au soleil qui l'éblouit, aux insectes qui la visitent, y dansent et y titubent. La rose, insouciante, accomplit son œuvre de beauté, en offre à tous la jouissance. Puis, avec la même prodigue indolence, elle laisse le vent lui ravir son parfum, la lumière la faner et la pluie la flétrir, les insectes l'abandonner, ou mourir contre son cœur. Et c'est alors de l'oubli qu'elle se fait l'image. Dévastée, effeuillée, la rose tord sa tige maigre dans le vide. Seules demeurent ses épines, dures et presque noires, comme des concrétions de douleur, de colère, d'amertume. La rose alors a, de l'oubli, la sécheresse et l'écorcheuse indifférence.

La lumière s'enfonce dans l'épaisseur des tissus, — lourd satin des doubles rideaux, étoffe damassée des fauteuils, velours glacé des coussins entassés sur le divan recouvert d'un jeté en cachemire. Tous les tissus du salon sont dans des teintes ocre, orangées, brunes ou noisette. La lumière s'assourdit dans ces couleurs terreuses, et refoule des ombres bistres dans les plis des rideaux. Elle engourdit le lieu dans sa clarté dormante. Et la femme allongée sur le divan, dans un fouillis de coussins, est aussi immobile que les choses alentour. Elle repose, étendue sur le dos, les pieds croisés et les mains jointes sous la nuque. Ses yeux entrouverts fixent un point invisible dans l'espace. La lumière enveloppe la femme, dépose sur son front un halo mordoré, et dans sa chevelure des tons de feuilles mortes.

On n'entend pas le souffle de la femme dont la gorge se soulève à une cadence aussi lente que régulière. Pas un muscle ne frémit dans son corps, sa bouche est close, son visage lisse et figé comme un masque, ses yeux ne cillent pas. Elle ne dort pas, elle rêve. Mais le rêve qu'elle fait n'est nullement ordinaire. Elle rêve avec application, avec obstination ; elle rêve comme veille une vestale dans un temple sacré, le cœur ardent, la conscience à l'aigu, le désir à l'affût.

LÉGENDE

Non, ce n'est pas simple rêverie à laquelle s'adonne
la femme allongée sur le divan du salon, — c'est à la
magie du « rêver-vrai » qu'elle se livre. Il y a quelques
années Aloïse Daubigné a découvert, au hasard de ses
lectures, un livre qui avait alors laissé une étrange
impression dans son esprit toujours hanté par le souvenir de son époux mort à la guerre. Il s'agissait du
roman de George du Maurier, *Peter Ibbetson*.
Ibbetson, incarcéré à la suite d'un crime qu'il fut
contraint de commettre pour défendre tout à la fois sa
propre vie et le souvenir sacré de ses parents, se
trouve à jamais séparé de la femme qu'il aime, la merveilleuse duchesse de Towers. Mais l'amour qui lie ces
deux êtres est d'une telle force qu'il traverse les
murailles de la prison et triomphe du destin.

Ce bel amour fait même mieux que traverser les
murs, — il transhume en toute liberté à travers
l'espace et le temps. Et cela, grâce aux dons d'un
pâtre-magicien : — le « rêver-vrai ». Cet art, c'est
Mary, duchesse de Towers, qui le révèle et l'enseigne à
son infortuné amant. Elle-même tient le secret de cet
art de son père, — legs miraculeux que le vieil homme
avait fait à sa fille pour l'aider à supporter et surmon-
ter tous les chagrins, toutes les douleurs, que la vie

s'ingénie à infliger aux mortels doués d'un cœur trop sensible. « Vous devez toujours dormir sur votre dos avec vos bras au-dessus de votre tête, les mains jointes sous elle et les pieds croisés, le droit sur le gauche, à moins que vous ne soyez gaucher ; vous ne devez pas cesser un seul instant de penser où vous voulez aller dans votre rêve jusqu'à ce que vous soyez endormi ; vous ne devez jamais oublier dans votre rêve où vous êtes et ce que vous êtes lorsque vous êtes éveillé. Vous devez joindre le rêve à la réalité. N'oubliez pas ! »

Grâce à cette ascèse de la pensée qui doit allier la plus lucide conscience du présent à la plus minutieuse et fidèle œuvre de la mémoire, il devient possible de posséder le passé, tel qu'il a été en réalité, et cela dans ses moindres détails. L'amour de Peter Ibbetson et de Mary emprunte donc ces secrets détours du rêver-vrai afin de s'accomplir. Tous deux vivent jour après jour, ou plus exactement nuit après nuit, leur passion par le biais du passé qu'ils ne cessent de revisiter, d'explorer. Sans fin ils se dédoublent ; ils se faufilent hors de leurs corps présents, rejoignent à pas invisibles les jardins et les salons de leur lointain jadis, où tout à la fois ils se retrouvent adultes, et se revoient enfants. Peter Ibbetson et la duchesse de Towers marchent main dans la main dans les décors intacts de leur bienheureux passé, et frôlent doucement les enfants qu'ils furent, et qui en ce temps-là s'appelaient Jojo Pasquier et Mimsey Seraskier.

La vie n'avait pas seulement séparé ces enfants qui s'aimaient, elle leur avait volé leurs noms. Mais grâce au rêver-vrai tout est retrouvé, sauvé, jusqu'aux surnoms que ces enfants se donnaient dans leurs jeux, — le prince charmant et la fée Tarapatapoum. Les retrouvailles s'accomplissent à l'infini dans les coulisses du temps, entre ces deux êtres de la race de

Tristan et Iseult. Le temps pour eux est un manège où coïncident leur présent et leur éternel autrefois. Car leur amour est marqué du sceau de l'éternité. Le rêver-vrai est la clef magique qui leur ouvre l'immense espace de leur amour, à l'insu de tous.

Et c'est cette clef de très haut songe qu'Aloïse s'efforce de trouver, et de tourner dans son cœur.

C'est que son cœur est en alarme, — son cœur de mère. Il y a près de deux mois de cela, au milieu de l'été, on a découvert Ferdinand évanoui au fond du potager. Mais cet évanouissement s'est révélé terrible, il ressemble à un sort que l'on aurait jeté au pauvre Ferdinand. Celui-ci en effet n'a pas repris conscience ; tel on l'a trouvé, gisant au pied du mur en plein soleil, un matin d'août, tel il demeure en cet après-midi d'octobre dans la pénombre de sa chambre. Il reste là, étendu sans connaissance sur son lit, en proie à une totale inertie. Il tient en permanence ses yeux grands ouverts, braquant dans le vide un regard dénué de toute expression. Un regard d'aveugle, ou d'halluciné. Dans un premier temps on avait conduit Ferdinand à l'hôpital, mais après trois semaines d'observation, d'analyses, de radiographies et de soins, on s'était avoué impuissant face au mal qui le frappait et ne lâchait pas prise. Il respirait normalement, le cœur battait, aucun organe n'était atteint d'une quelconque déficience ou lésion. Si déficience il y avait, elle ne se situait pas du côté du corps ; celui-ci fonctionnait, au ralenti il est vrai, mais sainement. La lésion était à chercher ailleurs, du côté de la conscience, de la volonté, des sentiments. Du côté de l'inconscient disaient les uns, de celui de l'âme disaient les autres. Mais c'étaient là des zones où tous échouaient à pénétrer, faute d'en trouver l'accès. Ferdinand s'était abattu d'un coup, sans crier gare, et se tenait muré dans un mutisme et une passivité absolus. Il ne réagissait à rien, tous ses sens semblaient s'être éteints. C'était comme si la personne qui autrefois était ce corps, ce beau corps d'homme en pleine jeunesse, s'était soudain enfuie, dissoute. L'esprit de Ferdinand avait abandonné son corps, comme on jette un habit. Mais nul ne comprenait pourquoi ni comment ce brutal abandon avait eu lieu, et nul ne savait où s'était exilé l'esprit déserteur de Ferdinand.

Car c'était cela : Ferdinand, sous le coup d'une mystérieuse impulsion, s'était déserté lui-même. Dans sa précipitation il s'était arraché à son corps et avait oublié sa dépouille encore vivante sur le sol. Le temps passait, et l'esprit de Ferdinand ne revenait pas ; la dépouille persévérait à vivre, bien plus proche de la vie des madrépores ou des protozoaires que de celle des hommes. La dépouille se livrait en toute indifférence aux soins qui lui étaient prodigués pour la maintenir en fonctionnement.

Les médecins ne parvenaient à rien d'autre qu'à assurer cette survie ; comme le corps était celui d'un homme jeune et robuste, malgré les abus d'alcool souvent commis par Ferdinand, ce corps pouvait végéter très longtemps de la sorte. Les psychiatres tournaient en rond autour de ce patient aussi muet et inerte qu'une momie. Devant tant d'impuissance Aloïse s'était mise en colère et avait finalement exigé que son fils revînt sous son toit. On a alors installé Ferdinand dans sa chambre, « ainsi, dit Aloïse, quand mon Ferdinand reprendra connaissance il sera chez lui, dans un lieu familier, et moi je serai à ses côtés pour le rassurer ». Une infirmière passe deux fois par jour, le médecin trois fois par semaine. On a équipé la chambre d'un matériel hospitalier sommaire. Perfusions, sondes et piqûres assurent l'alimentation et le drainage de cette grande momie.

Dans son désarroi Aloïse a cherché secours aussi bien du côté des prêtres que de celui des « barreux de sort » ; et amulettes et talismans, croix et statuettes de la Vierge côtoient les appareils médicaux. Si aucun des désorceleux venus examiner Ferdinand n'est parvenu à authentifier le responsable du sort qui lui a été jeté, tous sont en revanche d'accord pour affirmer que le fils d'Aloïse est victime d'un maléfice. Et la seule précision qu'ils donnent, c'est que le mauvais œil qui a réduit Ferdinand à cet état fossile possède assurément un très grand pouvoir, et qu'il a ancré son regard destructeur au plus profond de l'âme de sa victime. Jusqu'à présent tous ces experts en sorcellerie, qu'Aloïse a convoqués un à un auprès de son fils, ont échoué à débusquer ce flamboyant mauvais œil dont ils savent par ailleurs évaluer la puissance et l'opiniâtreté.

Sous le coup de cette révélation Aloïse a rompu tout à fait avec le rationnel ; plus exactement elle a soumis sa raison, sa pensée, sa mémoire, à un contrôle impitoyable exercé par sa seule intuition. Elle s'est déclarée douée d'un pouvoir exceptionnel d'intuition divinatoire, et forte de cette conviction qui lui tient lieu d'espoir, elle inspecte ses souvenirs, ses sensations et impressions, ses rêves et ses moindres pensées, comme un général ses armées prêtes au combat, comme un stratège les plis, replis et recoins du terrain où la bataille sera livrée. Mais reste à savoir d'où surgira l'ennemi.

Les doutes les plus graves d'Aloïse pèsent sur les femmes ; il n'y a qu'une femme pour faire preuve de tant de cruauté. Mais quelle femme est la coupable ? Un mari trompé, ou simplement envieux de la beauté de Ferdinand, peut également être responsable. Mais lequel ? Les suspects des deux sexes sont innombrables, Aloïse se perd dans leur foule.

Mais à force de passer en revue, pêle-mêle, tous ses souvenirs, de déambuler d'une idée à l'autre, de fouiller dans les moindres cachettes de son cerveau en état de siège, elle a fini par buter sur un souvenir de lecture. Le roman de George du Maurier. Cela était bien peu de chose, n'offrait aucun indice direct, mais c'était malgré tout une chance à saisir. Car, aussi fantasque que parût cet art du rêver-vrai, il n'en recelait peut-être pas moins une once de vérité, une possibilité, aussi minime fût-elle, d'efficacité ? C'est que le rêver-vrai est une méthode, une sorte d'ascèse pouvant rouvrir en grand et en pleine lumière la mémoire. Mieux que cela même : — l'espace parapsychologique conquis par cette méthode permet la transmission et la fusion des pensées. Et Aloïse s'est convaincue que si jamais elle parvient à atteindre cet état du rêver-vrai, certainement elle réussira à rencontrer l'esprit errant de son fils, et alors elle arpentera avec lui tout son passé, du plus lointain au plus récent, jusqu'à découvrir la source du mauvais œil qui le cloue ainsi au seuil de la mort, et bien sûr elle l'en délivrera.

Aloïse a lu et relu ce roman jusqu'à en connaître par cœur des pages entières. « Sans effort, sans empêchement ou obstacle d'aucune sorte, je me trouvais à la grille de l'avenue.

L'aubépine rose et blanche, les lilas et les faux ébéniers étaient en fleurs, le soleil traçait partout des chemins d'or. L'air était doux et plein d'odeurs et paraissait vivant du bourdonnement et du gazouillement du début de l'été.

157

Je pleurais presque de joie en retrouvant de nouveau la terre de mes rêves vrais. »

*

Mais il n'a pas encore été donné à Aloïse de pouvoir enfin pleurer de joie. Depuis plus d'un mois qu'elle s'astreint à pratiquer l'art du rêver-vrai, elle n'a jamais dépassé le stade des souvenirs confus. Chaque après-midi elle s'enferme dans le salon qui jouxte la pièce où repose son fils, s'allonge sur le divan qu'elle a fait descendre à cet effet de la chambre de Lucie, prend minutieusement la pose décrite par George du Maurier, et attend. Elle attend « le ravissement de s'éveiller » en plein vrai rêve, comme Ibbetson. Mais elle a beau fixer « avec une volonté intense et continue un certain point de l'espace et du temps que sa mémoire pouvait atteindre », elle ne s'éveille en aucun lieu précis. Elle est bien trop nerveuse, nouée d'angoisse, pour pouvoir orienter et stabiliser son attention comme il le faudrait. Elle ne réussit même pas à choisir un souvenir défini ; dès qu'elle en élit un, une nuée d'autres images surgit en tourbillonnant dans sa tête. Elle pourchasse tout à la fois les traces de Victor et celles de Ferdinand, et dans sa quête désordonnée elle se heurte à d'autres figures encore ; celles de Hyacinthe, de Lucie, ou même d'autres membres de la famille, morts ou vivants. Sa pensée est infestée de mouches parasites, et plus Aloïse s'énerve contre ces figures importunes, plus son attention se brouille. Bientôt elle ressent des crampes dans les pieds ou les jambes, des fourmis dans les bras, des élancements dans les côtes, ou la migraine lui serre les tempes. Mais elle garde vaille que vaille sa pose avec un héroïsme désespéré, pendant des heures. Elle interrompt sa séance vers le soir, à l'heure où passe l'infirmière. Et chaque soir elle se relève courbatue, maussade et fatiguée. Ferdinand lui est bien sûr apparu au cours de sa séance de rêve, mais comme un feu follet qui sautille en tous sens, disparaît, resurgit ailleurs et sous une autre forme. Les images qui lui traversent l'esprit sont désordonnées, capricieuses ; elle reste sans prise sur sa mémoire.

C'est sa mémoire qui la domine. Aloïse ne peut penser à Ferdinand adulte sans le confondre avec Victor. Elle revoit cet homme qui a été, et qui demeure par-delà la mort, le grand amour de sa vie. Elle le revoit par éclairs ; un pan de son visage, son sourire, un regard, un geste. Il lui semble même parfois entendre sa voix, sentir, un instant, l'odeur de sa peau. Le culte qu'elle voue à son premier époux depuis plus d'un quart de siècle descend peu à peu des hauteurs sublimes où elle l'avait situé, pour s'alourdir progressivement d'un poids de chair. L'idole reprend chair et sang, odeur, mouvement, — reprend vie, présence. Victor délaisse son masque de héros, il retourne vers Aloïse son visage d'amant. Il revient vers elle à travers les méandres des rêveries chaotiques qu'elle poursuit sans relâche ; il revient avec son corps d'amant. Le corps disparu à la guerre ressuscite. Et c'est, comme avant, un corps de désir.

Ainsi le rêver-vrai pratiqué par Aloïse ne prend pas du tout le cours qu'elle avait voulu lui donner. Elle ne fusionne nullement avec l'esprit déserteur de son fils. Son fils, elle le revoit de-ci de-là, petit garçon, adolescent ou nourrisson. C'est, au fil des jours, vers le corps vagabond de Victor qu'elle se dirige. Elle tente parfois de résister à ces dérèglements de sa mémoire, à ces relâchements et déviations de sa pensée, et elle s'efforce de réorienter son attention sur son fils qu'il lui faut de toute urgence sauver du péril où il est enlisé. Mais ses rêveries suivent leur cours tortueux avec obstination et la ramènent sans cesse vers Victor. Vers le corps désirable de Victor.

Les jours passent. Septembre et ses rougeoiements de lumière, ses chants d'oiseaux prêts à migrer, ses crépuscules tièdes et odorants, a fait place à octobre. Les arbres déjà se dénudent, les dernières roses fanent, les soirs se font humides et froids, les cerfs et les chevreuils lancent leurs brames rauques par-delà les étangs évidés où flottent des nappes de brumes mauves et brunâtres. Les jours passent, toujours plus courts, scandés de pluies glacées. Ferdinand gît dans son lit, absent du monde et de lui-même, longue momie à peau livide, au regard creux. Son cœur insensible bat avec une régularité de pendule, bat par habitude, ne brassant plus qu'un sang très lent et froid comme celui des hibernants. Les journées et les nuits d'Aloïse tournent autour de ce grand corps fossile. Elle ne sort plus, elle ne fait plus qu'aller de sa chambre à celle de son fils, en passant par ce salon transformé en lanterne magique. Elle s'épuise en séances de rêver-vrai, mais ses rêveries l'entraînent toujours davantage là où elle ne voulait pas aller. Ses rêveries sont rebelles à toute rigueur, elles s'élancent où bon leur semble, rouvrent des pans du passé qu'Aloïse tenait depuis longtemps cachés, par peur de la souffrance que ces souvenirs risquaient de provoquer en elle. Elle avait si bien épuré, statufié et doré la mémoire de Victor, avait désincarné l'amour qui les avait unis, avait sublimé le corps du disparu. Mais voilà que ce corps éthéré est descendu du socle où elle l'avait haussé, il s'engouffre dans les chemins labyrinthiques du rêver-vrai auquel elle s'adonne, il revient après un quart de siècle d'exil. Et il revient tel qu'il était avant son départ pour le front, où la mort l'a si bien happé qu'elle l'a sur le coup volatilisé.

Il revient en réclamant son dû, en exigeant justice ; car Aloïse, sans le savoir, s'était faite la complice de cette mort voleuse qui avait pulvérisé le corps de Victor. Elle avait planté son deuil comme un immense étendard au bord du trou béant ouvert par la disparition de Victor, elle avait enroulé sa douleur autour de ce vide. Et sa douleur, pour s'apaiser, pour fuir l'horreur de la boue dans laquelle Victor s'était dissous, avait dû s'arracher à la terre et s'élancer vers des hauteurs toujours plus élevées, avec l'élégance d'un volubilis à fleurs blanches. Aloïse avait pris le deuil de son sublime époux avec une extrême dignité. Elle avait même sacrifié son propre corps, elle avait banni le désir et fermé son corps au plaisir. Lorsque, après des années de veuvage, elle avait consenti à épouser Hyacinthe Daubigné, c'était encore un sacrifice qu'elle avait accompli. Elle était pauvre, les travaux de couture qu'elle effectuait ne suffisaient pas à pourvoir à ses besoins et à ceux de son fils. Elle s'inquiétait pour l'avenir de ce dernier, — son petit Roi-Soleil, la lumière de sa vie, le doux feu éternel de son amour volé. Aussi, lorsque Hyacinthe Daubigné, qui à l'époque enseignait les mathématiques au lycée du Blanc que fréquentait Ferdinand, la demanda en mariage, elle accepta. Hyacinthe Daubigné, de vingt-trois ans son aîné, était un homme aisé, de bonne réputation. Il ne s'était jamais marié, il vivait seul, en compagnie d'une vieille gouvernante depuis toujours au service de sa famille, dans un bourg des environs.

La belle demeure de la rue de la Grange-aux-Larmes ouvrait ses portes à Aloïse. Là-bas elle serait en sécurité, pour toujours à l'abri du besoin. Elle avait donc consenti à la demande de Hyacinthe, elle avait fait un remariage de raison pour assurer l'avenir de son fils. Telle Andromaque consentant à épouser Pyrrhus afin de sauver la vie de son fils Astyanax. Aloïse, dans son désarroi, n'avait pas craint à l'époque de prendre appui sur un exemple aussi tragique, aussi extrême. Mais, si elle n'hésitait pas à comparer Victor à « Hector privé de funérailles », et son propre destin à celui de l'orgueilleuse captive déchirée entre sa fidélité à la mémoire de son glorieux époux et ses tourments de mère, il lui était difficile d'identifier Hyacinthe, le doux quinquagénaire, au jeune et fougueux roi d'Épire. À défaut de pouvoir haïr cet homme bon qui lui proposait le mariage, elle ne l'avait simplement pas aimé.

Non, elle n'aime pas, et n'a jamais aimé cet homme au visage triste, au long corps maigre qui se déplace sans bruit avec l'allure de quelqu'un qui, à chaque instant, s'excuse de n'être que lui-même. En mari qui eût pu être le père de sa femme, il a toujours été plein de prévenances et de délicatesses à l'égard de celle-ci, et d'une grande patience avec son beau-fils. Hyacinthe était un homme droit et gentil, Aloïse en convenait ; elle reconnaissait même toutes ses qualités, — la discrétion, la douceur, la générosité, l'intelligence. Mais elle ne l'aimait pas. En un sens, même, elle lui en voulait de l'avoir épousée, d'avoir pris à ses côtés la place laissée vacante par Victor. Et de l'avoir, elle, détrônée de son rang de veuve, — rang de misère, il est vrai, mais d'une si noble douleur. La douleur demeurait, la noblesse s'estompait, le confort s'installait.

Les nuits passées auprès de cet homme lui avaient toujours été pénibles. Elle se refusait au plaisir. Aussi avait-elle subi chaque union avec Hyacinthe avec passivité, sinon ennui. Le plaisir ne pouvait lui venir que de Victor, donc il était révolu. La moindre jouissance lui eût paru une haute trahison à la mémoire de Victor. Elle s'était donc convaincue de frigidité. C'était évidemment bien peu, comparé au sacrifice de l'altière et très pure Andromaque prête à se donner la mort sitôt l'hymen célébré afin de sauver sa vertu, mais c'était tout de même admirable. Ainsi se rassurait Aloïse.

De ces unions sans joie une enfant cependant était née. Lucie, l'enfant tardive. À défaut de passer par le plaisir, la trahison s'était faufilée par le biais de la fécondité. Lucie avait été d'emblée marquée par cette faute ; la petite était le fruit d'une traîtrise, elle était donc un remords vivant. Et c'est pourquoi l'amour qu'Aloïse portait malgré tout à sa fille était un amour trouble, sans patience ni tendresse. Mais, vaille que vaille, la vie avait poursuivi son cours. Un cours sans élan, qui s'écoulait, paisible, entre les berges étroites des habitudes. Au moins Aloïse n'avait-elle plus à subir le désir de Hyacinthe ; depuis la naissance de Lucie elle faisait chambre à part. Elle savait son mari trop délicat pour oser pénétrer dans sa chambre sans son invite. Et d'invite, elle n'en avait jamais donné.

*

Mais voilà que l'étrange chute de Ferdinand a dévié l'ordre des choses ; celui de la vie, des habitudes, des pensées. Il a suffi que Ferdinand tombe et demeure couché pour que resurgisse le corps de Victor. Non plus sous l'aspect de belle icône sous lequel Aloïse l'avait figé, mais avec tout son poids de chair, — son poids d'homme désirant, et désiré. Car c'est cela qui refait soudain surface en Aloïse : — le désir. Le vif

163

élan du désir, le goût du plaisir, jusqu'à la folie. Tout cela dont elle s'est privée depuis un quart de siècle, tout cela qu'elle avait banni de sa vie, s'en revient en force. À près de cinquante ans Aloïse se retrouve brusquement la proie du désir amoureux.

Jusqu'où va donc la ressemblance qui marque le père et le fils, jusqu'à quelles profondeurs s'enfonce le lien qui les unit ? Aloïse, égarée dans les surprenantes géographies que lui révèlent ses séances de rêver-vrai, ne comprend plus rien. Son cœur de mère tremble pour Ferdinand, mais son corps brûle d'un feu qui n'est autre que celui d'une amante. Elle veille son fils, mais dans le même temps elle pense à Victor. Elle appelle Victor, elle incante Victor. Le père et le fils, ces jumeaux, envahissent son corps, lui empoignent tant la chair que le cœur. Le souvenir de plus en plus vivant de Victor la pénètre, et répand en elle une semence acide. Acide, et cependant si délicieuse. La pensée de Ferdinand l'habite, mais cette pensée s'en va à rebours, et c'est Ferdinand tout petit qu'elle revoit. Son fils se love dans ses entrailles. Son fils reflue vers l'instant où il fut conçu.

Plus passent les jours, plus se déroulent les séances de rêver-vrai, et plus s'aggrave cette confusion. Le rêver-vrai qu'elle pratique n'a vraiment rien de commun avec celui d'Ibbetson et de la duchesse de Towers ; c'est un rêver-fou, et même un rêver-fourbe qui s'accomplit en elle. Les dédales de ses songes s'enfoncent au plus profond de sa chair, et sa chair s'enflamme, crie de désir. Aloïse oublie peu à peu le présent, elle se laisse emporter par un passé mouvant, elle livre sans se défendre son corps de femme quinquagénaire aux mains de la jeune femme qu'elle fut. Elle écoute avec volupté monter du fond de ses entrailles les chants de sirène amoureuse modulés par l'amante de jadis soudain ressuscitée. Une fois de plus les références littéraires qu'elle s'était choisies pour s'orienter à un moment crucial de sa vie ne lui servent à rien, sinon à l'égarer davantage encore. Pas plus qu'elle n'a eu l'inflexible courage d'Andromaque, elle ne trouve à présent la lumineuse force d'âme de la duchesse de Towers. Elle a mis la barre trop haut, et du coup, incapable de franchir cette barre qui délimite la pauvre plèbe des vivants d'avec la noble race des héros littéraires, elle se heurte contre, et s'y blesse. Mais dans cette blessure elle puise autant de tourments que d'obscures délices. Et c'est pourquoi elle s'astreint à venir s'allonger chaque jour sur le divan du salon afin de traquer de furtives images, de fulgurantes sensations, à travers le grand chaos de sa mémoire.

Mais ses rêveries n'en finissent pas de la surprendre, de la jeter dans un trouble croissant. Au fil des jours, de tous ces jours au cours desquels la présence de Victor disparu devient de plus en plus palpable, prégnante, un doute s'insinue dans l'esprit d'Aloïse. Un doute aux accents d'épouvante. C'est que plusieurs des barreux de sort qu'elle a appelés au chevet de son fils ont laissé entendre que le responsable du maléfice qui cloue Ferdinand dans cet état de paralysie totale, a certainement partie liée avec quelque esprit d'outre-tombe. L'un d'entre eux, le grand Marcou, a même émis l'hypothèse qu'il pourrait s'agir directement d'un mort, — un mort mal mort dont l'âme errante et malheureuse aurait ensorcelé celle de Ferdinand. « Les gens, a dit le grand Marcou, ils craignent toujours les maraudeurs qui battent la campagne, les malfaiteurs qui s'embusquent au coin des rues, et ils ferment leurs portes à clef, ils postent leurs chiens derrière les grilles de leurs maisons, certains même ont un fusil chargé toujours à portée de main, mais ils sont tout à fait insouciants d'un autre danger qui pourtant les menace : — le mauvais œil des méchants, et la malédiction des âmes en détresse. On se moque des histoires de fantômes, on tourne en dérision les spectres qu'on déguise de draps ou autres haillons pour pouvoir en rire et n'en avoir pas peur, mais on a tort ! Parce que les revenants, ça existe ! Et ça ne porte ni voiles ni suaires, ni chaînes ni grelots, — ça porte sa malédiction avec soi, c'est bien pire. Les revenants, souvent, c'est de la souffrance qui maraude, ce sont des âmes aux abois, de pauvres âmes sans repos qui ont perdu leur corps et tout asile sur la terre, mais qui n'ont pas trouvé de refuge dans l'au-delà. Alors, malheur au vivant qui les rencontre, car il se fait détrousser de sa propre âme ! Votre fils a tant traîné les routes, à la nuit tombée, et bien ivre avec ça la plupart du temps, qu'il se pourrait bien qu'il ait fait une funeste rencontre de la sorte. »

Voilà ce qu'a dit le grand Marcou à Aloïse la dernière fois qu'il est venu examiner Ferdinand. Le grand Marcou passe pour un sorcier puissant dans le pays. Il est long et maigre, déjà assez voûté, il parle d'une voix sourde, heurtée, avec lenteur, en hochant régulièrement la tête d'avant en arrière. Les paroles qu'il profère ainsi martèlent l'esprit de ses interlocuteurs à petits coups secs qui ensuite n'en finissent plus de se répercuter dans leurs pensées en échos obsédants. La renommée du grand Marcou tient beaucoup à son élocution étrange, à sa raideur, à sa haute silhouette animée de mouvements semblables à ceux d'un balancier de métronome.

Sur le coup Aloïse n'a pas accordé plus d'importance aux propos du grand Marcou qu'à ceux des autres désensorceleurs. Elle a recueilli pêle-mêle tous les avis, qu'ils viennent des médecins, du prêtre, des psychiatres ou des sorciers. Puis, selon la tournure prise par son humeur penchant tantôt du côté de l'espoir, tantôt de celui de l'angoisse, et selon la disposition de son esprit qui sans cesse oscille entre le rationnel et l'irrationnel, elle grapille de-ci de-là tel ou tel avis entendu et le décortique attentivement. Mais elle perd de plus en plus la maîtrise de ses pensées, son jugement s'affole, se laisse submerger par d'obscurs remous montés du fond de sa peur. Et c'est ainsi que la voix heurtée du grand Marcou est remontée à la surface de ses pensées, disloquées par les séances du rêver-vrai.

Un mort mal mort, à l'âme errante et affligée, se serait emparé de l'âme trop faible de Ferdinand, — certainement le grand Marcou a raison. Et ce mort coupable, ce voleur d'âme, qui pourrait-il bien être sinon Victor ? Le père s'en revient des limbes où le destin l'avait trop tôt exilé, pour venir chercher son fils. Ce soupçon grandit en Aloïse ; les preuves lui semblent de plus en plus nombreuses, et accablantes.

Victor est un mort mal mort. La précocité et la violence de sa mort sont la première cause du tourment qui a dû saisir son âme. Mais surtout Victor n'a jamais reçu de sépulture. Comment une âme de chrétien pourrait-elle trouver le repos, alors que son corps a été pulvérisé et aussitôt mêlé à la boue, sans recevoir ni sacrements ni prières ? Et Aloïse commence à s'accabler de reproches insensés. Elle aurait dû, se dit-elle, partir à la recherche de la dépouille de Victor, s'en aller retourner toute la terre des environs de Vouziers, fouiller dans les champs, les prés, partout. Mais non, elle était restée à l'époque dans sa petite ville du Blanc, à pleurer, pleurer sans fin, en serrant leur fils dans ses bras. Bien sûr elle avait prié pour lui, elle avait fait célébrer des messes à sa mémoire en l'église Saint-Génitour ; elle a d'ailleurs poursuivi ce rituel des messes commémoratives dans la petite église du bourg. Mais à l'évidence cela n'a pas suffi pour apaiser l'âme de Victor. Et puis, elle a trahi son époux, elle s'est remariée, elle a consommé ce mariage et a donné le jour à un nouvel enfant. Comment Victor aurait-il pu pardonner une telle trahison ? Il ne suffisait pas qu'elle se soit refusée au plaisir. Rien de ce qu'elle avait fait n'avait en vérité suffi. Ni ses prières, récitées bien trop loin du fatal champ de bataille, ni son vœu de frigidité, qui n'avait nullement altéré sa fécondité. Donc, finalement, la culpabilité pèse davantage de son coté à elle ; Victor lui-même n'est qu'une victime.

Il y a encore d'autres indices. Ainsi cette ressemblance presque excessive qui lie depuis toujours le père et le fils. Cette ressemblance qui avait tant réjoui Aloïse autrefois, et sur laquelle elle avait jalousement veillé. Pour la première fois de sa vie Aloïse se met à regretter cette trop parfaite similitude. Que le fils soit devenu le sosie de son père, cela ne signifie-t-il pas au bout du compte que, dès l'origine, le père s'est emparé corps et âme de l'enfant ? Et enfin, l'autre indice, le plus alarmant, est l'âge : Victor est mort à l'âge de trente ans, Ferdinand approche de sa trentième année. Cette coïncidence effraie Aloïse. Les craintes qu'elle a éprouvées tout au long de la guerre d'Algérie, que son fils soit à son tour mobilisé et envoyé là-bas se faire égorger, ne sont rien comparées à l'angoisse qu'elle endure à présent. Depuis deux ans cette guerre est bel et bien finie, le danger est passé. Mais le destin est d'une perfide ironie, et c'est en temps de paix retrouvée qu'il s'en vient tendre son embuscade. Une embuscade préparée depuis un quart de siècle, sur le champ de bataille d'une autre guerre. Mais les guerres n'en finissent jamais de dire leur dernier mot, de tuer à retardement, bien après les armistices et les accords de paix. Ainsi ces mines oubliées à fleur de terre, et qui soudain explosent sous les pieds d'un enfant parti jouer dans les broussailles.

Oui, Victor est de retour, il n'y a plus de doute. Aloïse le sent là, — là, dans la maison, dans ce salon. Sur ce divan. Qu'importe que la présence de Victor soit invisible et muette, puisqu'elle est tangible, palpable. Puisque parfois, même, cette présence se fait étreinte, et cette étreinte jouissance.

Victor est de retour, après vingt-cinq ans d'absence, et son corps invisible est lourd de tout le poids de cette longue absence, de cette douloureuse errance qu'il lui a fallu accomplir. Ce corps est si doux, aussi, ce pauvre corps invisible venu mendier la chaleur d'un corps vivant, venu chercher caresses et baisers auprès de sa femme d'autrefois. Ce corps est merveilleux, qui se glisse contre elle, l'enlace, la pénètre.

Victor est partout. Partout dans la maison. Car tandis qu'il reprend possession du corps de sa femme, là, sur le divan du salon, il prend aussi possession du corps de son fils, à côté, dans la chambre. Il est terrible, insatiable, ce corps invisible venu exiger un vrai corps de chair et de sang.

Victor est de retour, et c'est lui qui tient envoûtée l'âme de Ferdinand, Aloïse en est sûre. Doit-elle faire part au grand Marcou de sa certitude, afin qu'il vienne conjurer le danger qui pèse sur Ferdinand ? Doit-elle également informer le prêtre de sa découverte, afin qu'il récite les prières exorcisantes qui tout à la fois rendraient la paix à l'âme malheureuse de Victor et la vie au corps gisant de Ferdinand ?

Aloïse ne sait plus que faire. Elle est elle-même sous l'emprise du charme noir exercé par Victor. Déjà, il est trop tard, elle n'a plus le courage de décider, de réagir. Elle est sans défense, embarquée sur le même radeau de dérive que son fils. Comment trouverait-elle la force de dénoncer Victor qui chaque jour resserre un peu plus autour d'elle son étreinte, aussi paralysante que voluptueuse ? Aussi, loin de lutter contre lui, elle l'appelle avec ardeur à revenir hanter ses songes. Et chaque fois qu'arrive l'instant de quitter son divan, de se séparer du corps-sorcier de Victor, c'est la phrase prononcée par la duchesse de Towers à la fin du récit, qui lui traverse l'esprit. « Et maintenant, le mieux aimé qui fût jamais sur terre, prends-moi encore une fois dans tes bras et embrasse-moi en souhaitant me revoir très bientôt... »

Mais cette phrase résonne en elle avec des accents bien différents de ceux de l'angélique duchesse. Ces mots surgissent en elle comme des boules de feu, et la voix qui les lance a des inflexions suppliantes et ivres.

*

Le soir tombe déjà. Dans le salon la lumière se retire, ses derniers ors ternis. Il est temps d'allumer les lampes. Le long corps d'Aloïse demeure immobile, figé dans sa pose à l'Ibbetson.

La clochette de la grille du jardin vient de tinter. Des pas crissent sur le gravier de l'allée. C'est l'infirmière qui arrive pour les soins du soir. Déjà elle gravit le perron. Elle va sonner. Aloïse perçoit confusément ces bruits. Son cœur soudain se met à battre un peu plus vite. L'heure de s'arracher à ses rêveries magiques s'abat dans sa conscience comme un fin couperet ; il faut quitter les coulisses du passé pour rentrer de plain-pied sur la scène du quotidien. Ce passage lui en coûte. Les coulisses, aussi tortueuses et ténébreuses soient-elles, sont tellement plus envoûtantes que la froide scène où se joue le quotidien. Dans les coulisses, tout est surprise, métamorphoses ; la peur y rôde, bien sûr, mais elle est sans cesse emportée dans de vifs tourbillons d'émotions, de sensations inattendues.

L'infirmière a sonné. Aloïse se lève ; ses membres sont tout engourdis, elle a mal aux reins, la tête lui tourne. Elle a des fourmis dans les pieds, il lui est difficile de se tenir debout. Elle avance à pas minuscules, maladroits, en prenant appui sur les meubles. Elle ne parvient pas à remettre de l'ordre dans ses pensées. Elle agit par habitude, en somnambule.

Depuis plus d'un mois à présent qu'elle s'astreint au rêver-vrai, elle perd de plus en plus prise sur la réalité, et sa volonté, autrefois toujours tendue, s'est relâchée, sinon tout à fait amollie. Partie sauver son fils, avec, pour toute arme, son amour maternel et la magie blanche du rêver-vrai, elle s'est perdue en route, elle s'est laissé surprendre par son amour d'amante et ensorceler par le charme noir d'un rêver-fou. Sa mémoire en chemin a ouvert des gouffres sous ses pas et le désir, si longtemps renié, mortifié, est enfin passé aux aveux. La femme charnelle, avide de jouissance, s'est relevée et n'en finit plus de courir vers l'homme de son désir, — père et fils confondus.

« Bonsoir, madame Daubigné, dit la jeune infirmière en franchissant le seuil. — Bonsoir, mademoiselle », répond Aloïse d'une voix creuse, toute étonnée de s'entendre appeler sous un nom qui lui est étranger. Et, tandis qu'elle conduit l'infirmière vers la chambre de Ferdinand, un autre nom se crie en elle. « Morrogues ! Morrogues ! Morrogues ! » Cri de victoire, d'orgueil et de défi.

DEUXIÈME SÉPIA

Ombreuse est la lumière enclose dans la chambre. Et lourd le silence qui pèse dans la pièce. Tout le jour les persiennes sont maintenues fermées, la fenêtre n'est qu'entrouverte à l'espagnolette. La lumière et l'air du dehors ne pénètrent qu'en se faufilant à travers un jeu de fentes. Et l'on ne rentre dans cette chambre qu'à pas de loup, l'on ne s'y meut qu'avec des gestes lents, délicats, l'on n'y parle qu'en chuchotant.

Une lampe est allumée en permanence sur une table ovale placée près de la porte. Un abat-jour en papier-pierre imitant un marbre aux veinures brun rosé assourdit sa clarté. Elle est entourée par deux cendriers en onyx, par une pendulette au cadran imagé de figures mythologiques, et par un coffret à cigares en marqueterie. Sur une commode en merisier, à côté de la fenêtre, est posé un bouquet de chardons et d'épis de blé séchés dans un long vase en grès. Le bouquet se réfléchit dans le miroir mural accroché au-dessus de la commode. Toute la chambre se reflète dans cette haute glace au cadre de bois doré sculpté de figures végétales. Le miroir est légèrement incliné par rapport au mur ; la chambre y bascule un peu. Le tain du miroir est par endroits piqueté de fines taches brunes. Une minuscule araignée a tissé sa toile entre deux têtes de chardons. De larges têtes laineuses, d'un violet pâle, couronnées de bractées noir pourpré. L'araignée court, rapide, à travers son royaume suspendu qui se reflète dans le miroir penché. Les piliers de son royaume sont immenses, hérissés de piquants, de feuilles épineuses.

Immobile est la chambre enclose dans le miroir. Seule bouge l'araignée minuscule tout affairée à ourdir sa toile. Son royaume est léger, qui tremblote là-haut par-dessus les épines acérées des chardons.

Dans le miroir il y a la table ovale, la lampe en papier-marbre, son halo de lumière brun rosé. Il y a une armoire dont le bois sombre est marqueté de nœuds, un fauteuil de cuir, des chaises, une maie. Sur la maie sont posés deux plateaux chargés de flacons et de boîtes, ainsi qu'une cuvette en céramique, un broc, un pain de savon roux, du linge de toilette.

Il y a aussi une carte du globe et un grand calendrier décoré de vues et de plans anciens de villes portuaires. Une vue en style baroque de la ville hanséatique de Hambourg orne ce mois d'octobre. De lourds navires marchands paradent sur les eaux calmes et verdâtres du port, leurs mâts font écho aux flèches des églises qui se profilent à l'arrière-plan. Dans les angles de l'image des génies des eaux célèbrent la gloire de la ville ; des angelots marins, aux ailes en nageoires, aux cheveux ruisselants comme des algues blondes, dressent à bout de bras une lourde couronne dorée au-dessus de l'écusson de la ville que soutiennent de vénérables ondins à barbes rousses. Des tonneaux de vin, de liqueurs, des caisses de vivres, s'amoncellent au premier plan, mêlés à des rouleaux de soie et de draps de velours.

Il y a une cible ; cinq fléchettes empennées de plumes de fauvette y sont plantées. La carte, le calendrier et la cible sont les seuls ornements des murs de la chambre enclose dans le miroir. Il y a un lustre en cuivre ; ses sept ampoules sont éteintes. Et il y a un lit.

On distingue mal ce lit, car son reflet vient buter contre celui du bouquet de chardons et d'épis posé au premier plan dans le miroir. Mais ce que l'on voit très nettement c'est la haute hallebarde qui monte seule la garde au chevet du lit. Au sommet de cette hampe en métal, un bocal de verre est accroché. Il distille une eau translucide, à gouttes lentes qui s'écoulent le long d'un fil en plastique. Le fil se raccorde à un bras. Dans le lit un homme est couché.

Insolite est la chambre recluse dans le miroir. Trois métronomes scandent le temps à l'œuvre dans la chambre. Il y a la pendulette et son discret tic-tac, ses aiguilles dorées qui tournent, imperturbables, visant tour à tour les héros et les déesses dessinés tout autour du cadran. Il y a l'araignée, vive, vite, qui trotte et va et vient. Il y a le goutte-à-goutte, clepsydre versant ses larmes lourdes, lentes et sucrées. Aucun accord entre ces trois métronomes. Il y a le temps qui rampe et tourne en rond, le temps qui trottine à pas pressés, le temps qui s'égoutte.

L'homme allongé sur le lit, et presque entièrement masqué par le bouquet qui trône au centre du miroir, est soumis à toutes ces mesures du temps. Son corps seul, — car son esprit n'est plus, sa conscience est brisée, et son âme est déjà sous la loi d'un autre temps.

LÉGENDE

Son âme est sous la loi des crimes qu'il a commis.
Son âme est dans l'effroi. Car les crimes toujours se
retournent contre ceux qui les ont perpétrés. L'épouvante, la souffrance et la mort qu'ils ont semées sur
leur passage sont d'étranges graines qui germent sous
leurs pas, — et pas à pas les accompagnent. Et ces
graines mûrissent, lancent à fleur de terre des racines
rampantes, des rhizomes noueux ; ça s'enlace à leurs
chevilles, croît le long de leurs jambes, s'enroule à
leurs hanches. Petit à petit, sans un bruit, invisible-
ment. Mais c'est coriace, vivace. La plante monte
encore, monte jusqu'à leur torse, s'entortille à leur
cou, leur front. Et ça prolifère en fines radicelles qui
pénètrent la chair, — aussi dure soit la peau, aussi
sourd soit le cœur.

Et un jour, c'est là, en plein cœur. Le cœur est en
broussaille, il est tout assailli de ronces et de lichens.
Le cœur est étouffé. La pensée ne sait plus où et comment se tourner, s'enfuir. Elle est dévorée par un
chiendent acide, l'obscurité se referme sur elle. Peu
importe le jour où cela se révèle ; ça se passe, voilà
tout. Mais plus grand est l'effroi lorsque cela n'a lieu
qu'à l'instant de mourir. Souvent ça n'a pas même le
temps de devenir remords. La pensée est à nu, est à

175

cru, affolée ; elle a mal, elle a peur, elle n'a plus de répit, nulle issue, nul espoir. Ce n'est pas du repentir, c'est seulement de la peur. Car le crime est un acte qui se prolonge bien au-delà de son accomplissement ; l'effroi qu'un jour il provoqua s'irradie ensuite à rebours et revient frapper à sa source.

*

Que s'est-il passé, au juste ? Ferdinand l'ignore. Sa vie suivait son cours, si calme en apparence, si bourbeux en son fond. Et soudain toute la lie du fond est remontée à la surface, comme un torrent de boue, les jours anciens se sont gonflés, précipités. Ferdinand a été emporté.

Quand donc cela s'est-il passé ? Ferdinand ne s'en souvient pas. Pourtant c'est récent, deux mois à peine. C'était au cœur de l'été, par une nuit d'août chaude et odorante. Il rentrait d'une de ses coutumières beuveries. Il avait les sens aux abois, le désir en maraude. Mais depuis que la petite sœur dormait dans la chambre isolée au-dessus de la sienne, il n'avait plus à s'en faire. Le gibier était à portée de main. Juste un mur à escalader, une fenêtre à enjamber, trois pas à faire. Il suffisait de sortir la gamine de son lit, de la traîner jusqu'au divan, de lui retrousser sa chemise. La petite était rebelle, revêche même, et maigre à l'excès, mais ce petit corps avait tout de même la délicieuse douceur de l'enfance. Ce corps lui était soumis, il était sien, et délectable.

Comment cela s'est-il passé ? Ferdinand n'en sait rien. Il avait gravi le mur, mais son pied avait glissé, sa main avait lâché prise. Il avait perdu l'équilibre, était tombé à la renverse, s'était affalé contre terre. Il était bien trop saoul pour trouver alors la force de se relever. Il avait attendu que passe le vertige, que se dissipe la nausée. Le soleil était monté lentement dans le ciel, les oiseaux s'étaient ébroués, la rosée avait tiédi. Mais le malaise qui lui serrait le cœur avait persisté, ses membres étaient restés engourdis, sa tête lourde. Il n'avait pas bougé.

Et puis, soudain, juchée au sommet du vieux mur, à pic au-dessus de lui, la gamine s'était trouvée là. Mais qui était exactement cette étrange, cette affreuse gamine ? Il ne la connaissait pas, et pourtant...

Elle se tenait là-haut, arc-boutée comme un félin prêt à bondir, avec ses gros genoux saillants tout zébrés d'écorchures. Mais elle ne sautait pas, elle demeurait prostrée, comme soudée aux pierres. Elle avait d'énormes yeux, noirs et presque globuleux, qui clouaient sur lui leur regard fixe. Son visage était barbouillé de couleurs criardes, et cette face laide grimaçait, stridulait. Elle ne disait rien, elle grinçait des dents, et ses dents étaient noires. Elle feulait en sourdine. Et puis il y avait ces drôles de cœurs vermeils qui se gonflaient doucement de lumière, et qui versaient, atroces, des larmes roses. Et il y avait eu enfin ces deux portraits de fillettes épinglés dans la peau tendre des tomates. Et qui saignaient.

Fruits, cœurs, larmes et sueur de sang. Joliesse, fraîcheur, yeux de lave et regard fou de haine. Les portraits s'étaient cloués dans le cœur de l'homme étendu, nuque contre terre.

Matin d'été, si vaste, lumineux, matin figé dans la folie de la vengeance. La lumière avait saigné sous les paupières de l'homme, le ciel s'était arraché à la terre.

Petites filles en blouses d'écolières, petite sœur au corps menu, gosses souillées, crevées, jetées en terre, et sœur à gueule de Gorgone. Toutes les images s'étaient mêlées, entre-déchirées, superposées ; s'étaient heurtées jusqu'à saigner. Et le monde avait basculé dans ce sanglant fouillis d'images.

Voilà ce qui s'était passé, voilà comment cela s'était passé. Rapidement, et de façon irréversible.

*

Les petits enfants, — mais il les aimait. Ferdinand n'était pas méchant. Jamais il n'avait voulu de mal à ces fillettes dont il s'était à l'occasion emparé. Il n'avait cherché, chaque fois, qu'un peu d'apaisement aux tourments de l'amour qui brûlait en lui. Il était la proie d'un amour malade, d'un désir souffrant. Et comme il était faible il avait succombé.

La faiblesse en lui avait, au fil des années, tout engourdi, elle avait embrumé sa pensée, rongé sa volonté. Ferdinand appartenait à cette race d'êtres qui est légion de par le monde ; la race des hommes qui somnolent, qui vivent à tâtons, à fleur de conscience, et dont la vue est courte. Le mal se glisse alors en eux à leur insu et va se lover jusque dans leurs cœurs sans vigilance, sans force ni courage.

Le mal s'était lové en Ferdinand comme une pieuvre dans la vase ; le mollusque avait étendu peu à peu ses tentacules, les avait démultipliés. Le mal avait œuvré dans la pénombre, il avait enlacé le cœur ensommeillé du jeune homme, avait dévié l'élan de son désir. Devenu homme, Ferdinand ne s'était pas réveillé de sa torpeur, il n'avait fait qu'obéir aux ordres fous lancés du fond de ses entrailles, tenaillées tout autant par la faim que par la peur. Car sa faim des petits corps d'enfants n'avait d'égale que sa peur. Une peur insensée, — celle des larmes de ces enfants dont il faisait sa proie.

178

Ferdinand n'était pas peureux, pourtant. Du moins dans sa belle apparence. Il lui était arrivé de se battre, il ne fuyait pas les dangers qui d'aventure pouvaient surgir sur sa route. Il n'avait pas redouté cette fameuse guerre qui avait tant angoissé sa mère ; il aurait répondu sans panique à l'appel si on l'avait désigné pour partir en Algérie. La peur tapie en lui était d'un tout autre ordre. Une peur mêlée de répulsion, de colère, et aussi de délice.

Les larmes des enfants hoquetant de frayeur, leurs sanglots sales et convulsifs qui noyaient leurs visages et distordaient leurs bouches, voilà ce qui jetait Ferdinand dans l'affolement et le dégoût.

Ainsi la petite rousse, pourquoi avait-elle donc tant sangloté, si laidement ? Il l'avait frappée pour qu'elle cesse et se taise, mais cette idiote avait redoublé ses pleurs. Son visage ruisselait, son tablier était tout trempé. Ferdinand n'avait pas supporté cette odeur fade des larmes, de peau et de tissu mouillés. Une odeur écœurante, vraiment. Alors il avait forcé la gamine à se taire, à ravaler ses larmes nauséeuses. Il avait serré ses mains autour du cou de la petite. La pleurnicheuse enfin s'était tue, ses yeux avaient séché, sa bouche avait cessé de se tordre.

C'était si doux un cou d'enfant, si voluptueux au creux des paumes. C'était tellement plus doux encore lorsque cette gorge s'emplissait de silence.

L'autre, la blonde aux nattes, elle n'avait ni crié ni pleuré. Il l'avait épargnée, celle-là, l'avait laissé partir. Non sans la ligoter de menaces, bien sûr. Il lui avait dit qu'il mettrait le feu à la ferme de ses parents si jamais elle racontait ce qui s'était passé, qu'il les ferait tous griller dans les flammes, gens et bétail. Et il lui avait ordonné de le suivre chaque fois qu'il viendrait la chercher. Sinon elle s'en repentirait, elle et tous les siens. La petite s'était montrée docile, elle avait hoché la tête sans mot dire et s'en était allée.

Elle n'avait rien dit, mais avait d'emblée coupé court à toutes représailles aussi bien qu'à toute complicité.

Seule Lucie s'était faite un peu sa complice, et sur elle il pouvait compter. Au moins une. Il l'avait domptée, celle-là, se l'était soumise corps et âme. Où aurait-elle pu fuir, à qui aurait-elle pu se plaindre ? Mais d'ailleurs, de quoi se serait-elle plainte ? Des caresses qu'il lui donnait ? Ferdinand n'avait jamais vu en cela un motif de peine et de rébellion, au contraire. Si Lucie se montrait maussade et sauvageonne c'est qu'elle avait sale caractère et le goût du drame, voilà tout.

*

Mais où donc est passée la petite sœur ? Un bâtard hideux a pris sa place. Est-elle seulement de race humaine cette chuintante et grimaçante créature ? Sang de griffon, de chat sauvage, d'oiseau de nuit, de poulpe et de serpent, tel doit être le sang mêlé qui coule sous la peau barbouillée de cette créature. Son regard est un dard, et crache du poison. Ses sifflements sont feulements, stridences aiguës et douloureuses. Ses dents sont noires, ses babines gonflées de salive mauvaise. Ses gestes sont pareils aux mouvements des lézards.

Quelle est donc cette créature qui chevauchait le mur du potager ce matin d'août, crachant sur lui un regard d'encre et de venin, et qui depuis n'en finit plus de venir le hanter ?

Car elle revient, la créature. Chaque jour, à l'heure interminable pendant laquelle la mère s'absente sur le divan du salon et se laisse engloutir dans les remous de ses rêves, la créature se faufile dans la chambre du gisant. Elle entrouvre les persiennes du dehors, avec une lime de fer, puis soulève le loquet de la fenêtre entrebâillée. Elle pénètre sans bruit dans la chambre, referme les volets, puis elle s'approche à pas de loup du lit où Ferdinand est prostré. Elle se penche vers lui, colle son visage grimaçant contre celui de Ferdinand. Elle rit, d'un rire aigrelet, presque inaudible, grince des dents, fait craquer les os de ses doigts. Elle sort de sa poche une torche électrique à l'éclat fluorescent et braque cette lumière crue tantôt sur les yeux du gisant, tantôt sur son propre visage. De sa poche elle extirpe aussi des boîtes d'allumettes où sont emprisonnés des criquets. Elle appuie ces boîtes stridulantes contre les oreilles du gisant. Elle les maintient ainsi longtemps.

Ses poches sont des gouffres, elle en arrache sans cesse de nouvelles trouvailles. Des orvets, des limaces ou des vers, qu'elle dépose sur le visage de Ferdinand. Les bestioles visqueuses rampent sur le visage immobile.

De dessous son pull, elle sort aussi les deux photos qu'elle avait épinglées dans les tomates mûres. Elle impose l'image des petites filles étranglées au regard du gisant.

On dit qu'il ne voit rien, n'entend, ne sent plus rien, ce grand corps rompu. Mais la créature têtue lance un défi constant à cet homme insensible. Elle est sûre qu'il triche. Il a toujours triché ce grand salaud. Elle vient le mettre à l'épreuve ; elle vient surtout lui dire, dans son langage à elle, emprunté à celui des bêtes et bestioles, ce qu'auparavant jamais elle n'avait pu lui dire. Elle vient mimer sa haine, et clamer, sans un mot, sa vengeance.

*

La petite sœur a disparu. Lucie serait-elle morte ? Un bâtard surgi moitié de la vase des marais, moitié des souches pourries des arbres de la forêt, a pris sa place. Et lui, Ferdinand, où donc est-il passé ? Qui donc a pris sa place ? Personne.

Il n'y a plus personne sous la belle apparence. Le corps du glorieux Roi-Soleil n'est plus qu'une longue cosse vide. Le splendide mausolée n'est plus qu'un tombeau muet, à l'abandon. Ce qui habite en lui, c'est la peur. Une peur sans mesure. Même le désir est mort. Seule règne la peur.

Le monde a basculé, le temps s'est effondré. Le goût de vivre s'est brisé sans retour, le cœur s'est pétrifié.

L'effroi règne en tyran qui a tout exilé, qui a précipité la vie aux oubliettes. Le monde entier, le temps, sont vaincus par l'effroi. Et cette épouvante a son prince, — ou bien son fou de cour : — une enfant laide aux poches bourrées de maléfices, aux yeux étincelants de haine. Une enfant muette au visage sonore.

*

Dans le miroir il y a une chambre éclairée en sourdine. Dans cette chambre il y a des objets, des bibelots, des meubles, quelques images, mais il n'y a personne. Il y a un grand corps allongé sur un lit. Un corps à l'abandon comme la mue tombée d'un animal. Un corps hanté par les ténèbres. Les soins qu'on lui prodigue le maintiennent en survie, — pas même celle d'une plante. Les yeux noirs de l'enfant qui s'en vient chaque jour pencher sur lui sa face grimaçante attisent en lui l'effroi, pareil à celui imparti aux damnés.

Deux femmes pénètrent dans la chambre sur la pointe des pieds. La mère et l'infirmière. La mère se courbe vers le lit, dépose un baiser sur le front du gisant, longuement elle contemple le visage fermé, puis elle va vers la maie, verse de l'eau du broc dans la bassine. Le reflet de la mère dans le miroir est flou ; ses gestes sont flottants. Elle est encore tout alanguie de songes, sa mémoire est confuse, son tourment présent est tout mêlé d'anciens chagrins. Elle s'oriente dans le temps comme une somnambule. Elle effectue cependant avec douceur les gestes requis par l'instant présent. Il faut sauver l'enfant de l'époux, le fils adoré. Il faut prendre grand soin de l'époux, de l'enfant. Il faut laver le corps aimé, le beau corps du désir retrouvé. Il faut lustrer le corps fantôme.

Mais elle ignore, la mère, combien l'effroi qui hante cet admirable corps d'amour est profond, dévastant. Elle ignore tout, la mère, elle a toujours tout ignoré.

La petite, sa fille, a quitté la chambre juste avant sa venue. Elle s'est esquivée comme elle était entrée, en catimini et sans laisser de traces. Les traces de son passage, c'est dans le cœur aux abois du gisant, l'ogre déchu, qu'elle les enfouit.

TROISIÈME SÉPIA

Une lumière rousse traverse les vitraux et poudroie dans le chœur. La porte en cuivre du tabernacle luit doucement à travers le fin rideau de dentelle qui la voile. La flamme de la veilleuse suspendue au fronton du tabernacle tremblote dans son godet de verre rouge. Un bouquet de soucis orne l'autel. Le rayon de lumière qui vient effleurer le bouquet dérobe aux fleurs un peu de leur couleur. La tache d'ombre qui s'étire au pied du vase sur le napperon d'organdi brodé est orangée. Deux grands bouquets de chrysanthèmes dressent leurs têtes rondes, couleur de rouille et de vieil or, en haut des marches de l'autel. Le temps des roses, des pivoines, des lupins bleu azur est déjà révolu. C'est l'époque des fleurs imprégnées des teintes de la terre, du couchant ; des fleurs graves. Bientôt ces fleurs très solennelles iront se poser au chevet des morts en signe de mémoire et d'amour douloureux. Sourds sanglots retenus, les chrysanthèmes veilleront sur les tombes enveloppées de brume.

Le bois des bancs et des agenouilloirs est sombre, il brille comme l'écorce vernissée des châtaignes. Sur un banc trois billes échappées de la poche d'un enfant dessinent un triangle inégal. L'une des trois est grosse, c'est un calot, il est d'argile. Les deux autres sont en verre ;

l'une est jaune, l'autre gris bleuté. Ainsi perdues au milieu du grand banc, dans la pénombre humide de l'église où règne le silence, ces billes n'évoquent plus ni l'enfance ni le jeu. Elles font plutôt penser à quelques concrétions, de feu depuis longtemps éteint, de lumière rancie, de cendres et de poussières. Un simple coup d'ongle suffirait à les faire rouler, et cependant il semble que ces billes soient soudées au bois du banc, que rien ne saurait les faire bouger, ne pourrait les arracher.

Les chapiteaux du sanctuaire sont sculptés ; un bestiaire monstrueux se contorsionne dans la pierre. Les oiseaux tordent leurs cous fluxueux et longs comme des serpents ; des bestioles hybrides, mi-bouc mi-poisson, ours à crinières de lions, crapauds griffus et vipères ailées, mordent le vide à pleins crocs ou bien leurs propres queues ; des faces barbues, hirsutes et cornues exorbitent leurs yeux et exhibent d'épaisses langues recourbées. Leurs gueules à tous sont béantes, ils ont faim de ténèbres. Leurs yeux sont affolés, révulsés de famine et de rage, ils ne reçoivent nulle pitance.

Un aigle en bois déploie ses ailes immenses dans la clarté du chœur. Il ne craint pas la lumière, lui qui peut dans le ciel affronter le soleil. Il défie ce bestiaire famélique qui grimace hideusement sous la voûte, qui happe du néant à s'en crever le ventre.

Les monstres sont à jamais pétrifiés dans leur faim, leur colère ; l'aigle est immobilisé dans son vol pour toujours, majestueux. Ses ailes étendues soutiennent le livre dont chaque mot flamboie. De sa gorge bombée, de son bec et ses griffes, il fend l'espace de la nef.

Le rayon de lumière s'est un peu déplacé. L'ombre orangée s'efface au pied du bouquet de soucis. Le rayon soudain se met à vibrer, à grésiller légèrement. Une guêpe y tournoie. Elle vient de quitter le mur d'enceinte de l'église couvert de lierre. Elle a puisé sa nourriture dans les ombelles, elle s'est gavée de suc, a attaqué les mouches. Dernier combat, dernier festin. Elle est entrée dans l'église par la fissure d'un vitrail. Elle s'est laissé porter par la lumière. À présent elle s'accroche à ce fil de clarté, à ce mince rayon de chaleur. Il y a tant d'ombre alentour, un si grand froid. Elle voudrait remonter vers le jour, là-haut. Mais son vol décroît lentement, ses forces s'amenuisent. Ses pattes n'ont pas de prise sur le rai de lumière, son dard est inutile. La voilà qui approche déjà du grand lutrin.

À l'opposé, dans le narthex, se tiennent des personnages, en bois ou en plâtre, polychromes. Un peu en retrait de la vasque du bénitier un ange monte la garde d'un tronc. Sa garde est toute de douceur, de courtoisie. Juché sur un support de bois, il a un genou contre le socle, son autre jambe est pliée à angle droit. Ses mains sont jointes, ses ailes à peine entrouvertes. Il porte une robe jaune paille à parements dorés comme ses cheveux, ses plumes sont blanc ivoire. Une fente s'ouvre près du genou sur lequel il prend appui ; quand on y glisse une pièce, l'ange remercie d'un léger hochement de tête. Il remercie au nom des pierres de l'église, au nom des fleurs et des vitraux ; un petit écriteau vissé sur le rebord du socle précise : — Pour l'entretien de l'église.

Des troncs, il y en a d'autres. Celui des cierges. Celui-là est tout simple, aucun ange courtois ne le surmonte. La flamme qu'on allume et qui oscille, fluette, aux pieds de la Madone, est le plus doux merci. Il y a encore le tronc de saint Antoine de Padoue. Ni flamme ni signe d'aucune sorte n'expriment sa reconnaissance pour les oboles reçues. Le saint en robe de bure est bien trop occupé à contempler l'Enfant Jésus qu'il porte à bout de bras. L'élan de son mouvement donne essor aux prières *murmurées à ses pieds ; cela suffit. Quelques brins de bruyère dans un gobelet de grès posé à l'avant de son socle sont tout son ornement.*

Un enfant est posté près de cette statue. Il glisse quelque chose dans la fente du tronc. À voir cet enfant dans le demi-jour du narthex, on ne sait trop s'il s'agit d'un garçon ou d'une fille. Ses cheveux coupés court sont en broussaille, son allure est négligée, ses gestes sont assez brusques. Pourtant c'est une fille ; de la race des garçonnes.

LÉGENDE

Non, Lucie est simplement de la race des enfants malheureux. Et comme le deviennent souvent les enfants malheureux, Lucie est une enfant mauvaise. Mais sa méchanceté ne s'exerce pas à la petite semaine, — elle voit très grand, et loin. Sa méchanceté voit jusqu'au bout du mal, elle s'étend jusqu'à la mort, et même au-delà encore. La blessure qui lui a été faite trois ans auparavant ne s'est jamais refermée, jamais guérie. Cette plaie de honte et de frayeur s'est enflammée, s'est boursouflée. La colère a pris le relais de la honte, la haine celui de la terreur. Alors la plaie a tout infecté, et l'esprit de vengeance s'est déclenché.

Ce désir de vengeance couvait depuis longtemps, il tâtonnait dans l'ombre sous forme de malaise imprécis, jusqu'au jour où enfin il put se déclarer grande fièvre maligne. Jour fabuleux que ce jour-là, jour de miracle ce matin d'août, lorsque le frère a basculé du haut du mur, lorsque l'ogre a été terrassé par sa propre violence. Depuis ce jour l'esprit de vengeance n'a plus désarmé en Lucie. Bien au contraire, cet esprit pernicieux n'a plus cessé de fourbir, d'affûter le tranchant de ses armes.

Ces armes ont fait leur preuve, et avec quel éclat ! Ce sont elles qui ont cloué l'ogre à jamais sur le dos, après qu'il eut chuté. Mais cela ne suffit plus ; voilà déjà deux mois que l'ogre gît dans son lit. La mère prend soin de lui, on le dorlote, on le plaint, on le soigne. Ce salopard ne mérite rien de tout cela. Et si en plus on le guérissait pour de bon, à force de soins, de prières et de magie conjugués ? Ce serait vraiment trop injuste. Il doit mourir ce grand salaud, il faut qu'il crève, et vite ! Lucie s'est fixé un terme : avant Noël. Elle a confiance, l'époque est favorable ; n'approche-t-on pas de la fête des Morts ? Les chrysanthèmes sortent déjà partout le bout de leurs nez funéraires. La tante Colombe, à présent tout à fait impotente, prépare sa grande sortie au cimetière. Elle se rendra sur la tombe de son Albert, poussée dans sa chaise roulante par Lolotte-toutes-les-fêtes. « Quel que soit le temps ! » a déclaré la veuve vaillante. Mais elle scrute le ciel, elle redoute les pluies. Il ne faudrait pas que les allées du cimetière soient trop boueuses au jour sacré des Défunts, sinon la chaise roulante s'embourbera.

La météo n'inquiète guère Lucie ; ce qui importe pour elle, c'est de s'assurer l'alliance totale des deux fillettes mortes, et même de tous les morts de bonne volonté. Lucie lutte sur tous les fronts, elle contre-attaque pied à pied ; contre la médecine, contre les pieuses prières, contre la magie blanche qui toutes ensemble conspirent à ranimer le frère assassin, à rendre vie à l'ogre.

C'est pourquoi elle est là, aux pieds de saint Antoine. Elle vient lui adresser ses suppliques meurtrières. Il est bien loin le temps où elle glissait de la monnaie, des images gracieuses et des carrés de chocolat dans la fente du tronc. Toute la belle imagerie

189

qui nimbait la mort d'Anne-Lise Limbourg s'est dissoute. Une lumière cruelle a frappé le mirage aussitôt aboli. C'est l'ogre qui a lancé cette lumière froide. Ils sont depuis longtemps tombés comme les mouches à la fin de l'été, les joyeux chérubins et les bons anges qui voletaient autour du souvenir d'Anne-Lise. La longue table lumineuse dressée au royaume du Seigneur, où la petite rousse était conviée, a été renversée, la nappe blanche déchirée. L'Enfant que hisse saint Antoine à bout de bras ne porte pas la consolation dans ses mains, ni surtout le pardon. Le globe qu'il tient est une bombe, est un boulet, pour écraser le cœur des ogres.

Toute l'ancienne imagerie de Lucie s'est retournée. Les histoires douceâtres du Père Joachim ont viré à l'acide. Pendant un temps, — ces deux années au cours desquelles elle avait tenu ses yeux baissés, fuyants, Lucie avait perdu toute imagination. Elle ne voyait plus rien, ni au-dehors, ni au-dedans. Le corps de l'ogre l'aveuglait, il lui obstruait la vue autant que la rêverie. Puis elle avait redressé son regard parmi la faune des marais et recouvré une nouvelle vue. Et à présent elle voit autrement, tant le monde extérieur que les choses invisibles.

Oui, Anne-Lise et Irène ont bien été invitées à la table du Seigneur. Mais ce Seigneur est violent, sa table est couleur de foudre, et les anges-convives ont des yeux et des serres d'effraies ; ils portent des ailes de papillons géants à ocelles de feu et de longs glaives en forme d'éclairs. Les chérubins ne rient plus, ils ont de gros yeux de crapauds, des dos crêtés comme des tritons, et ils sifflent ainsi que des serpents.

Lucie, plantée devant le tronc, glisse dans la fente son obole. Des clous rouillés, des piquants de hérissons, des queues de lézards, des éclats de verre, des épines et des ronces. Et elle rumine, dents serrées, des prières belliqueuses. Elle demande au saint d'intercéder pour elle et pour les deux fillettes en terre ; d'intercéder avec colère auprès du Dieu tout-puissant. Elle exige que justice soit faite, que la vie indûment donnée au frère fourbe lui soit reprise sur-le-champ. Et avec ça qu'il soit damné, qu'il s'en aille griller en enfer. Elle interdit au saint d'écouter les prières que d'autres pourraient lui adresser, comme sa mère, ou cette idiote de Lolotte, ou quelque bigote du bourg. Lucie met le saint en garde contre les prières des adultes ; ils sont si bêtes ces adultes, ils ne voient rien, comprennent moins encore, ils livrent les enfants en pâture aux loups en toute inconscience, ils abritent affectueusement des ogres étrangleurs parmi eux. C'est elle qu'il faut écouter, elle seule, et l'exaucer. « Tu vois, dit-elle à saint Antoine, c'est avec une corde comme celle que tu portes en ceinture, qu'elle s'est pendue, Irène, à cause de lui. Alors, tu vas quand même pas le laisser vivre, ce saligaud, tu vas pas le laisser recommencer, hein ? Si jamais il se relève, c'est moi qui me pendrai, et ce sera aussi de ta faute. Va donc plutôt lui nouer ta corde autour du cou, comme aux vaches qu'on traîne à l'abattoir, et emmène-le dans la mort, tout droit aux enfers. »

Telles sont les oraisons de Lucie pour déjouer les autres prières qui risqueraient d'être adressées à saint Antoine. Mais il lui faut aussi lutter contre les soins dont Ferdinand est entouré. C'est pourquoi elle se faufile chaque fin d'après-midi dans sa chambre, pendant que sa mère paresse sur le divan du salon à côté. Qu'elle s'y vautre tout son saoul sur ce maudit divan ! Elle y a assez souffert, elle, Lucie, sur cette couche de malheur ; sa mère peut bien y souffrir à son tour en ressassant son inquiétude.

Elle vient près du lit, se penche vers le grabataire. Elle ne fait rien de mal, — elle se montre à lui, seulement cela. Elle le force à la voir. On dit qu'il ne voit rien, cela se peut ; bien qu'il garde les yeux ouverts, son regard est celui d'un aveugle. Mais Lucie sent malgré tout que du fond de ce regard absent, éteint, le frère doit voir. Qu'il doit tout voir. Et c'est précisément cela qui le cloue dans son lit. Tout ce qu'il voit de son regard d'aveugle. Alors il ne faut pas lui laisser de répit. Il faut l'écraser de visions, encore et encore. Il faut lui prouver qu'elle le déteste, qu'elle a toujours eu en horreur ses caresses de brute, ses baisers répugnants, ses étreintes sanieuses. Et elle le lui prouve, là, en pleine face, en lui imposant son regard fixe. Elle pose ses yeux en miroir devant lui, pour qu'il s'y voie tel qu'elle le voit, tel que l'ont vu les deux petites filles qu'il a tuées. Et elle dépose sur son visage des bestioles gluantes, — comme les caresses et les baisers qu'il lui a tant infligés.

Tout le jour elle se prépare à cette visite clandestine qu'elle va rendre au frère avant le soir. Les jours où elle n'a pas école, elle file vers les marais et les forêts, en quête de bestioles, ou simplement d'images pour fourbir son regard. Elle parle aux bêtes des marais et des bois comme elle parle à saint Antoine. Elle leur demande leur appui, elle en appelle à leur sereine cruauté. Elle leur dit que l'ogre gît là-bas, dans la maison de la rue de la Grange-aux-Larmes, et qu'elles feraient bien d'aller le mordre, le piquer. Mais les bêtes préfèrent s'entre-dévorer entre elles. Alors Lucie rentre seule, avec juste un lombric ou deux, une limace ou un insecte dans sa poche, mais avec une telle joie maligne dans le cœur, une telle violence dans les yeux, qu'elle peut hardiment livrer assaut au frère et ébranler le repos que lui ont prescrit les médecins.

Depuis qu'elle a déclaré la guerre à l'ogre, Lucie s'empare plus que jamais de toutes les images aptes à donner vigueur à son regard, puisque c'est un combat de regards qu'elle mène, combat serré et sans merci.

Ainsi la boutique de monsieur Taillefer lui est devenue une école de guerre au même titre que les marais. Monsieur Taillefer est le boucher du bourg. C'est un grand bonhomme au ventre proéminent sanglé dans un tablier blanc souillé de sang. Quand il rit, son ventre énorme tressaute comme le flanc d'un bœuf pris de fièvre. Lucie se glisse souvent dans sa boutique ; elle regarde, fascinée, comment il débite en larges tranches des blocs de viande écarlate, ou comment il vide les volailles. Il manipule toutes ces charognes avec une admirable dextérité, il les palpe, les coupe, les frappe à coups de maillet. Il trône, réjoui, parmi ses poulets et ses canards plumés, ses gros chapelets de boudins noirs, ses lapins écorchés qui ressemblent à de minces nourrissons, ses cuisseaux de bétail vermeils et luisants, ses jarrets de porcs et ses langues de bœufs. Il balade son ventre au-dessus des plats emplis de tripes, de foies et de reins gluants, de cervelles blanchâtres grosses comme des éponges.

Chair, graisses et viscères, moelle et sang, cœurs et os, — tout ça exhibé impunément en public, offert en toute quiétude aux regards des clients. Tout ça, ce dedans des corps, ces secrets cachés sous la peau, est exposé en plein jour. Obscénité joyeuse qui ne choque personne, et même ravit les braves gens.

Monsieur Taillefer est un ogre, lui aussi, mais d'une tout autre espèce que Ferdinand. C'est un ogre heu-

193

reux qui avoue tous ses crimes, qui fait étalage de ses victimes dépecées et en vante la saveur aux passants. Et il rit, pour un oui pour un non. Monsieur Taillefer est un ogre brave et franc. Il est surtout un ogre de haut rang : non content de massacrer volaille, bétail et gibier, et de les écorcher, les vider, les mutiler, les tronçonner, armé de sa hachette et de son coutelas bien affûté, il se fait un orgueil de présenter des têtes de veaux et de cochons ainsi que des trophées. Monsieur Taillefer est un ogre délicat, c'est un artiste ; il ne manque jamais de glisser une belle pomme d'un rouge flamboyant dans le groin d'un porc ou de décorer de laurier le front d'un veau aux yeux vitreux. Il lui arrive même parfois d'accrocher des cerises à leurs oreilles, ou de planter des pâquerettes dans leurs naseaux. Monsieur Taillefer improvise selon la saison.

Lucie éprouve à l'égard de cet ogre glorieux autant de dégoût que d'admiration. Il ose tout montrer. Il œuvre en public, placidement. Sous ses grosses mains rouges la violence se fait paisible, l'horreur sereine et l'obscénité devient beauté. Il travaille à rebours de l'ogre blond.

Lucie rêve de voir exposée au beau milieu de l'étal de monsieur Taillefer la tête de son frère. Dans ses orbites évidées elle planterait des coquelicots, et dans sa bouche écartelée elle déposerait un crapaud.

*

Les coquelicots ; ce sont les fleurs préférées de Lucie. Au début de l'été il en pousse en pagaille dans les prés aux abords du village d'Irène Vassal. Lucie connaît dans ses moindres détails la route qui conduit là-bas, depuis le temps qu'elle s'y rend à bicyclette. Elle a fait cette route en toutes saisons, mais la plus belle est celle où le printemps se transforme en été, où les fleurs, les épis et les fruits crèvent la campagne de vives taches de couleurs. Cette route est jolie, elle longe les marais puis passe à travers des terres brunes, hérissées de tertres rougeâtres couverts de genêts et de pins. Des éperviers et des autours aux larges ailes mordorées planent, solitaires, au-dessus des bruyères et des champs. Lucie aime cette route ; elle pédale au ras des herbes et des chardons qui croissent le long des bas-côtés. Parfois des ronces lui écorchent les jambes. À la belle saison des chants d'oiseaux désordonnés accompagnent sa course. Des haies et des fourrés montent des sifflements aigus, des gazouillis, des appels flûtés, des trilles rauques ou cristallins, ponctués de-ci de-là par le sourd coassement d'un crapaud. C'est la chanson de la route d'Irène, c'est la mélodie de la terre, tout à la fois acidulée et monotone, vive et mélancolique. C'est la douce cantilène du chemin vers Irène, — chemin au bord duquel l'ogre mauvais l'avait saisie un soir de printemps.

Aux abords du village s'étendent des champs d'orge, de blé et de colza. Blonds, les champs, blonds et dorés comme les cheveux d'Irène. Au dernier tournant, juste avant d'arriver au cimetière situé en retrait du village, surgit un vaste champ de tournesols. Milliers d'yeux béants qui, sans fin, dardent leurs regards droit sur le soleil, jusqu'à ployer et se flétrir sous l'excès de lumière. Beaux yeux d'Irène dilatés par l'effroi, brûlés par la vision de l'ogre. Et, en contrepoint, disséminés à travers champs, il y a ces autres yeux, ces ocelles d'un rouge éclatant troué de noir, — les coquelicots. Yeux de sang et de nuit, — ceux d'Irène morte.

Des yeux hallucinés qui ont percé la terre sous laquelle on les avait enfouis, insoumis aux ténèbres qui pourtant emplissent leurs prunelles. Des yeux trop tôt fermés, et qui veulent voir encore le bleu du ciel et l'ombre mauve des nuages sur la terre ; qui veulent voir encore fleurir les aubépines dans les haies et rentrer à pas lents les troupeaux à la tombée du jour.

Yeux et bouches confondus qui s'écartèlent autour de leurs pupilles éteintes, de leurs gosiers étouffés de silence. Yeux et bouches frappés de folie, de détresse, à force de ne pouvoir ni regarder, ni respirer, de ne pouvoir crier. Mais Lucie, elle, comprend les regards d'aveugles de ces fleurs sauvages, elle entend leurs cris muets. Cris de vengeance.

Au cimetière de son village Irène possède sa propre tombe. On ne l'a pas mêlée aux ancêtres de la famille, comme Anne-Lise. La dalle est de la taille de son corps d'enfant. Une dalle de marbre blanc, surchargée de pots de fleurs et de plaques gravées de regrets éternels, en lettres dorées. « À la mémoire de notre enfant chérie », « À notre nièce regrettée », « À ma filleule — Son affectionnée marraine », « À notre petit Ange — Ses grands-parents inconsolés ». Il y a même un court poème que les enfants de sa classe avaient composé ; le poème est inscrit sur une plaque en forme de livre ouvert. « Comme un Soleil tu brillais parmi nous — Comme un Soleil tu t'es éteinte — Sans toi nous sommes tristes, nous avons froid — Mais ta lumière luit toujours dans nos cœurs. Tes camarades de 9e. » Une statuette d'angelot éploré monte la garde auprès du portrait d'Irène inclus dans un ovale. Ce portrait est un peu différent de la photographie que Lucie avait découpée dans un journal. Irène dans son ovale porte ses nattes relevées en couronne, et retenues par une barrette ornée d'une fleur. Elle est vêtue d'un corsage dont on distingue juste le col surpiqué de dentelles. Et elle sourit. Ce sourire ourle ses yeux d'un pli gracieux et creuse une légère fossette à sa joue gauche.

Lucie connaît par cœur tous ces détails ainsi que le poème et chaque inscription. De tout cela, — la blondeur lumineuse d'Irène, sa grâce, son sourire radieux, cette fine fossette, et tous ces mots pleins de tendresse, elle s'émerveille. Cependant il lui est parfois arrivé de ressentir quelque amertume, lorsqu'elle reprenait le chemin du bourg pour rentrer vers la maison de son malheur ; elle pensait à l'enfant si jolie et tant choyée dans sa mort, alors qu'elle-même restait la proie de l'ogre dans l'indifférence générale. Tout en pédalant elle ressassait : « Ange, Soleil ! C'est pas à moi qu'on dirait ça si ce salaud me tuait aussi ! C'est sûr, avec ma gueule ! Des regrets, y'en aurait pas lourd ! Papa, peut-être ? Mais comment savoir, il parle jamais, seulement à grande distance avec des inconnus quand il s'enferme dans sa cabane-radio ; comment savoir ce qu'il raconte alors, il ne parle même pas en français. Et elle, la râleuse, qu'est-ce qu'elle dirait ? Elle serait bien capable de faire graver : " Lucie, petite idiote, qu'est-ce que tu as encore fait ? Où es-tu passée ? Tu pourrais répondre quand je t'appelle ! " Et la vieille taupe ? Elle pourrait écrire : " Bernique pour les diamants ! " Mon salopard de frère aurait peut-être le culot de faire poser une plaque " Regrets ". Pas de m'avoir fait crever, l'ordure, mais de plus pouvoir me tripoter ! »

Soleil, petit soleil, joli soleil ! Ces mots longtemps avaient sonné dans sa tête. Soleil-Irène, éclipsé à jamais pour mieux resurgir dans les champs en été, en milliers de soleils cramoisis à cœurs noirs. Myriades de soleils couleur de sang et de deuil, qui tremblotaient parmi les blés, les herbes. Et de quoi tremblaient-ils donc, sinon de colère et de désir de vengeance ? Mais qui accomplirait cette vengeance ? Seule Lucie le pouvait, car seule elle connaissait l'assassin. Elle le devait. Son tourment était de ne savoir comment.

Soleil, Soleil-Irène, radieux petit soleil étouffé sous la terre ; et l'autre fillette, là-bas, avec ses boucles rousses qui s'enroulaient sans fin autour des phalanges des vieillards de la tribu Limbourg, — il fallait les venger, leur rendre justice.

Longtemps Lucie a réfléchi au moyen d'accomplir son œuvre de vengeance. Elle n'avait de cesse d'aller hanter les tombes des deux petites filles. Elle s'accroupissait sur le bord de leurs dalles, tambourinait contre le marbre du bout des doigts, raclait le sol de ses talons. Elle cherchait une idée, elle attendait un signe. N'importe quel signe, — que les noms des vieillards s'effacent soudain de la tombe d'Anne-Lise, que seul brille le doux nom de l'enfant, que le marbre vire au roux, que le rire mélodieux de la fillette résonne sous la terre. Que les fleurs artificielles amoncelées sur la tombe d'Irène s'envolent en nuée de papillons, que les pages du livre de pierre se mettent à tourner et que chantent les mots du poème écrit par les petits écoliers. Qu'ils chantent et crient, et que tous les coquelicots dans les champs croissent d'un coup, que leurs pétales géants claquent dans le vent ainsi que les drapeaux d'une armée en marche.

Des signes, Lucie en espérait partout. Jusqu'aux pieds de la statue de saint Antoine. Elle attendait que l'Enfant éclate brusquement en colère, et qu'Il jette avec violence le globe doré contre le sol.

*

Des signes, elle en épiait partout. Jusque dans les miroirs devant lesquels elle se postait, fixant ses propres yeux comme s'ils avaient été ceux d'une autre. Ceux d'une enfant plus forte et courageuse qu'elle, capable de dénoncer le frère assassin, de défier ces adultes sourds et aveugles qui l'entouraient. Il lui arrivait parfois de passer des heures, enfermée dans sa chambre, à scruter un miroir. Elle s'efforçait de soutenir son propre regard, de se forger un regard nouveau, un regard de guerre. Elle s'imaginait qu'Anne-Lise et Irène, du fond de l'invisible où elles avaient séjour, regardaient par ses yeux. Elle regardait le monde avec les yeux d'une enfant d'outre-tombe.

Mais son attention était souvent déviée, son imagination venait faire écran entre elle-même et son reflet et la détournait de son projet, sans qu'elle en prît conscience. Elle confondait sa vie avec des personnages de contes qu'elle avait lus, elle se parait de courage et de gloire volés à des héros découverts dans des livres d'histoire, elle pétrissait ses idées fixes dans la glaise de scènes bibliques racontées au catéchisme. Et à force de se fixer ainsi dans le miroir en multipliant et travestissant sans fin son regard, elle se dessaisissait en fait d'elle-même, elle oubliait sa haine, sa douleur, pour jouir à son insu de ce secret qui l'obsédait. Finalement elle se regardait avec les yeux de son frère, — avec les yeux de son frère nocturne. Et, sans oser le reconnaître, elle éprouvait un plaisir trouble, une joie honteuse à se voir ainsi démultipliée, travestie en personnages fabuleux, héroïques, à se contempler en petite reine d'une secrète nuit de crimes et de débauche.

Alors cette joie mauvaise, ce plaisir inavouable, aiguillonnaient encore davantage sa colère. Elle ne pardonnait pas à l'ogre d'avoir fait d'elle, au bout du compte, sa complice. Elle était une esclave aussi rebelle que soumise. Elle était beaucoup trop de personnages à la fois et ne parvenait pas à maîtriser cette foule qu'elle était devenue. Et la guerre qu'elle voulait tant livrer à l'ogre s'en prenait autant à lui qu'à elle-même. Elle ne luttait face au miroir qu'entre elle-même et tous ces autres qui avaient fait intrusion en elle à la suite de l'ogre.

À force de tant fixer ses propres yeux dans les miroirs, Lucie a fini par arracher à ses yeux des images. Elle s'est mise à dessiner et colorier tout ce qu'elle voyait, tout ce qui grouillait au fond de ses prunelles. Des visages dont les yeux s'envolent comme des papillons, dont les bouches s'ouvrent comme des coquelicots, ou qui pleurent des lézards vert et or, ou bien vomissent plein de bestioles couleur de feu. Des têtes tranchées trônent au milieu de grands ciels bariolés, leur tenant lieu de soleils. Les rayons de ces soleils sont des serpents onduleux. Si elle dessine des arbres, c'est pour charger leurs branches d'yeux ; des yeux-fruits, des yeux-fleurs, des yeux-oiseaux. Ses paysages sont nus, ni montagnes ni maisons. Elle les remplit de forêts métalliques, de hordes de lignes à haute tension. Ces géants aux bras levés qui l'intriguaient tant autrefois occupent une place importante dans son imagerie. Ils avancent à grands pas sur fond de ciel violet, portant des éclairs jaune vif à bout de bras en guise de fusils. À leur tête marche leur chef ; un petit guerrier en armure, inspiré autant de Jeanne d'Arc que du Petit Poucet. Elle ne dessine en entier que les bêtes qui rampent, celles qui volent et celles qui nagent, dans le ciel et les branches aussi aisément que dans l'eau. Pour les autres, les bêtes à quatre pattes, elle ne dessine que la tête, jamais les corps. Des têtes comme celles des veaux et des cochons de la boucherie Taillefer. Tous ces dessins sont pleins de couleurs ardentes et contrastées, et elle cerne chaque figure d'un épais contour noir. « Ma fille, déclarait Aloïse à propos des dessins de Lucie, dessine comme les primitifs et peinturlure comme les Fauves. Ce pauvre chat écorché joue au fauvisme ! Encore une folie des grandeurs déplacée ! Ah ! Et puis ce goût pour le laid, le criard, le brutal ! Seigneur, quelle fille j'ai mise au monde ! Ce n'est même pas un garçon manqué, c'est un garçon méchamment contrefait, une âme de voyou. Enfin, à son âge, quand on est une fille, gribouille-t-on de pareilles horreurs ? Où va-t-elle donc chercher tout ça ? »

*

Où ? Dans sa souffrance et dans sa rage. Dans le silence si bruyant des miroirs qui lui renvoient l'image éclatée, salie et tourmentée d'elle-même. Alors elle fixe ces éclats pour qu'ils soient moins blessants, elle les barbouille de couleurs pures pour en masquer les salissures, elle distord les formes, les perspectives et les volumes à la mesure de sa souffrance. Oui, elle joue au fauve à grands coups de gouache et de crayons feutre pour oublier qu'elle n'est qu'un petit chat qu'on peut saisir à loisir par le cou.

Et elle a eu bien raison de jouer ainsi, car le jeu est devenu sérieux, le fantastique s'est fait réalité. Le signe qu'elle a tant attendu est venu. Sous la forme d'une chute. Il y a eu métamorphose, non pas des tombes ou des statues, mais de l'ogre lui-même. L'ogre qui grimpait si aisément jusqu'à sa chambre a perdu ses bottes de sept lieues. Ce n'est plus qu'un gisant. Il faut à présent pousser la métamorphose jusqu'au bout, jusqu'à complète disparition.

Le jeu est très sérieux, il est serré. Lucie le joue à fond. Il n'y a désormais plus la moindre frontière entre la réalité et l'imaginaire.

C'est un vrai petit soldat qui se tient là aux pieds de saint Antoine, dans l'ombre ocrée de l'église. Un vaillant petit soldat qui vient réclamer aide et bénédiction à son suzerain afin de gagner la bataille qu'il a entreprise au nom de la justice. Une justice qui est vengeance, vengeance sans limite ni mesure, qui veut frapper dès ce monde-ci, tout de suite, et s'étendre encore dans le monde d'après. Vengeance à l'infini et pour l'éternité. Le petit soldat Lucie veut bouter l'ennemi hors de tout pardon, l'expédier au fin fond de l'enfer.

Le jeu est grave. Lucie le joue à la folie avec le plus parfait sérieux. Lucie y joue la vie et l'âme de son frère. Sans se douter que la frontière entre son frère et elle s'est effacée, et que le mal est à présent dans son camp plus encore que dans celui du frère déjà vaincu. Déjà châtié.

Là-bas dans le chœur la guêpe lutte toujours dans le rai de lumière. Elle glisse, glisse toujours davantage. Le froid qui monte du sol triomphe du peu de chaleur enclose dans le rayon de ce soleil d'octobre. La guêpe frôle l'aile du grand aigle de bois. Mais l'aigle ignore l'insecte en dérive dans le rayon oblique.

La guêpe a touché le sol. Elle se tord sur les dalles et vrombit, éperdue. Elle se débat contre le froid humide qui s'exhale de la pierre, contre l'ombre qui rampe vers elle. Mais le froid l'engourdit, la fatigue l'enlace. Peu à peu elle s'apaise, cesse d'agiter ses pattes. Le rai de lumière se déplace. L'ombre engloutit le corps recroquevillé de la guêpe.

Appels

« Mais ils étaient à eux-mêmes plus pesants que les ténèbres. »

SAG., XVII, 21.

PREMIER FUSAIN

Un jour crayeux s'étend, toute lueur est éteinte, nul éclat. Les sons eux-mêmes sont étouffés, les odeurs de la terre abolies. La douceur qui émane du ciel est si grande, si froide, qu'elle se fait torpeur. Douceur mate et muette du dehors, torpeur blanche sur le monde. Il neige. Dans toutes les maisons les fronts se posent contre les vitres, les enfants appuient leurs paumes sur les carreaux et ouvrent leurs doigts en éventail. Ils caressent le doux froid de la neige. Ils sourient, leurs yeux sont immenses. Ils regardent, ils regardent avec émerveillement, et bientôt excitation. Pourtant il n'y a rien à voir. Des milliers de flocons tombent avec mollesse, avec indifférence, et engloutissent le ciel, l'horizon, l'ensemble du visible. Il n'y a plus d'espace, ni profondeur ni volumes. Le monde est plat, uniforme. La neige tombe en continu, et abondance.

Dans une maison une femme se tient dans l'embrasure d'une porte. Elle reste là, immobile sur le seuil, entre chambre et salon. Mais, bien qu'immobile, elle semble flotter légèrement. Quelque chose tremble en elle. Elle est si indécise ; va-t-elle pénétrer dans la chambre, ou bien rentrer dans le salon ? Des deux côtés, un même vide, un semblable silence.

La femme est mince, élancée, elle est vêtue de noir. D'une main elle s'appuie au chambranle de la porte, de l'autre elle tient un verre à la main. De temps à autre, d'un geste lent, elle porte le verre à ses lèvres, mais elle a, dans sa façon d'avaler des gorgées, quelque chose de pressé, de brutal presque. À chaque gorgée elle secoue la tête comme quelqu'un qui dit non, ou bien qui cherche à s'arracher à un engourdissement.

La femme debout sur le seuil tourne le dos au salon, elle regarde la chambre. Quand la neige, dehors, s'est mise à tomber, et à ternir d'un coup les couleurs des choses à l'intérieur des maisons, la femme n'a pas tourné la tête vers la fenêtre. Ce qui se passe au-dehors ne l'intéresse pas. Elle a vu dans la chambre les couleurs se plomber, tous les menus reflets s'éteindre. Et il lui a semblé soudain que les objets, les bibelots, venaient de se mettre à comploter. Oui, les choses se sont d'un coup durcies, emplies d'obscurité, de froideur ; elles conspirent. Mais la femme ne parvient pas à percer ce secret ourdi par les objets, elle sent seulement que ce secret est mauvais, gonflé d'hostilité.

Les objets la repoussent, lui interdisent de franchir le seuil, et surtout de venir les toucher. Ainsi la lampe, sur la petite table, là, tout près, avec son abat-jour terne et glacé, et les meubles pesants comme des roches, et le grand miroir couvert d'un voile noir devant lequel bée le vase en grès d'où ne s'élance aucun bouquet. Ainsi le lustre, aux sept ampoules grises, et la maie débarrassée des produits de soins et de toilette qui l'encombraient, et la pendulette arrêtée. Ainsi la cible fixée au mur, avec ses fléchettes plantées en arc de cercle autour du centre ; leurs plumes sont tout empoussiérées. Ainsi la carte du globe où continents, îles et océans ont la même fadeur, la même platitude. Ainsi le calendrier illustré de villes portuaires ; une vue à vol d'oiseau de Stockholm remplace celle de Hambourg. Les mois ont passé, les pages ont tourné. C'est février. La ville de Stockholm est éclatée en multiples îles et presqu'îles. La mer s'insinue partout, gris acier à l'intérieur des terres sans relief. Aucun génie des eaux n'anime l'image austère. Quelques minuscules voiliers noirs sont posés sur la mer. Le seul ornement est la rose des vents incrustée dans un cercle au milieu des eaux sombres, comme une île étoilée.

La femme en noir regarde tout cela du lointain de ce seuil où elle demeure clouée. Elle laisse son regard errer d'un meuble à l'autre, d'un objet à l'autre. Et partout son regard se cogne. Il ne trouve pas ce qu'il cherche, il s'effraie de la dureté des choses, de la lumière crayeuse qui ternit tout, et surtout du vide régnant dans la chambre.

Le lit est vide. Et ce vide s'irradie, tangible presque, hors de ce lit dépourvu de literie. Ce lit sans corps. Long rectangle plat au milieu de la chambre ; on ne l'a pas repoussé contre le mur. On a recouvert le matelas d'une couverture en laine d'un bleu si foncé et mat qu'il paraît anthracite. On pourrait croire que ce rectangle sombre qui fait tache sur le parquet, est l'ombre projetée par le miroir voilé ; à moins que ce ne soit le lit qui réverbère sa noirceur sur le miroir aveugle et l'enténèbre ainsi.

LÉGENDE

Ou peut-être, encore, est-ce le regard d'aveugle de
celui qui gisait sur ce lit, qui a ainsi voilé la grande
glace ? La lumière, fût-elle poudreuse et blême
comme celle que répand la neige dans sa chute,
n'atteint pas le miroir. Aucune lumière, aucun reflet,
aucune image n'y pénètre. La conspiration des objets
est absolue : plus rien, plus personne, n'a le droit de
les approcher. Ils se sont déclarés intouchables, tous.

Mais ce ne sont pas seulement les objets qui conspirent ainsi, c'est le lieu même. C'est la chambre, murs,
plafond et parquet, c'est aussi le salon à côté, et le
potager dehors, et les chambres à l'étage. C'est la maison entière, c'est toute la rue c'est le bourg. C'est le
monde, c'est la vie.

La vie n'est plus la vie, elle s'est inféodée à la mort.
Toutes les couleurs se sont fondues, résorbées dans le
noir du deuil ; chaque mouvement, chaque geste fait
mal, et parler plus encore, et regarder est pire. Car que
faire désormais qui ne soit pas fadeur et vanité ? Et où
aller, quand l'absence hante chaque lieu ? Et que dire
qui ne soit pas parole creuse, très en dessous des cris,
des larmes, et surtout du silence ? Et où poser son
regard quand une unique image l'obsède ? Image d'un
corps, d'un visage, qui ne sont plus au monde. Et

même, que penser, comment penser ? La douleur ne sait pas réfléchir, elle envahit de ronces la pensée, elle pétrifie en désolante statue de sel chaque souvenir qui ose un instant refaire surface à la conscience. La douleur est idiote, de façon implacable. C'est un tyran qui bafoue la raison, qui humilie l'intelligence, aussi grande puisse-t-elle être.

La femme en noir est la proie de ce tyran. La vie n'a cessé de conspirer contre elle, dès l'origine. Son père, elle ne l'a jamais connu. Aloïse fut l'enfant d'une permission ; quand elle naquit son père était déjà mort, englouti dans une des innombrables tranchées de la Grande Guerre. Il avait conçu cette enfant en passant, entre deux champs de bataille. Puis ce fut le tour du grand amour de sa jeunesse dont elle avait fait son époux, en se jurant que ce serait pour la vie entière. Mais la vie se révéla très brève, le bonheur d'aimer dura moins de sept ans. Une autre guerre s'en vint, et, dans un tour de prestidigitation éclatant, cette nouvelle guerre fit disparaître corps et âme l'époux tant aimé. Le bonheur n'avait pas dépassé l'âge de raison ; le chagrin et l'amertume devaient se prolonger sur plusieurs décennies. Et à présent venait d'arriver le tour de celui en qui avait reposé son unique consolation. Son petit Roi-Soleil, la lumière de sa vie, son doux bluet lunaire était mort lui aussi. Le fils avait rejoint l'Époux ; là-bas dans l'invisible où depuis l'origine s'était exilé le père jamais connu.

*

Ferdinand est mort au tout début du mois de février. C'est déjà mars à présent, mais le calendrier ne tient plus compte du temps qui passe. Qu'importe d'ailleurs, car cela fait des années que ce calendrier pend au mur de cette chambre ; Ferdinand le gardait à cause de la beauté des illustrations, il aimait ces vues de villes portuaires, lointaines dans l'espace aussi bien que dans le temps. Ferdinand ne se souciait guère des jours, des dates. Il tournait les pages selon le mois nouveau, indifférent à l'année. Il est mort face au port de Stockholm, face à ce damier d'îlots sans relief, à cette mer gris acier, à ces minuscules voiliers noirs. Les ports de Messine, d'Alger, de Brest, de Glasgow ou de Lisbonne, plus riches en couleurs et en animation, ne paraîtront plus. Le temps s'est figé, il ne voguera plus de port en port. Le temps s'est noyé dans les eaux glacées des bras de la Baltique.

Et puis cette neige tardive qui tombe à gros flocons dehors repousse le printemps, réintroduit l'hiver. Elle recouvre tout de son éclat blafard. Elle ne recouvre pas seulement le visible, elle retient les pas, on n'ose pas tout de suite fouler la neige immaculée, elle étouffe les sons.

Il neige sur le nom de Ferdinand. « Un nom de rois, un nom d'empereurs, et non des moindres ! » aimait autrefois à rappeler sa mère. Il ne fut jamais que le roi de sa mère.

Il neige dans le nom de Ferdinand. Et ce nom est glacé qui tremble sans fin derrière les lèvres closes d'Aloïse, qui larmoie au bord de ses paupières.

Il neige. Le roi est mort, et le monde est désert. Aloïse oscille imperceptiblement sur le seuil infranchissable. Elle ne parvient pas à comprendre, elle ne peut se résoudre à croire à ce qui s'est passé.

Il neige, il neige partout. La mémoire d'Aloïse est livide. Elle a cessé d'invoquer le passé, de traquer les souvenirs. Les séances du rêver-vrai sont à jamais révolues. Aloïse ne va plus s'allonger sur le divan. À

210

présent c'est debout qu'il lui faut être. Là, sur ce seuil, en faction au bord du tombeau vide. Que ferait-elle sur le divan, quel corps y étendrait-elle ? Le corps sorcier de Victor qui venait enlacer en songe son corps de femme désirante a disparu aussi brutalement qu'il avait apparu. Ce corps sorcier s'était levé en contrepoint de la chute de Ferdinand ; il s'est évanoui avec la disparition de Ferdinand. C'était un corps voleur, venu dérober la dépouille d'un autre pour pouvoir descendre enfin avec décence dans un caveau.

Le grand Marcou l'avait bien dit : « Un mort mal mort s'est emparé de l'esprit de Ferdinand, il rôde autour de lui, cherche à lui voler sa vie. Il faut débusquer ce revenant, cette pauvre âme malfaisante, et l'apaiser, l'éloigner loin de cette maison. » Mais qu'avait fait Aloïse ? Tout le contraire. Elle n'avait eu de cesse d'invoquer ce fantôme, de se livrer à lui. Elle s'était faite l'amante, la complice de ce mort mal mort.

Il neige sur le nom muet de Ferdinand. Les tombes au cimetière deviennent anonymes. Les dalles se transforment en faibles dunes ; géographie douce et blanche. Qui osera le premier aller fouler, aller souiller la neige des allées qui serpentent autour des tombes ? Pas des vivants dans l'absence.

Il neige sur le corps disparu de Ferdinand. A-t-il froid ? Cette question se lève en Aloïse à mesure que poudroie dans la chambre la blême clarté du dehors. Et le froid redouté pour le fils abandonné, seul, si seul en terre, envahit peu à peu le cœur d'Aloïse.

Son verre est vide. Aloïse plonge un instant son regard dans le verre qu'elle tient à la main. Sa bouche est sèche. Son regard s'attarde sur une goutte qui luit au fond du verre. Elle voudrait réfléchir, mais elle n'y parvient pas. Elle laisse sa soif la guider, son corps est en dérive. Elle revient vers le salon. Sur le guéridon il y a la bouteille. Aloïse remplit son verre de gin. Puis elle retourne vers le seuil.

Elle porte le verre à ses lèvres. Il lui semble soudain que la lumière a changé dans la chambre, de plâtreuse elle s'est faite soyeuse. C'est parce que dehors la neige a cessé de tomber. La neige repose enfin, bien lisse et pure sur la terre et le ciel dégagé luit à nouveau. La neige réverbère la lumière du jour, et la lumière ondoie, étincelante, jusque sur les murs et les parquets à l'intérieur des maisons.

Les eaux de la Baltique de gris plombé virent au gris argenté, l'abat-jour en papier-marbre se pare de transparences d'albâtre, et le grand voile noir qui masque le miroir scintille par endroits. Tant de clarté soudain illumine la chambre qu'Aloïse frémit, elle tourne son visage vers la fenêtre. La blancheur du dehors l'éblouit, elle cligne un peu des yeux. Ses cils brillent, ses yeux s'irisent ; des larmes tremblent au bord de ses paupières. Son cœur d'un coup bat plus fort, plus vite ; un espoir insensé vient de le traverser. Et si cet admirable éclat, aussi subit qu'intense, sourdait non de la neige, mais du visage de Ferdinand, de tout son corps déjà transfiguré ? Et si cette crue de lumière blanche montait de l'âme de Ferdinand pour recouvrir la terre, pour envahir le ciel, et pour la rejoindre, elle, la mère, pour l'enlacer dans l'invisible ? Et si le visage de Ferdinand était en train de transparaître dans le miroir, s'il allait déchirer le voile de crêpe noir ? Le cœur d'Aloïse cogne à la volée. Dans un instant d'oubli elle franchit le seuil, elle s'approche du miroir, pose son verre sur la commode, et soulève le voile.

Ses mains retombent, son cœur se plombe. Il n'y a rien dans le miroir. Les larmes retenues au bord de ses paupières se font lourdes soudain, et brûlantes ;

elles roulent sur ses joues, coulent jusqu'à sa bouche, lui glissent dans le cou. D'un geste brusque Aloïse frappe le verre qui va se fracasser sur le plancher, et elle s'élance d'un bond vers le salon. Les sanglots la secouent. L'odeur des larmes imprègne son visage, ses mains.

Il y a une odeur des larmes. C'est une odeur terriblement douceâtre et déplaisante, comme celle qu'exhale la rouille ou le moisi. Il y a une odeur à cette sudation du cœur. Une légère odeur de peau surie.

L'odeur des larmes d'Aloïse se mêle à celle du gin répandu sur le plancher. C'est comme l'odeur de la neige ou de l'eau, — vague, très vague odeur à la limite de l'inodore, et que l'on perçoit cependant, du bout des sens. Odeur chagrine.

La chambre de Ferdinand de jour en jour s'imprègne de cette odeur grisâtre. Odeur du vide, odeur de la lumière glacée, odeur des eaux de la Baltique. Sueur de l'absence.

*

Et les choses à nouveau conspirent dans la chambre. Elles semblent devenues plus hostiles encore à présent qu'elles luisent. Elles sont comme revêtues d'une armure de lumière fine et glacée. Elles sont caparaçonnées d'un brillant métallique. Vouloir les approcher, les toucher, serait de la folie, elles brûleraient les mains, fendraient les paumes, écorcheraient les ongles. Elles ont le mordant du gel. Les choses sont en guerre, les choses sont en deuil. Tout le lieu est en deuil. Le maître s'en est allé sans dire un mot, sans un soupir même. Et le mutisme du maître qui longtemps a reposé entre ces murs est resté là, collé aux choses.

213

Aloïse s'est assise sur le bord du divan. La crise de larmes qui l'a soudain saisie à la gorge, aux épaules, l'a jetée là. Elle se tient cassée, le front sur les genoux, les poings serrés contre les tempes. Ses genoux sont trempés. Mais les sanglots décroissent, les larmes se tarissent. La douleur est plus ample, tellement plus ample et plus tenace que tout ce par quoi elle s'exprime. Tantôt le corps se brise, se plie, tantôt les mains se tordent, les entrailles se nouent, tantôt le sang reflue et le corps chancelle, pris de vertige, tantôt des cris, des plaintes s'échappent par à-coups, tantôt ce sont les larmes qui montent et qui déferlent. C'est la chair qui mugit. La chair arrachée, toute vive, à la chair de l'autre aimé.

Tantôt il ne se passe rien. Ni soubresaut, ni pleurs, ni gémissements. La chair est épuisée, soumise en toute humilité à la douleur régnante. Et c'est là le plus long tantôt.

Aloïse redresse lentement son buste, d'un geste machinal elle essuie son visage puis elle croise les bras sur son ventre et se balance un peu d'avant en arrière. Enfin elle se relève, marche à pas indécis à travers le salon, se dirige vers la fenêtre, s'arrête, pose son front contre la vitre. Elle ne tient pas en place, il lui faut arpenter l'espace, le silence, l'absence.

Elle est brisée, perdue, la magie du rêver-vrai. Cette folie-là est tombée, cette folie de l'espoir toute bruissante d'images, de mouvements, d'échos, et même d'odeurs. C'était la folie de l'attente où espoir et mémoire se mêlaient. Mais cela n'avait engendré qu'une folie plus trépidante, celle du désir. Et ce désir avait fait perdre la tête à Aloïse. Elle avait cru pouvoir abolir le temps, rebrousser le chemin de l'âge, renier la mort et resserrer entre ses bras le corps de Victor.

Elle s'était crue plus forte que la guerre, plus puissante que la mort. Elle s'était convaincue que son amour pour Victor était si entier, si profond, qu'il en était magique, et qu'elle avait réussi à arracher aux limbes son époux et à lui rendre corps. Un corps tout à la fois de gloire, surnaturel, et de jouissance très charnelle. Alors, dans les délices de cette jouissance retrouvée, elle avait oublié le vrai but de sa quête. Et elle avait trahi son fils.

Tout n'avait été que leurre, leurre et mensonge. Trahison. Il n'existait pas de « rêver-vrai », il n'y avait que la mort qui fût vraie. Cette mort qui s'acharnait à lui voler ses hommes, ses aimés.

Tout conspirait contre elle, depuis toujours. Les choses, les meubles, les lieux, qui la repoussaient à présent avec tant de dureté, n'étaient en vérité que des manifestations secondaires du destin si cruel qui lui avait été imparti dès l'origine. Car désormais elle décelait partout, en tout, des marques du destin. Comme on dépiste sur les lieux d'un crime les traces semées par l'assassin, Aloïse inspectait l'histoire de sa vie ; histoire brisée et désolée.

Décidément, non, elle n'était pas de la trempe des Andromaque, ni de la race des Ibbetson et des Mary de Towers. Elle n'avait jamais réussi à défier le destin et à triompher du malheur. De quelle race était-elle donc ? Autrefois elle aurait recherché sa lignée du côté de Sophocle, d'Eschyle ou de Shakespeare ; mais son emphase était rompue, son orgueil anéanti. Sa douleur était trop nue pour pouvoir dorénavant se travestir de la sorte et parader avec superbe. Sa douleur était irrémédiablement nue, et nulle consolation n'était en mesure de la vêtir.

Aloïse est de la race des malheureux, des pauvres, des destitués ; race immense et anonyme. Elle ne sait

plus que tourner en rond dans le vide, gémir et pleurer. Elle ne sait plus rien, ne sait même plus penser.
Ses idées ont l'inconsistance de la buée, son imagination n'est que cendres et poussières.

*

Le front posé contre la vitre, Aloïse regarde le paysage transfiguré par la neige. Paysage uniforme. Tout
est blanc, jusqu'aux forêts là-bas. Le froid du dehors
pénètre son front, le ceint d'indifférence. Elle est si
lasse, exilée si loin de tous et de tout. Elle voit glisser
l'ombre des nuages sur la neige. Elle sent glisser cette
ombre sur son âme. Ou plutôt, elle sent cette ombre
comme si c'était elle-même, comme si c'était son âme,
ou bien son cœur, qui s'en allait ainsi à travers ciel, à
ras de terre, dans le silence, le froid. Son âme, son
cœur, son corps ; elle ne sait pas très bien, elle ne distingue plus entre ces mots. Tous trois désignent la
même réalité meurtrie, la même désolation. Aloïse est
cette ombre en dérive, ce presque rien couleur de suie,
ce lambeau de nuit exilé dans la lividité du jour. Mais
aussi bien est-elle cette étendue de neige, ce grand
froid de la terre, ce silence sifflant.

Aloïse est la neige qui recouvre la terre, qui enserre
la terre, et elle est cette terre recouverte de neige,
enserrée par le froid. La terre où gît son fils. Elle sent
le froid de la vitre descendre de son front jusqu'à son
ventre, lui nouer les entrailles. La buée de son souffle
ne cesse de brouiller le paysage. Des bancs de nuages
sans fin défilent et l'ombre court à vive allure. C'est un
vent d'est qui pousse ainsi les nuages, il vient de loin,
de bien au-delà des forêts dressées derrière les marais.
Il vient des confins de la terre. Les forêts sont
dépouillées, le moindre craquement, le moindre cri de

freux y résonne avec force. Les marais sont vidés, leur boue est gelée, purifiée par la neige. Leurs abords sont déserts. La végétation se réduit à des traits noirs de diverses épaisseurs, plus ou moins inclinés et tordus. Graphisme austère, sans volumes. Toutes ces tiges, ces branches nues, ces troncs et ces brindilles semblent coupants ; lignes aiguisées par le vent. Nulle bestiole ; les larves couvent sous la terre, sous les écorces. Les bêtes sont terrées au fond de leurs antres invisibles. Les oiseaux sont partis depuis si longtemps déjà que la beauté de leurs chants semble appartenir à une vieille légende. Restent les freux et les choucas.

Resteront à jamais les freux et les choucas dont les cris âpres accentuent la rugosité du silence, et les corneilles noires qui ponctuent le ciel blême de ratures obliques. Jamais ne reviendront les oiseaux mélodieux aux plumages bariolés de si jolies couleurs. Et les fleurs, les herbes et les feuilles ne reparaîtront plus, les bêtes et les bestioles ne se réveilleront plus. Il faut que tout demeure ainsi. Figé, glacé, désolé et muet. Il faut que la nature se taise pour toujours, qu'elle s'immobilise comme le calendrier cloué sur le mur de la chambre. Février s'est ancré dans le port de Stockholm ; les saisons ont sombré au fond des eaux de la Baltique. Onze mois d'un coup ont fait naufrage. Que jamais ils ne se relèvent, ces onze mois ! Février, février seul doit perdurer. Que la nature se plie à cette loi, que toute la terre prenne le deuil de Ferdinand ! Il le faut. Car ce serait vraiment trop de douleur que d'entendre à nouveau gazouiller d'un ton flûté les petits passereaux, que de sentir flotter dans l'air adouci le parfum des primevères et des violettes. Ce serait une intolérable douleur que de voir la terre s'ébrouer de son long sommeil noir et blanc dans un gracieux frisson de feuillage vert tendre. Ce serait une telle insolence que d'assister à cet insouciant réveil de la terre, de la vie, du désir, qu'il y aurait de quoi maudire la terre, les hommes, les bêtes, et Dieu. Dieu surtout.

Dieu qui a fait tout cela, qui a créé cette terre capricieuse, cette terre oublieuse. Cette terre qui ne porte et ne nourrit les hommes que pour mieux les faire chuter et puis les dévorer. Dieu qui a, dit-on, donné une âme aux hommes. Mais quel don est-ce là, que cette âme greffée sur le cœur sourd et si fragile des pauvres hommes ? Dieu ne pouvait-il laisser les hommes en paix, leur accorder la bienheureuse idiotie des bêtes qui ignorent tout des tourments de l'amour, des souffrances du deuil et des affres de la mort à venir ? Et qu'est-ce que c'est au juste que cette âme, cette chose impalpable, invisible et sans preuve dont il faut, prétend-on, prendre si grande et vigilante précaution chaque instant de sa vie pour ne pas la damner ? Quel sens a tout cela, où est le vrai dans cette fable ? Fable noire et cruelle que la fable de l'âme !

Ainsi pense Aloïse, de façon très confuse, le front posé contre la vitre. La foi, l'a-t-elle seulement jamais eue ? Elle avait « de la religion », comme elle le répétait elle-même avant. « Dans la famille on a de la religion. Ça se respecte les choses saintes. » Mais la religion c'est bien peu de chose et ce n'est pas toujours sanctifiant. C'est même moins que rien si la foi n'y est pas. Après la mort de Victor, Aloïse ne s'était pas rebellée contre Dieu ; en revêtant son armure de veuve elle s'était drapée dans le sacré. Elle avait rituellement fait célébrer des messes à la mémoire de son époux. Puisque le corps admirable de Victor avait été pulvérisé sans laisser de traces, elle avait tenté de renouer un lien avec lui, par-delà la disparition de la chair. Elle avait érigé en icône le souvenir de son époux, elle avait paré l'âme du défunt de la beauté qui avait été celle de son corps d'homme vivant. Elle avait alors cherché dans la religion un appui. Elle avait tant besoin d'appuis. Et puis elle était pauvre, mais elle était plus orgueilleuse encore. La religion donne de la dignité à la misère. En épousant Hyacinthe pour subvenir aux besoins de son fils, elle était sortie de la misère. Mais elle n'avait pas renié la religion qui continuait malgré tout à insuffler quelque dignité à son triste destin banalisé par son remariage.

Il ne reste à présent plus rien de cet édifice bâti au fil des années par habitude et par devoir. Qu'est-ce qu'une habitude quand le goût de vivre vous est arraché radicalement du cœur, et qu'est-ce que le devoir quand on vous a volé sans pitié ni mesure vos droits les plus sacrés ? Car comment garder le goût de vivre, quand l'enfant né de sa chair est mis en terre en pleine jeunesse, et comment se sentir obligé de respecter tel ou tel devoir, quand votre propre droit à vivre vous est retiré à travers votre enfant mort qui était toute votre joie et votre honneur de vivre ? Qui n'a plus rien ne peut rien donner, pas même son consentement à perdurer. Il faut être un de ces fous de Dieu pour pouvoir oser dire que, lorsqu'on n'a plus rien, c'est alors qu'on a tout, et que, moins l'on possède, plus il faut donner. Ces fous-là sont odieux à Aloïse. Son cœur d'épouse-amante, son cœur de mère amoureuse est sourd à ces propos insensés et révoltants même. Elle souffre trop, elle crie au vol, au crime, à la trahison. Elle accuse, — Dieu. Elle accuse comme accusent les désespérés. En son cœur en détresse les paroles de Job trouvent un écho cinglant. — « Oh ! Si je savais comment L'atteindre, parvenir jusqu'à Sa demeure, j'ouvrirais

219

un procès devant Lui, ma bouche serait pleine de griefs. » Ces plaintes, ces reproches, elle pourrait les crier. Déjà ils couvent en elle et même se font invectives. Mais ses cris s'enlisent dans son cœur parce qu'elle ne se tourne ni vers l'orient, ni vers l'occident, ni vers le nord, ni vers le sud pour chercher en quelle secrète demeure se cache Dieu, comme le fit Job du fond de sa fosse. Dieu n'était en aucun des quatre points cardinaux, mais Job n'a pas désarmé et a ouvert malgré tout son procès. Parce qu'il proclamait dans le même temps : « Quand bien même Dieu me tuerait, j'espérerais encore en Lui. » Job pouvait crier et ouvrir un procès devant Dieu parce que sa foi demeurait inébranlable en celui-là même qu'il accusait. Mais Aloïse n'a pas la force d'aller jusqu'au bout d'un tel paradoxe ; elle a bâclé Son procès sitôt ouvert, sans même faire comparaître l'accusé, et elle a condamné Dieu sans recours à la peine la plus extrême : — celle de non-existence. Ou d'indifférence d'existence, ce qui revient au même.

Car c'est cela, il n'importe pas à Aloïse de savoir si Dieu existe ou non. La résurrection des morts à la fin des temps, elle s'en moque. C'est ici et maintenant qu'elle veut voir reparaître son fils, et Victor également. Si Dieu lui ramène son fils, alors elle croira en Lui. Sinon, elle ne pensera même pas à Lui, elle s'en détournera comme d'un mauvais rêve. Déjà elle se détourne.

*

Aloïse détache enfin son front de la fenêtre. Il lui semble que le froid l'a pénétrée jusqu'aux os. Elle frissonne. Elle a trop longtemps contemplé la neige, ses yeux sont tout éblouis. Elle erre un moment à travers

220

le salon, se heurtant aux angles des meubles. Elle n'a même plus envie de boire, d'ailleurs elle a brisé son verre. L'ombre des nuages qui a survolé la terre s'est déposée en elle ; cette ombre pèse. Et se durcit. Voilà que recommence le long, très long tantôt de l'ennui, de la souffrance grise. Dans l'attente d'un prochain assaut de larmes, d'une autre subite révolte du corps. Alors elle aura des crampes, ou la nausée, ou de violents maux de tête, ou elle maudira la vie et la pensée de Dieu. Aloïse ne cherche même pas à maîtriser ces caprices de la douleur, à en prévenir les attaques. Elle est l'esclave de sa douleur. Elle est au comble de l'épuisement, elle est au seuil de la folie.

Ce seuil, entre la chambre et le salon, voilà qu'elle y retourne une fois encore, mue par une force aveugle. Ce seuil ouvert entre le désespoir et le plus fol espoir, — revoir soudain son fils. Ce seuil qui l'aimante, la retient sur son bord, l'enracine à sa lisière, et qui dans le même temps la repousse avec violence. Ce seuil infranchissable. Elle s'y tient en tremblant, les yeux étincelants de larmes autant que d'avidité de voir. Et elle se mord les lèvres pour retenir le cri qui mugit dans son cœur, pour retenir l'appel qui s'élance et tournoie à travers tout son corps.

Aloïse n'est plus que cet appel muet lancé dans le silence, cet appel forcené intenté à l'absence « Reviens, reparais, là, un instant, juste un instant. Que je te voie, une fois encore, te revoir... » Mais rien ne bouge dans la chambre, si ce n'est la lumière qui décroît à nouveau et redevient crayeuse. Le lieu est sourd à son appel.

Et quand la clarté du jour se retire tout à fait, que les ombres du soir s'amassent dans les angles, enveloppent les meubles, Aloïse se dresse toujours là, mince statue plus noire encore que la pénombre qui

221

envahit le lieu. Elle imprègne le lieu de l'odeur de ses larmes, et le lieu, en retour, l'imprègne de son vide. Alors, comme ces corps minéraux saturés qui finissent par tomber en indifférence chimique et qui se cristallisent, ainsi se fige la douleur d'Aloïse en stupeur béante.

DEUXIÈME FUSAIN

Il pleut. Une pluie lente et monotone qui crible de trous la neige, la dévore peu à peu. Le ciel est gris, la terre est noire.

La terre réapparaît. Des mottes sombres percent la neige. La neige est toute poreuse, spongieuse. Et laide, et sale. Ce sursaut d'hiver tardif n'aura que peu duré. Mais le printemps reprend sans grâce ses droits sur la terre.

Sur le rebord d'une fenêtre s'étend une mince bande de neige encore épargnée par la pluie. Un moineau est venu s'y poser. Il sautille le long de la fenêtre, en quête d'un grain miraculeux, d'une miette introuvable. Ses pattes gravent d'infimes étoiles sur la neige.

Le moineau soudain s'envole ; vite, vite il s'enfuit. Il fuit l'ombre qui vient de se profiler derrière la vitre. Les petits moineaux se méfient des ombres, — il arrive souvent que les ombres qui rôdent autour d'eux s'abattent d'un coup, armées de serres et de becs voraces. Mais ce n'est qu'un homme qui se profile derrière les carreaux, et sa silhouette est inoffensive. Il n'y a rien à redouter d'un homme qui approche comme celui-là d'une fenêtre, avec la démarche de quelqu'un qui ne fait que passer, qui semble déjà se retirer alors même qu'il arrive.

L'homme est grand et maigre. Son visage est marqué de rides et ridules pareilles aux menues traces des pattes du moineau sur la neige. Ses yeux sont noirs, mais leur regard est empreint de tant de mélancolie, et d'humilité aussi, — d'humilité surtout, que ce noir paraît translucide. Comme l'encre qui luit au fond d'un encrier, et où dorment les mots que l'on n'a pas encore su trouver, par manque de patience, d'attention, ou bien par crainte, par pudeur peut-être.

Ses cheveux aussi sont noirs, coupés très court. L'âge n'a atteint que la peau de cet homme, mais n'a touché à aucun de ses cheveux, et le contraste toujours plus accentué qui en résulte donne au visage de l'homme une expression étrange.

L'homme regarde tomber la pluie apportée par les vents d'ouest. Dans ce pays les nuages s'en viennent presque toujours de l'ouest, chassés par les vents atlantiques. Il semble qu'aujourd'hui l'océan ait lancé à l'assaut de la terre d'innombrables troupeaux de nuages gris. C'est un jour sans lumière, sans élan ni saveur. Les branches encore nues des arbres s'agitent dans le vent, des volets claquent, les gouttières font des bruits de ruisseaux. L'homme allume une cigarette.

La pièce où il se tient est basse, c'est une pièce en appentis. Même durant les beaux jours il y fait sombre, elle est orientée plein nord. De la fenêtre on aperçoit un noisetier, et quelques groseilliers. Les chatons du noisetier sont à peine entrouverts, laissant deviner entre leurs écailles d'un vert cendreux la poussière dorée du pollen que le vent dispersera bientôt. L'arbuste est encore jeune, mais il reste chétif et croît avec lenteur, il manque de lumière dans ce recoin que le soleil ne visite guère. Le moineau a trouvé refuge au pied d'un groseillier. Ces quelques arbrisseaux forment une haie dérisoire autour du lourd pilier de ciment de dix mètres de hauteur qui est planté là. Ce pilier supporte une grande antenne tournante.

L'homme tire une dernière bouffée, il ouvre la fenêtre, jette dehors son mégot. Le moineau recule par petits bonds rapides et va se poster contre le pilier de ciment. L'homme tend ses mains vers la pluie, puis se frotte les tempes du bout de ses doigts mouillés. Il referme la fenêtre et revient s'asseoir à sa table.

Sur la table, nul bouquet, nul bibelot, aucun décor. C'est une table austère, comme le lieu. Ce n'est pas une table où l'on mange, pas davantage où on lit ou écrit, ce n'est pas non plus un établi de bricoleur. C'est une table d'écoute, et d'appel. Une table de dialogue à distance, une table où se croisent des voix sans visage, où s'échangent des paroles montées parfois de l'autre bout du monde. Une table de solitude à voix multiples.

LÉGENDE

Des voix, c'est par milliers que Hyacinthe Daubigné en a capté, depuis tant d'années qu'il s'adonne à sa passion de radio-amateur. Les murs enduits de crépi blanc de l'appentis sont tapissés de cartes postales envoyées de tous les coins du globe par ses innombrables partenaires radio, hommes et femmes de tous âges. Il y a aussi une immense carte du monde déployée au plafond ; il l'a collée là, faute de place sur les murs envahis par les cartes postales. Mais comme le plafond est en pente, Hyacinthe n'a pas trop à se tordre le cou pour inspecter son planisphère. Le seul meuble de la pièce est une armoire dans laquelle il range le reste de sa correspondance, et les cahiers où il consigne toutes ses communications, données et reçues, en notant chaque fois le jour, l'heure, le contenu de l'échange, et l'indicatif du partenaire. Hyacinthe est un homme d'ordre méticuleux. Il note, classe, archive sans cesse. Cette discipline qu'il s'est donnée et qu'il applique sans faillir dans son activité de radio-amateur, lui tient lieu de point d'appui et d'ancrage dans la vie. Cette discipline devenue mécanique lui est même une sauvegarde. Sauvegarde de son équilibre nerveux depuis longtemps ébranlé par la mélancolie, sauvegarde de sa pensée toujours en proie aux doutes, à quelque effroi de l'âme, et à tout instant sur le point de se dissoudre dans le vide. Dans le renoncement à être.

À l'origine ce fut par curiosité et plaisir qu'il s'initia à la technique d'émissions de messages sur ondes courtes. Le monde soudain s'ouvrait à lui, d'une façon inattendue. Lui, né et resté emprisonné au cœur d'une province morose et dépeuplée, lui, homme timide et taciturne que le moindre pas vers autrui faisait souffrir, avait trouvé une ouverture sur le monde et les autres à sa parfaite mesure et convenance. Lui, homme de si peu de poids, homme oublié parmi les marais grouillants d'oiseaux, emplis de brumes et de légendes d'un autre âge, avait par la magie des ondes conquis un accès à son siècle. Il captait des voix, la voix plurielle de ses contemporains disséminés à travers toute la terre. Il captait la voix des vivants, le souffle et les paroles de ses semblables, en quelque lieu qu'ils fussent. Il appartenait à une immense phratrie, toute vocale, rien que vocale. Il dialoguait avec des voix sans visage et sans corps, sinon ceux qu'il lui plaisait à l'occasion de leur imaginer. Et c'était cela qu'il aimait, en émettant et recevant des messages, — cet entremêlement de réalité et d'imaginaire, cet enchevêtrement de la technique et du rêve. Au fil des années, Hyacinthe n'avait cessé de perfectionner son art et d'étendre le réseau de ses communications. Il avait même lié des amitiés au cours de conversations établies et poursuivies avec quelques correspondants partageant avec lui une même forme de pensée ou certains goûts littéraires.

La plupart de ses conversations se déroulaient en anglais, langue qu'il s'était appliqué à maîtriser parfaitement. Lucie avait raison lorsque autrefois elle appelait l'anglais « la langue des lointains », parce que son ami Lou-Fé avait lui aussi décidé de l'apprendre, afin de pouvoir lire davantage d'ouvrages d'astronomie. Pour Hyacinthe l'anglais était vraiment la langue des lointains, non pas celle des étoiles comme l'avait cru la petite Lucie, mais plus simplement, et mystérieusement aussi, celle de ces poussières d'étoiles qu'étaient les hommes et les femmes avec lesquels il entrait en contact. Poussières d'étoiles filant à ras de terre et scintillant ici ou là de par le monde, où le destin les avait déposées. Murmures d'étoiles, paroles de vivants, que saisissait Hyacinthe et auxquels il faisait écho.

L'anglais, appris au départ par utilité, était devenu la langue de cœur de Hyacinthe. Non parce qu'elle lui ouvrait un plus vaste champ de communication, mais parce qu'elle était liée à la qualité propre à cette communication. C'était là un dialogue sans conflit, sans souffrance, car réduit à la seule voix, et de la sorte soustrait à la dureté, ou l'ironie, ou même le mépris des regards. Hyacinthe n'avait jamais su soutenir le regard des autres ; lorsqu'il s'adressait à quelqu'un, il parlait légèrement de profil, dérobant son regard. L'anglais, il ne le parlait qu'hors champ, enfermé tout seul dans son appentis. L'anglais était pour lui une éternelle voix off aux multiples intonations et accents. La voix du dehors, la voix des lointains. La voix des vivants invisibles, inoffensive donc.

Voix belle enfin, prodigieusement belle, comme le lui avaient révélé certains de ses interlocuteurs. Il y avait eu un Américain de la région des Appalaches, dont le langage était encore pétri de termes datant de l'arrivée de ses ancêtres en ces montagnes au dix-huitième siècle. Il y avait eu un Australien, d'origine hongroise, et qui, voulant s'exprimer correctement, parlait avec une extrême lenteur en choisissant scrupuleusement ses mots, mais avec tant de finesse, et un si doux accent contenu à fleur de souffle, que sa parole était étrange mélopée. Ces deux-là s'étaient tus. La mort passait aussi dans les lointains, voleuse de voix. Il ne restait d'eux que le souvenir du plaisir de leurs voix.

Il y avait eu aussi cet homme, un Écossais dont les propos étaient toujours pleins de vivacité et d'humour, et qui avait de formidables éclats de rire. Un jour il avait annoncé de son habituelle voix sonore qu'il conversait pour la dernière fois. On allait l'opérer d'un cancer de la gorge. Jamais auparavant il n'avait mentionné sa maladie. Il avait dit, comme s'il s'agissait d'une chose tout à fait ordinaire : « On va me mettre un sifflet de platine. Drôle de greffe, non ? » Puis il avait ajouté, en riant une dernière fois : « Après, c'est avec les oiseaux que je parlerai. » Et en guise d'adieu il s'était mis à chanter une vieille ballade de son pays, d'une voix grave et paisible.

Il y avait eu, pendant quelques années, un homme du bout du monde. C'était lui qui se proclamait tel. Il s'annonçait chaque fois en disant : « Je vous parle du bout du monde. » Il résidait en terre de Baffin. Il était fou de poésie. Et même, légèrement fou tout court. Fou d'isolement, d'hiver sans fin, d'étendues blanches et glacées. D'ennui. Une folie chassait l'autre, aggravait l'autre ou l'apaisait, selon. Il ne discutait guère, il préférait déclamer des vers de ses poètes favoris, Shelley, Wordsworth, Keats, et surtout Shakespeare dont il psalmodiait les Sonnets d'une voix assourdie d'émotion comme si les élans de désir, d'admiration, de jalousie, de jouissance, de colère, de tendresse ou de supplication qui tour à tour soulevaient ces vers, assaillaient sa voix de récitant.

Il lui était arrivé parfois de quitter ses cimes poétiques pour réciter un peu de prose, celle d'un seul livre. Mais ce livre était d'une prose si admirablement cadencée qu'il était long et mélodieux récitatif. Il s'agissait du roman *Les Vagues*, de Virginia Woolf.

Hyacinthe avait été troublé chaque fois par la douceur de ton avec laquelle l'homme du bout du monde prononçait le titre de l'ouvrage et le nom de l'auteur ; sa voix prenait alors des inflexions d'enfant qui soupire en rêvant. Soupir de volupté fragile et de mélancolie. Depuis lors *The Waves* of Virginia Woolf évoquaient pour Hyacinthe un scintillement d'écume et de cristal, un infini murmure de lumière blanchoyante, et cette géographie mi-océane mi-lumineuse se confondait en son esprit avec celle de la mer et de la terre de Baffin. Géographie du bout du monde, géographie du cœur du monde. Celle de l'âme égarée de Hyacinthe.

« Quand le flot se retirait, il laissait derrière soi des flaques sur le rivage, avec parfois un poisson frétillant, abandonné[1]. »

Géographie devenue muette. Un jour, sans crier gare, l'homme du bout du monde avait cessé d'émettre. Peut-être avait-il enfin quitté l'immense île polaire où il n'avait séjourné que pour raisons professionnelles, et, sauvé de la folie dont le menaçait l'ennui, il avait du même coup perdu sa folie des mélodieuses incantations. Il avait dû rentrer dans son pays, parmi les siens, et retrouver la chaleur de sa langue. Il s'était replongé dans la familière houle des vivants. Alors le désir lancinant de broder le silence de mots émerveillants s'était éteint en lui.

1. V. Woolf, *Les Vagues*, trad. M. Yourcenar.

Géographie soluble et renaissante ; l'île immergée dans l'oubli ne cessait de réaffleurer au ras des eaux, au gré du temps. Et ces eaux étaient peuplées de sirènes aux voix enchanteresses qui tantôt psalmodiaient l'amour couleur pourpre, teinté d'or et de jais des Sonnets de Shakespeare, et tantôt dévidaient le long écheveau argenté des *Vagues* de Virginia Woolf. La terre de Baffin était en chuchotante dérive dans les rêveries de Hyacinthe.

L'homme du bout du monde avait sans le savoir légué ses mots à Hyacinthe, homme lui-même reclus dans un îlot du monde. Tous ces mots où culminait la beauté de « la langue des lointains » se ressassaient sans fin dans sa mémoire. Mais jamais il ne prononçait à voix haute ces mots connus par cœur. Tout au plus les murmurait-il, parfois, les lèvres presque closes, comme quelqu'un qui chantonne tout bas l'air d'une romance pour bercer sa peine, pour retenir ses larmes. Les vers les plus admirés de Hyacinthe, les phrases les plus aimées, venaient mourir contre ses lèvres, expiraient dans un souffle, puis se retiraient à nouveau vers son cœur avec un tremblement d'écume.

« Chaque vague se soulevait en s'approchant du rivage, prenait forme, se brisait, et traînait sur le sable un mince voile d'écume blanche. »

Et par là même Hyacinthe effleurait au plus près la source profonde de ces textes, — source enfouie au plus obscur, au plus brûlant de la chair amoureuse, du corps jaloux et désirant, ou source discrètement ruisselante, à fleur des sens tendus dans la contemplation du monde et accordés à l'écoulement du temps. Les mots de ces textes avaient mûri dans le secret ; dans le secret d'un corps aimant, d'un cœur épris et tournoyant entre la lumineuse beauté de l'Ami et les sombres charmes de l'Amante ; dans le secret d'un corps diaphane, évanescent, d'un cœur inquiet toujours en quête de présence dans la fugacité même des choses et de la vie. Les mots de ces textes, marqués par le secret, par la pudeur, étaient voués au chuchotement. Confidences intérieures.

*

Hyacinthe Daubigné est vieux, il est septuagénaire. Mais il a toujours été vieux et a toujours tout fait avec retard. À la mort de son père la vieillesse s'est saisie de lui, il n'avait alors que trente ans. Sa mère était morte depuis longtemps déjà. Il ne lui restait pour toute famille que sa sœur, de trois ans son aînée. Mais Lucienne, femme au cœur sec et hautain, ne sut jamais jouer auprès de lui d'autre rôle que celui de juge. Et son neveu Bastien, d'enfant mollasse était devenu adulte aussi falot que fat.

Grand, dégingandé, Hyacinthe avait toujours été gauche dans son allure et ses manières. Il n'avait pas su faire, au contraire de sa sœur, un atout de sa haute taille et de sa maigreur. Lucienne portait depuis l'enfance la tête haute, — elle avait une silhouette de mirador et des yeux d'épervier. Lui avait depuis l'enfance tendance à confondre son corps avec l'ombre de son corps ; il aurait si souvent aimé pouvoir se dissoudre dans cette ombre.

Lucienne était fière de garder intacte la couleur de ses cheveux restés très noirs jusque dans la vieillesse. Lui avait honte de cette incongruité, il n'avait d'ailleurs jamais aimé le noir corbeau de ses cheveux, cela était trop voyant. Mais il avait beau inspecter ses tempes dans le miroir, il n'y apercevait pas le moindre cheveu blanc. Enfin Lucienne avait la voix sonore, le ton cassant, le rire bref et mordant. Il parlait d'une voix sourde, avec douceur, et son rire était aussi rare que léger. Mais comme sa sœur il avait la solitude nouée aux entrailles.

Il avait attendu la cinquantaine pour tomber amoureux. Et, comme pour rattraper toutes les années perdues, il était tombé éperdument amoureux. « Tu cours à ton malheur, lui avait asséné Lucienne, cette femme ne t'aime pas. » Mais il avait couru quand même, emporté par l'élan du désir. Car il l'avait désirée, cette femme, à en brader son âme son diable. Dès qu'il l'avait vue, il s'était épris d'elle.

C'était après la guerre. Chacun portait encore des traces de la guerre, de l'occupation, de l'humiliation. La mémoire était vive, la pauvreté rôdait autour de beaucoup. Mais cependant les gens réaffrontaient les jours avec espoir et joie sur leur terre libérée. Sauf cette femme-là. La guerre l'avait enveloppée de deuil, et la libération ne l'avait pas atteinte. Elle semblait se tenir à austère distance de la joie retrouvée. Le deuil qui l'avait frappée devait dater de quelques années déjà, car elle portait les couleurs du demi-deuil. Couleurs froides, cendreuses, comme celles qui parent la gorge et les ailes des pigeons. Et ces couleurs, qui témoignaient discrètement du chagrin perdurant de la femme, semblaient rendre celle-ci intouchable. Une veuve, encore inconsolée, au cœur gris cendré, à la beauté troublante. Son corps vêtu de gris, de mauve et de violet se tenait à la frontière des morts et des vivants. Corps de mémoire et de douleur, corps de vestale. Et c'était cela, c'était cet air souverain de tristesse, cet air de chasteté sacrée, qui avait sur le coup saisi l'attention de Hyacinthe, et qui l'avait séduit. Car en transparence de cette impalpable brume gris argenté qui nimbait la fière veuve, il avait entr'aperçu la jeune femme sensuelle qui se tenait cachée ; il avait deviné la souplesse de son corps, la douceur de sa peau. Et d'emblée il avait désiré faire frémir et se cambrer ce corps, caresser cette peau.

La première fois qu'il l'avait vue, c'était par un matin d'automne légèrement pluvieux. La femme portait un tailleur en lainage gris souris, des souliers noirs et des bas anthracite. Elle avait des jambes remarquables, longues et minces. Ses cheveux étaient couverts d'un foulard gris perle à fleurs lilas dont les pans s'enroulaient autour de son cou. Elle tenait par la main un petit garçon d'une dizaine d'années, aux cheveux blonds bouclés, aux yeux très bleus. C'était un matin de rentrée scolaire. La foule des enfants et des mères était dense et bruyante dans la cour du lycée. Mais cette femme et son fils se tenaient à l'écart, et ils ne parlaient pas.

Lorsque Hyacinthe ce jour-là se présenta dans la classe des élèves de sixième, il remarqua aussitôt la présence du bel enfant blond. Sur la feuille de renseignements que chaque élève devait remettre au professeur, le petit garçon avait écrit : — Morrogues Ferdinand — né le 12.7.1935 — Père : décédé — Mère : couturière. Le professeur Daubigné avait ressenti un léger coup au cœur en lisant cette fiche. La femme gris lilas était donc bien une jeune veuve, et elle s'appelait Morrogues. Et Hyacinthe avait aussitôt brûlé du désir de connaître le prénom de la femme. Pour atteindre la mère il avait louvoyé autour du fils, témoignant à celui-ci un intérêt extrême, peu justifié par les talents du garçon. Ferdinand était un élève médiocre, distrait et plutôt fainéant. Mais c'était un enfant calme, discipliné en apparence, quelque peu sournois à l'occasion. Ce dernier trait de caractère, Hyacinthe s'était toujours efforcé de le minimiser, voire de l'ignorer. Il lui déplaisait de trouver des défauts dans le fils de la femme qu'il aimait, qu'il désirait tant approcher et conquérir enfin.

L'approche fut longue, et la conquête ardue. Le désir de Hyacinthe ne s'enflamma que davantage. Il déploya des trésors de patience et d'ingéniosité pour gagner l'estime, la confiance, et, enfin même, l'amitié de la belle veuve Morrogues. Il endura aussi les pires tourments, connut les affres du doute, les effrois de l'attente. Cela dura des mois. Puis Aloïse Morrogues daigna se laisser courtiser, et, après de longues hésitations, elle accepta enfin la demande en mariage qu'il lui avait cent fois réitérée. Alors il crut renaître, il oublia son âge, sa disgrâce d'homme gauche, timide et maladroit, il découvrit le goût et la saveur de vivre. Il ouvrit en grand les fenêtres de la vieille maison familiale à la lumière, au vent, aux odeurs de la terre, et sa porte au bonheur.

Mais la lumière ne tarda pas à se rouiller, puis à pâlir dans l'embrasure des fenêtres, le vent se fit sifflant, les odeurs rancirent, et le bonheur se retira, comme un hôte pressé de quitter un salon ennuyeux où il n'était entré que par inadvertance. Car Aloïse ne laissa pas Hyacinthe s'abuser plus longtemps, elle ne lui octroya aucune illusion. Elle avait consenti à devenir sa femme, à changer son sombre nom de veuve, Morrogues, contre le nom doux et léger de Daubigné, à abandonner ses vêtements de demi-deuil, soit ; mais en son cœur elle n'avait rien concédé. Elle demeurait l'épouse du disparu dont elle n'avait qu'à moitié perdu le nom puisque son fils continuait à le porter, et les couleurs du deuil lui caparaçonnaient la peau de froideur. Elle ne livra jamais à son second mari qu'un corps absent de résignée. Lui qui avait si ardemment désiré tenir entre ses bras le corps nu d'Aloïse, s'enlacer à elle, il s'était heurté à un corps inerte, sinon hostile. Elle ne faisait pas l'amour, elle subissait un acte imposé par le devoir conjugal et elle l'accomplissait comme une corvée. Pas une seule fois elle n'avait accepté de se mettre nue devant lui, ni même de se coucher nue contre lui. Elle tolérait seulement qu'il lui remontât un peu sa chemise et, le corps cabré de répugnance, elle lui faisait impitoyablement comprendre qu'elle désirait qu'il en finisse au plus vite.

Hyacinthe s'était leurré. La belle Gris-Lilas, comme il appelait Aloïse dans les premiers temps de son amour inavoué, ne cachait pas derrière ses brumes demi-deuil une femme feu et flammes, mais une femme pierre et cendres. La réalité était en vérité plus dure encore, plus mortifiante, car un feu couvait bien sous la pierre et les cendres, mais ce feu lui était interdit, à lui, le deuxième mari. Ce feu n'appartenait qu'au premier époux, il ne brûlait que pour le mort. Hyacinthe au fil des mois avait percé le secret d'Aloïse ; la belle Gris-Lilas était, et demeurait, une inflexible veuve gris acier. Alors l'amour en lui était redevenu peureux et était retombé dans les affres du doute. Mais cela était pire que les tourments endurés à l'époque où il aimait en silence la belle Gris-Lilas, car alors l'espoir alternait avec les craintes. Depuis cette révélation, depuis cette humiliation qu'avait été pour lui l'hostile froideur de la veuve gris acier, Hyacinthe ne connaissait plus que la détresse. Une morne, si morne détresse. La jalousie le rongeait, mais comment partir en guerre contre un rival mort et déifié précisément à cause de cette mort ? Comment exorciser ce fantôme tout-puissant qui régnait en tyran dans la mémoire d'Aloïse, qui gardait tous ses droits de jouissance sur le corps de sa femme ?

236

Il était vraiment tout-puissant ce fantôme. Non content d'avoir pétrifié le corps d'Aloïse, il avait même fini par voler tout à fait ce corps en l'enfermant dans une chambre à part, au seuil infranchissable. Telle avait été la vengeance du fantôme jaloux après la naissance de l'enfant qu'Aloïse avait osé avoir avec Hyacinthe. La naissance de Lucie avait anéanti les derniers espoirs de Hyacinthe, avait achevé de ruiner son désir. Dès le retour de la clinique, Aloïse l'avait congédié comme un valet jugé par trop grossier et maladroit, et s'était claquemurée dans son rôle de farouche vestale.

Le pouvoir de ce Victor était même sans limites. Son fantôme insatiable avait repris pleine possession d'Aloïse. Tel un dieu païen, il était venu se saisir de la vestale qui veillait dans le temple consacré à sa gloire. Car Hyacinthe avait su cela : — cette union révoltante, répugnante, d'une vivante avec l'esprit d'un mort. Il avait vu, durant l'automne précédant la mort de Ferdinand, comment Aloïse sortait métamorphosée du salon où elle s'enfermait des heures entières pour monter la garde auprès de son fils. Il l'avait vue au sortir du salon, les cheveux défaits, le corps frémissant et le regard étincelant, comme dans l'amour. Comme lui ne l'avait jamais vue lorsqu'il s'unissait à elle au début de leur mariage.

Bien qu'elle approchât la cinquantaine Aloïse avait conservé la belle silhouette élancée de sa jeunesse. Et les feux du désir qu'elle avait si longtemps tenus enfouis, en se ranimant brusquement, violemment, avaient soudain éclairé ce corps d'une lumière nouvelle. Quand elle se relevait du divan du salon à la tombée du jour, Aloïse semblait ruisseler de lumière fauve et or, de rougeoiements, comme si toutes les lueurs du crépuscule d'automne s'étaient coulées dans

237

son sang. Elle traversait les couloirs et les pièces d'un pas incertain, titubant presque, et dans ses yeux rêveurs tremblaient des reflets mordorés. La faim criait dans ses yeux ; la faim d'une jouissance demeurée désir, par-delà son assouvissement à travers le plus charnel des songes ; la faim de nouvelles étreintes, de nouvelles fusions avec le corps de l'autre à l'instant quitté.

Hyacinthe avait vu cela. Il avait vu d'un coup ce qui lui avait été refusé de voir pendant ces quelque vingt ans de mariage si rarement, et amèrement consommé. Et il avait d'emblée compris d'où montait cette lumière fauve qui illuminait Aloïse, la faisait chanceler. Il avait compris vers quel amant criait cette faim qui agrandissait les yeux d'Aloïse. Le fantôme de Victor Morrogues, son unique et invisible rival. Le fantôme du père de Ferdinand, son beau-fils qui se mourait avec la même étrange et désolante indifférence qu'il avait mise à vivre.

Fantôme dévorant, voleur et assassin, Victor Morrogues a déserté les lieux, abandonné Aloïse, sitôt son dernier vol accompli. Le fils a rejoint le père, et la mère a repris à la veuve d'autrefois le relais du deuil. Non plus le demi-deuil cette fois, mais le grand deuil. Deuil si grand même, si noir, qu'Aloïse n'en ressortira pas. Cela aussi Hyacinthe le sait.

*

Hyacinthe ne quitte plus guère son appentis. Mais après tant d'exclusions, où donc aurait-il pu trouver refuge ? Il n'avait été qu'un amoureux floué, un amant mortifié, un mari épousé par utilité, et vite jugé fâcheux. Lorsqu'il avait compris à quoi se réduisait son misérable rôle auprès d'Aloïse, lorsque enfin il avait mesuré l'ampleur de sa méprise et l'étendue de son malheur, il était déjà trop tard. Lucie venait de naître. Hyacinthe avait alors soixante ans. Trop vieux pour divorcer, trop vieux et trop blessé pour repartir en quête d'une autre femme, trop vieux et trop responsable pour se séparer de l'unique enfant qu'il avait enfin eue. Mais, surtout, bien trop amoureux encore, envers et contre tout, de cette femme qui ne cessait pourtant de lui imposer souffrance et humiliation.

Parfois il s'accusait de n'avoir pas su aimer Aloïse, de n'avoir pas su lui exprimer son amour comme il l'aurait fallu. Il retournait la faute contre lui. Ainsi au moins retrouvait-il un faible espoir de conquérir un jour Aloïse. Il se reprochait de ne l'avoir aimée que pour son corps et sa beauté ; ce corps dont elle lui avait interdit la jouissance en châtiment de cette faute. Il se disait qu'il devait l'aimer pour son âme. Mais comment trouver l'accès à l'âme de cette femme ? Aloïse était possédée, corps et esprit, par le souvenir tout-puissant de Victor Morrogues. Et plus d'une fois il en était arrivé à penser que le plus fantomal des deux c'était lui-même, le second mari, repoussé et bafoué, et non pas le premier époux toujours aussi ardemment désiré par-delà sa disparition.

À la naissance de Lucie un léger bonheur lui avait été cependant rendu au cœur même de sa détresse. Il avait une fille, une enfant dans laquelle confluait malgré tout un peu d'Aloïse et un peu de lui-même. En la petite se rencontraient leurs âmes, se liaient leurs destins, par-delà leur conflit. Au fil des années Lucie était devenue toute sa joie. Elle était si jolie, et si gaie surtout. Avec cette enfant la vie avait enfin jailli dans la maison de la rue de la Grange-aux-Larmes, que jusqu'alors ni lui, ni la froide Aloïse, ni l'indolent et maussade Ferdinand n'avaient su égayer.

Lucie était tout à fait aux couleurs des Daubigné, mate de peau et noire de cheveux, les yeux plus noirs encore. Mais elle ne semblait pas avoir hérité de leur tempérament ombrageux. Ignorante des drames qui avaient entouré sa naissance, insouciante des deuils et des chagrins qui jetaient tant de sourdes douleurs autour de ses parents, elle avait pris sa place dans le monde avec une radieuse simplicité et s'était mise en chemin d'un pas allègre, posant sur les choses et les êtres un regard aussi curieux qu'enjoué.

Hyacinthe avait cru trouver auprès de sa fille un peu de ce bonheur qui lui avait toujours été refusé. La petite était affectueuse, elle aimait venir s'asseoir sur ses genoux, ou le tirer par la main en réclamant une promenade, ou une histoire. Avec elle il avait fait plus de cent fois le tour du jardin, du potager et du verger, et chaque fois cela avait été un vrai voyage. Une aventure au pays des fleurs, des oiseaux, des buissons, des arbres et des fruits. Une exploration du monde minime et merveilleux des graines et des semences, des pollens, des écorces, des mousses et des rhizomes, des bourgeons, des bogues et des baies, et de toutes les bestioles. Une exploration du monde si fugace et gracieux des gouttes de rosée, des fleurs de givre en hiver, des toiles d'araignées tissées entre des tiges, ou des fils de la Vierge flottant au sommet des herbes en automne. Pour elle il s'était accroupi contre la terre, s'était penché sur des fleurs minuscules, des éclats de coquilles d'escargots, des élytres de coléoptères à reflets métalliques vert bronze. ardoise ou violet. Pour elle il était redevenu petit, et humble dans ses quêtes, attentif à tous ces menus brins de vie. Grâce à elle il avait pu déposer, au moins quelques heures chaque jour, le poids de ses tourments. Il avait retrouvé les saveurs de l'enfance.

Mais le bonheur avait toujours été un prêt à court terme accordé de-ci de-là à Hyacinthe dans la vie. Et ce bonheur-là lui avait été retiré comme les autres. D'un coup Lucie avait pris, à son tour, ses distances, elle avait baissé les yeux, dérobé son regard. Elle était devenue fuyante, plus louvoyante et froide qu'un orvet. Il n'avait pas compris. Il avait rôdé autour d'elle, quémandant un sourire, un baiser, comme autrefois. Mais la petite était restée en retrait, sourde aux appels maladroits de son père. Puis elle s'était ensauvagée, était devenue maigre et noiraude comme un chat de gouttière toujours sur le qui-vive, prêt à détaler ou même à griffer qui osait l'approcher. Il avait senti la souffrance de sa fille, sans pouvoir deviner la cause de ce mal qui rongeait son cœur d'enfant. Il lui avait lancé des regards désespérés, suppliants, il avait esquissé vers elle des pas d'approche, des gestes de tendresse. Mais la petite avait repoussé son père aussi durement qu'elle avait renié son ami Lou-Fé. Nul n'échappait à l'incompréhensible colère qui s'était emparée d'elle.

Ainsi, avec Lucie, Hyacinthe avait perdu sa dernière chance de bonheur, sa plus douce consolation. La solitude s'était resserrée encore davantage autour de lui, la tristesse s'était alourdie. Certains soirs même il lui était arrivé en refermant la porte de sa chambre où il venait de monter sans avoir reçu le moindre signe d'affection de la part des siens, pas même le plus léger signe d'attention, de se sentir la gorge nouée de larmes. Et il lui était arrivé de pleurer en silence, assis au bord de son lit, la tête enfouie au creux des mains. Il habitait en étranger parmi les siens, en importun dans sa propre maison.

Certains soirs aussi il lui était arrivé de maudire Aloïse, cette femme dont il restait épris avec passion mais qui lui refusait tout, tant son corps que son âme. Cette femme adultère qui n'en finissait pas de le tromper en pensée et désir, qui bafouait son amour pour lui préférer celui d'un mort. Et il avait ressenti de l'aigreur à l'égard de son beau-fils, ce bon à rien qui vivait depuis si longtemps sous son toit, sans avoir jamais rien donné en échange des soins, de l'affection et du constant soutien financier que lui, Hyacinthe, lui avait apportés et continuait malgré tout à lui dispenser. Certes, il était beau, ce fils qu'Aloïse aimait aveuglément, mais c'était là une qualité bien pauvre. Une qualité bien lourde d'ailleurs, puisque cette beauté qui enchantait tant Aloïse était le reflet de celle de Victor Morrogues. Ferdinand était un miroir vivant où trônait l'image du rival de Hyacinthe.

Mais s'il avait ainsi cédé certains soirs à la colère et à la rancœur à l'égard d'Aloïse et de Ferdinand, jamais il ne s'était irrité contre Lucie. Il éprouvait pour l'enfant une tendresse immense, une pitié profonde. Cette pitié qu'il n'osait s'accorder à lui-même, il la ressentait sans mesure pour sa fille. Eût-elle mis le feu à la maison, eût-elle fugué, commis des vols ou pire encore, il lui aurait tout pardonné. Pour elle, il était prêt à s'agenouiller dans la poussière et dans la boue où elle semblait aimer dorénavant traîner, afin de l'aider à se relever, comme il s'était autrefois accroupi à ras de terre pour admirer les infimes beautés de la nature. Mais la petite ne voulait pas de son aide, elle était sourde à sa pitié. Et il ne savait comment retrouver le chemin de son cœur, ayant échoué à déceler la source du mal qui dévorait ce cœur.

Hyacinthe se relève, il revient vers la fenêtre, allume une cigarette. La pluie tombe toujours, mais avec plus de lenteur. Le ciel est gris. Le noisetier balance ses branches ruisselantes. Le moineau n'a pas quitté le lieu, il barbote dans une flaque. Hyacinthe contemple le moineau, et un élan de pitié lui empoigne le cœur. Il pense à Lucie, petit passereau noir que la vie a meurtri et que tous effarouchent, minuscule moineau qui voudrait se donner de grands airs de corbeau.

La terre mouillée exhale une odeur qui n'est plus de l'hiver. Le printemps discrètement s'annonce. Hyacinthe respire cette odeur, et à nouveau son cœur se serre. Il pense à présent à Aloïse en train de hanter le salon, de piétiner en vain sur le seuil de la chambre où Ferdinand est mort. Il lui semble sentir l'odeur des larmes qui flotte dans le salon, flotte partout autour d'Aloïse ; odeur vague et doucereuse. Aloïse en grand deuil, à jamais perdue. Et il repense à son beau-fils, saisi en pleine force de l'âge par la mort d'une si étrange façon. Ferdinand est mort en deux étapes, d'abord l'esprit, puis le corps, à six mois d'intervalle. Hyacinthe le revoit allongé dans l'ombre de la chambre, blême et figé comme un gisant de marbre. Quelle épouvante avait donc pu s'emparer ainsi de lui pour que son âme s'en soit enfuie si brutalement, sans même prendre le temps de s'accorder avec son corps ? Mais quel accord y avait-il eu, en Ferdinand, tout au long de sa vie, entre sa lumineuse beauté et son âme embrumée, entre son admirable présence physique et sa désolante absence intérieure ? Avait-il seulement jamais aimé quelqu'un au cours de sa vie, fût-ce sa mère ? Il s'était laissé adorer par cette mère amoureuse qu'il comblait de par sa simple vue. Paraître lui avait tenu lieu d'être et d'agir. Mais quel homme s'était tenu caché derrière cette belle apparence ? À cette question-là non plus Hyacinthe, qui avait pourtant abrité Ferdinand près de vingt ans sous son toit, ne trouvait de réponse.

Oui, bientôt le printemps sera là. Les bourgeons vont s'ouvrir, les fleurs déplisser leurs pétales, les branchages et les haies accueillir les oiseaux. On réentendra bêler les agneaux dans les prés.

Mais le chant de Melchior ne se relèvera pas. Pour la troisième fois son silence marquera les nuits d'avril, il soulignera la tristesse qui pèse déjà tant sur la maison des Daubigné.

Le premier printemps où Melchior s'est tu, Hyacinthe en avait ressenti un si profond désarroi que son humeur déjà mélancolique s'était tout à fait effondrée. C'est que Melchior était vraiment le génie du lieu, le doux chantre de la mémoire de Hyacinthe. Melchior était la voix du souvenir le plus sacré de Hyacinthe. Car, en amont de son inquiétude de père, par-delà son long tourment d'époux humilié, il y avait ce chagrin fou, lié à la mort de son propre père, François-Marie Daubigné. L'amour filial en Hyacinthe avait été extrême ; il avait reporté sur son père toute la tendresse qu'il n'avait pu donner à sa mère, trop tôt disparue. Quand son père était tombé malade, Hyacinthe, qui avait alors un poste dans un lycée de Rouen, avait aussitôt demandé à être muté dans une des villes les plus proches de son pays, la Brenne. On lui avait proposé Bourges, mais cela lui avait paru être encore trop éloigné. Il avait finalement trouvé un poste au lycée du Blanc. Il s'était réinstallé dans la demeure familiale, au cœur des marais. Il avait veillé la longue agonie de son père. Et après le décès de celui-ci, il était resté dans la maison vide, incapable désormais de s'arracher à ce lieu, de quitter cette demeure, — ce corps absent et résonnant du père aimé.

Pendant des années il avait souffert de dépression, traversé de violentes crises d'angoisse. Puis il s'était résigné à sa solitude. Il avait enterré sa carrière au Blanc ; il ne voulait pas bouger, surtout ne plus jamais bouger. Les habitudes le protégeaient. Et puis il avait trouvé un accès au monde à sa convenance, — un accès oblique. Il lançait sa voix dans l'espace comme un de ces oiseaux des marais, il parait sa voix de la belle langue des lointains, et sa voix allait se poser au bord de l'ouïe d'hommes et de femmes inconnus, et cependant familiers, qui lui renvoyaient leurs propres voix en échos. Échos qui parfois s'insinuaient dans les profondeurs de ses rêves, s'y attardaient longuement, faisant se lever en lui d'admirables murmures, des songes bruissants de mots soyeux.

« Les vagues déferlantes étalaient sur la rive leurs larges éventails, faisaient pénétrer de blanches ombres dans les profondeurs sonores des cavernes, puis reculaient en chantant sur le gravier. »

Mais le chant de Melchior, ce simple chant de la terre qui s'était levé là, tout près, dans le jardin, juste après la mort de François-Marie Daubigné comme pour battre au long des nuits le pouls de la mémoire, ce chant le plus fidèle s'était tu. Et Hyacinthe avait décelé dans ce silence le signe que tout était fini, tout espoir perdu, que désormais son malheur était irrémédiable, sa solitude irrévocable.

Cependant il continue à envoyer des messages, à lancer sur les ondes sa voix infléchie par les modulations de la langue des lointains. Mais sa voix n'est plus

245

qu'un oiseau somnambule couleur de cendres, un vieil oiseau des ruines qui parcourt l'immensité du monde sans jamais trouver un lieu où se poser en paix. Car tous ceux qu'il appelle, tous ceux vers lesquels il lance en vérité sa voix suppliante, ne peuvent plus, ou bien ne veulent pas l'entendre. Son père, son épouse Aloïse, sa fille Lucie, aucun n'accueille sa voix mendiante, aucun ne répond à son appel. Sa voix se perd dans la morne étendue du monde désert, dans les ténèbres de l'amour bafoué.

« Les ténèbres roulaient leurs vagues dans l'espace, recouvrant les maisons, les collines, les arbres, comme les vagues de la mer lavent les flancs d'un navire naufragé. Les ténèbres noyaient les rues, tourbillonnaient autour des passants solitaires, et les submergeaient tout entiers... »

TROISIÈME FUSAIN

Le ciel vire à l'outremer, au bleu acier, change encore de couleur, verdit, se violace, puis noircit tout à fait. Un vent violent se lève qui fait se tordre et s'écheveler les arbres, mugir les forêts, siffler les herbes, et qui dévie les oiseaux dans leur vol.

Le ciel est gigantesque, il surplombe la terre comme une muraille de fer. Un silence glacé s'abat sur la terre, sur les maisons aux portes et volets clos, sur les prés gris ardoise, sur les landes désertes, sur les marais où tremblent les oiseaux.

Et soudain voici le ciel qui se brise dans un formidable fracas. La muraille de fer se recouvre de chaux. Le monde, un instant, semble revenir au déchirement des origines, ou bien frôler sa fin dernière. Le temps n'est plus, l'éternité pourfend les nues, — et signe.

Livide, étincelante signature à l'écriture déchiquetée. Signature de colère comme un claquement de fouet fluorescent lancé à la face de la terre en défi à la torpeur humaine, en menace de châtiment, en serment de vengeance. Ou bien, peut-être, en signe de ralliement, — que les hommes enfin se lèvent, qu'ils s'ébrouent de leur engourdissement, s'arrachent à leurs ténèbres et se mettent en marche vers la lumière promise.

Par trois fois, l'éclair frappe dans un grondement continu, zébrant les nuées de ses sinueuses signatures. Par trois fois le ciel craque et l'horizon blêmit. La troisième fois l'éclair est en fourche. Il harponne la terre en plein flanc. Il semble que la terre transpercée va être soulevée, puis engloutie dans les remous des nuées. Mais sans attendre, les eaux prennent d'assaut la terre. La pluie tombe à l'oblique et cingle violemment les toits. Dans sa hâte effrénée la pluie rebondit sur le sol, sur les murs et les tuiles, gicle partout en crépitant, fait jaillir des milliers de geysers scintillants.

La fourche de l'éclair s'est enfoncée dans le flanc de la terre, et la terre gémit, les entrailles brûlées. Mais la clameur du ciel couvre les plaintes de la terre, le bruit des arbres qui s'écroulent. La muraille du ciel, tantôt de fer, tantôt de chaux, résonne de coups assourdissants qui l'ébranlent, menacent de la faire éclater. Et l'on s'attend à voir déferler, d'entre les ruines du ciel écroulé, des hordes de guerriers couleur de foudre armés de haches et de tridents incandescents.

L'enfant qui regarde l'orage, et dont le cœur retentit des roulements et claquements du tonnerre, s'attend à voir cela.

Elle attend cela, dans un mélange de désir et d'effroi. Elle veut que surgissent des hordes de guerriers véhéments, aux visages blancs de haine, aux cris stridents, et qu'ils se ruent à l'assaut de la terre. Elle tremble de ce vœu.

Mais un dernier éclair survient, très loin à l'horizon où l'orage déjà se retire. Éclair mince et pur à la lumière bleutée. Et dans cette extrême lumière toute la terre soudain s'exhausse, se rassemble ; la terre un instant se concentre au cœur de cet éblouissement. Et elle luit, superbe et apaisée après tant de violence. Purifiée.

Alors l'enfant s'effondre et éclate en sanglots.

LÉGENDE

Surprise par l'orage alors qu'elle rentrait à la tombée du jour d'une de ses sempiternelles promenades à vélo à travers la campagne, Lucie a trouvé refuge dans un hangar. Les orages sont rares encore en cette saison. La dernière neige a fondu il y a peu de temps. Cet orage impromptu a éclaté brutalement. Lucie est toute trempée, elle a froid.

Quand elle a entendu le tonnerre, elle a pris peur. Les choses terribles que Lou-Fé lui avait autrefois racontées au sujet des orages, des extraordinaires décharges électriques lancées par la foudre, lui sont revenues à l'esprit. Des souvenirs confus et d'autant plus terrifiants ; d'énormes nuages aux ventres gonflés de millions et millions de volts entrent en collision, s'entre-déchirent, et de leurs ventres crevés se précipite une cascade d'électrons qui dégringole jusqu'au sol par bonds retentissants. La fée électricité se transforme en sorcière maléfique. Jadis la foudre avait frappé dans la rue de la Grange-aux-Larmes, le vieux fenil avait été réduit en cendres. Chaque année la foudre tuait des gens, en rase campagne aussi bien qu'en pleine ville.

Mais sitôt qu'elle s'est trouvée à l'abri de la pluie, Lucie a eu moins peur. Et bientôt un autre sentiment est monté en elle ; la joie lui a soulevé le cœur.

Une de ces joies mauvaises comme il lui en pousse parfois à l'âme avec la brusquerie d'une fièvre.

Sursaut de colère ivre d'elle-même plutôt, car du jour où l'ogre a fait main basse sur elle, plus jamais Lucie n'a connu la vraie joie. La première chose que l'ogre dévora en elle, ce fut précisément la joie. Depuis elle n'a cessé de confondre la rage avec la joie dont elle était dépossédée. Et de même n'a-t-elle plus cessé de confondre la haine et l'amour, devenus tous deux unique force aveugle, impitoyable.

Mais, depuis la mort de Ferdinand, Lucie n'a pas retrouvé ces élans de rage jubilante. Pour la première fois, face à l'orage, elle a cru y parvenir enfin.

Lucie se veut, et se sait, l'assassin de son frère. Elle seule sait cela. C'est son plus beau secret. Secret miraculeux qui a lavé de ses souillures le secret initial, si boueux, si sanieux, que son frère avait pendant trois ans fait peser sur elle. Secret très prodigieux qu'elle n'a avoué qu'à la terre, aux bêtes des marais, et à la statue de saint Antoine.

À l'annonce de la mort de Ferdinand, Lucie n'a manifesté ni étonnement ni peine, elle n'a pas même ressenti un quelconque émoi sur le coup. Cela faisait six mois qu'elle œuvrait en coulisse avec patience, avec acharnement, afin d'accomplir cette mise à mort. Le décès de Ferdinand lui parut donc être le fruit mûri par sa persévérance. C'était une fin logique, et parfaitement juste.

Mais très vite la portée de cet événement lui a échappé, sans qu'elle en prît conscience. Elle qui avait hanté sans trêve la chambre de Ferdinand tout le temps qu'il gisait inerte sur son lit, elle qui chaque jour s'était réjouie de contempler l'ogre vaincu, cloué sur le dos, elle n'avait pas voulu le voir mort. Une sourde frayeur, mêlée de répulsion, l'avait tenue éloignée de la chambre mortuaire. Puis elle avait refusé de suivre le convoi au cimetière le jour de l'enterrement. Cela déjà n'était plus son affaire, avait-elle décidé en se croyant indifférente. Vengeance était faite, justice était rendue, et cela suffisait. Mais lorsqu'elle avait aperçu les hommes des pompes funèbres descendre le perron à pas précautionneux, portant sur leurs épaules le long cercueil noir, qu'elle les avait vus traverser la cour avec lenteur puis disparaître par le portail, une émotion intense s'était emparée d'elle. La joie, avait-elle décrété, — mais vraiment, non, ce n'était pas cela. C'était un bouleversement violent et trouble où tous les sentiments se bousculaient pêle-mêle. Et le bruit du gravier de la cour, qui venait de crisser sous les pas des croque-morts résonnait dans sa tête ainsi qu'un rire triste, et vieux, terriblement.

Le corps splendide, haï, de l'ogre blond, s'était métamorphosé en bois noir, en lourd tronc d'arbre calciné. Alors, tandis que ses parents se rendaient aux obsèques, elle avait filé à toute allure vers les marais sur sa vieille bicyclette et là-bas, rôdant autour des étangs, elle avait annoncé la grande nouvelle.

Mais, loin de répandre d'un ton allègre et insolent ce qu'elle avait cru devoir être un prodigieux événement, — « Il a crevé le grand salaud, j'ai eu la peau de l'ogre ! », elle n'avait su que murmurer d'une voix sourde cette étrange nouvelle parmi les broussailles et les roseaux : « L'ogre est mort. Mon frère est mort. Et c'est moi qui l'ai tué. Entendez-vous ? »

Non, nul ne l'avait entendue. La plupart des étangs étaient vides, et presque toutes les bêtes et bestioles dormaient de leur profond sommeil d'hiver dessous la boue, sous les souches et les écorces.

Alors elle s'était rendue sur la tombe d'Irène, pour lui faire part de la bonne nouvelle. Mais à peine était-elle parvenue près de la dalle blanche que, soudain, le cœur lui avait manqué, les mots lui avaient fait défaut. L'ogre et ses petites victimes habitaient désormais le même monde inconnu, ils reposaient ensemble dans le ventre noir de la terre. Les deux petites filles devaient déjà savoir que leur assassin était mort à son tour, et certainement elles n'ignoraient rien du jugement qui allait être rendu contre l'ogre. Mais, — y aurait-il vraiment jugement, se passait-il encore des choses sous la terre ? Pour la première fois des doutes avaient assailli Lucie. Pour la première fois aussi, elle s'était sentie une étrangère dans l'enclos des morts, nullement initiée à leurs mystères, comme elle avait jusqu'alors pensé l'être. Et elle s'était retirée du cimetière où reposait Irène, le cœur inquiet ; le cœur navré. La complicité était rompue, Irène et Anne-Lise la repoussaient de toute la force de leur silence de terre et de marbre. Et la joie que Lucie avait tant escomptée lui avait été cette fois-là à nouveau refusée. Après ses alliées les bêtes, ses petites sœurs défuntes la laissaient seule, amèrement seule avec son secret pourtant si fabuleux. Elle n'était même pas allée sur la tombe d'Anne-Lise, car elle avait compris que là-bas aussi elle ne trouverait que froid, silence et indifférence. Et puis là-bas, ce serait pire encore, puisque Ferdinand venait d'être inhumé dans le même espace.

Quelques jours plus tard elle était entrée dans l'église où se dressait la statue de saint Antoine portant l'Enfant. Auprès de celui-là peut-être obtiendrait-elle enfin la joie qu'elle estimait lui être due, et qu'elle désirait si ardemment recevoir. Elle s'était plantée au pied de la statue, avait levé la tête vers son saint familier.

Tiens, la statue était de plâtre. Une très ordinaire statue de plâtre fabriquée en série ; la peinture était ecaillée par endroits, craque..ée ..n peu partout, et les plis de la robe étaient encrassés de poussière. Tous ces détails que Lucie n'avait encore jamais remarqués lui avaient ce jour-là sauté aux yeux. Petits détails fades, et cependant cinglants.

Où donc était l'aura qui avait jusqu'alors nimbé le saint, où donc était la force qui animait ses bras soulevant l'Enfant, l'arrachant à la pesanteur de la terre ? Où donc était passée la sève de violence qui gonflait le globe posé dans les mains de l'Enfant de Justice, du petit Prince de Vengeance ? Qu'il était donc minuscule, cet enfant, et combien terne était la boule qu'il portait dans ses mains ! Et l'église, — rien que pénombre grise, glaciale humidité et odeurs de moisi. Et la veilleuse, là-bas, qui rougeoyait comme un furoncle au nez du froid silence. La brûlante magie du lieu s'était éteinte. Saint Antoine, le divin et puissant confident, n'était qu'un vulgaire bonhomme en plâtre.

Lucie n'avait plus rien à faire en ce lieu morne, rien à raconter à ce bonhomme rongé d'humidité et de poussière, rien à attendre de ce gamin Jésus tout raide et impavide, et elle n'avait plus la moindre obole talismanique à verser dans le tronc. Pour la troisième fois la joie tant désirée, si passionnément quêtée auprès de ses complices, n'avait pas été accordée à Lucie. Et à nouveau elle était repartie le cœur troublé ; le cœur désenchanté. La bouche sèche de n'avoir pu proclamer fièrement sa nouvelle.

Des miroirs aussi elle s'était détournée. Quand elle avait voulu se soumettre à l'épreuve de son propre regard, comme elle en avait pris l'habitude au cours des derniers mois, ses paupières s'étaient baissées, son regard dérobé. Son regard de Méduse n'avait plus d'ennemi à défier, plus d'adversaire à transpercer et foudroyer. Son étincelant regard de Méduse s'était soudain alourdi, opacifié. Les miroirs n'avaient plus la moindre profondeur, ils avaient cessé d'être des lanternes magiques qui mettaient en scène de multiples et belliqueuses Lucie pourfendant l'ogre-dragon.

Toutes les glaces étaient voilées à l'instar du grand miroir mural de la chambre de Ferdinand. Ce grand miroir drapé était, comme l'ogre blond dont il avait longtemps reflété la beauté, pareil à ces trous noirs du ciel dont lui avait parlé Lou-Fé ; trou, gueule béante où tout était happé, avalé, dissous.

De même Lucie avait perdu le goût du dessin, des bariolages criards aux motifs barbares. Le trou noir avait dévoré l'ensemble du visible.

De toutes parts la joie se refusait à Lucie.

*

Alors, plus que jamais, Lucie fuit la maison. Un tel ennui pèse entre ces murs, — ces murs qui suintent des larmes de sa mère. Toute la maison exhale cette écœurante odeur de larmes et de gin mêlés, cette odeur de cœur transpirant sous l'effroi du deuil. Un deuil, qu'elle, Lucie, ne partage pas, ne veut surtout pas partager. Un deuil dont, bien au contraire, elle tient à se faire une fête. Elle enrage de ne pouvoir y parvenir.

Et ce père, enfermé tout le jour dans sa cambuse au plafond bas, occupé à radoter en english avec des inconnus ! Mais à quoi joue-t-il donc, le vieux ? Lucie a beau s'efforcer depuis trois ans de pester contre son père, cela a toujours été sans conviction. Elle l'a tenu à l'écart, comme tous les autres, mais au fond d'elle il n'y a pas de réel ressentiment à son égard. En vérité ce vieil homme silencieux n'a jamais cessé de l'intriguer. Un drôle de bonhomme, tout de même, que ce père qui pourrait être son arrière-grand-père, et qui garde une tignasse noire et drue pareille à la sienne, l'ébouriffage en moins. Un curieux personnage, que ce vieil homme solitaire qui se tait parmi les siens mais converse des heures entières avec d'invisibles interlocuteurs dans une langue étrangère. Que peut-il bien leur raconter ? Leur a-t-il parlé d'elle, Lucie, parfois ? Et jusqu'où parle-t-il, jusqu'où porte sa voix, jusqu'où perçoit son ouïe ? A-t-il l'ouïe aussi perçante que les chauves-souris ? Mais alors pourquoi n'a-t-il jamais entendu les pas de l'ogre escaladant le mur du potager ?

La grande antenne tournante à laquelle Hyacinthe voue tant de soins a longtemps fasciné Lucie. Une antenne pour capter le monde ! Était-elle également capable de capter des signes de l'autre monde, des voix d'outre-tombe ?

Bah ! Elle ne doit pas être si fine, l'ouïe du père, ni si puissante la grande antenne, puisque ce père est resté sourd aux pas de voleur de son beau-fils, à ses obscènes ahanements d'ogre lorsqu'il venait souiller Lucie. Et pas davantage il n'a su capter la voix très nue et implorante d'Irène et d'Anne-Lise.

Chaque jour, depuis la mort de Ferdinand, Lucie s'échappe. Après la sortie de l'école elle s'évade à bicyclette, s'en va errer à travers les landes, ne rentre qu'à l'heure du dîner. Sa mère à présent est bien trop égarée dans sa douleur pour prêter attention à Lucie et trouver l'énergie de lui faire des remontrances. Lucie est libre, toute livrée à elle-même. Nul ne prend souci d'elle.

Sur son vélo tout cabossé elle louvoie le long d'étroits sentiers, hante les abords des étangs en assec. Parfois elle monte s'asseoir sur une digue de terre qui surplombe un bassin. Dans la brume du soir tombant, les bassins évidés évoquent des cratères lunaires. Lucie contemple, insensible au vent humide, les arbres alentour se dissoudre dans le brouillard bleuâtre. Son cœur aussi est en assec, — on l'a évidé de sa haine, on lui a pris son ennemi. Et en échange on ne lui a toujours pas octroyé la joie de la victoire. La folle joie de la vengeance accomplie.

Lucie, accroupie sur ses talons, le menton posé sur les genoux, scrute les brumes, soir après soir. Elle attend. Elle attend que sa joie surgisse d'entre les vapeurs mauves et gris ardoise, d'entre les joncs roussis, d'entre les branches nues des arbres. Jour après jour, soir après soir, elle attend. Elle appelle, elle incante la joie. Mais la joie ne vient pas.

La terre, qu'elle soit des bêtes, des vivants ou des morts, lui refuse la joie.

*

Aussi, quand le ciel a tremblé, que le vent s'est élancé sombre et sifflant sur les landes et tournoyant au creux des étangs vides, quand la terre a mugi et que la foudre a cascadé à grand fracas à travers les ténèbres amoncelées, Lucie, une fois la peur passée, a cru être enfin parvenue au bout de son attente. Le cœur battant, en lequel résonnaient les clameurs de l'orage, elle a tendu son visage vers l'horizon troué de gouffres violacés, vers les éclairs aveuglants qui dégringolaient dans ces gouffres. Et le goût violent de la joie lui est revenu, ses yeux éblouis se sont rouverts en grand, retrouvant leur regard de colère. Le ciel, le ciel en son entier se faisait regard et gueule de Méduse.

Enfin le temps venait d'échoir pour annoncer au monde la nouvelle magnifique qu'elle n'avait pu encore que murmurer d'un ton chagrin et solennel.

« L'ogre est mort, vraiment mort, et c'est moi, c'est moi seule, Lucie, qui l'ai tué ! Entendez-vous ? »

Le ciel entendait ce que la terre avait refusé d'entendre. Le ciel craquait de toutes parts et par ses brèches flamboyantes la joie allait faire son entrée triomphale. Comme autrefois lorsqu'elle fabulait en voyant les pylônes électriques, ces majestueux géants aux bras levés brandissant leurs fouets capables de cingler même la lune, et qu'elle les imaginait se mettant en marche cadencée tout en poussant des cris syncopés, Lucie se mit à espérer une transfiguration du visible.

Mais cette fois-ci elle n'a pas tant fabulé qu'elle n'a réellement cru. Quand le troisième éclair en fourche a empalé la terre, Lucie n'a plus douté que la terre allait être soulevée, projetée dans l'immensité du ciel, que d'impossibles choses allaient très naturellement avoir lieu, — et que la preuve de l'innocence de sa joie allait être proclamée avec un prodigieux éclat. Non, elle n'a plus douté. Elle avait tant besoin de preuves, de certitude.

Elle avait tant besoin de joie, de joie où noyer ses frayeurs, ses dégoûts et ses doutes, de joie où engloutir à tout jamais le corps de l'ogre demeuré si encombrant, si obsédant, jusqu'après la mort. Oui, elle avait faim de joie, faim d'oubli et d'innocence retrouvée. Elle voulait reconquérir son enfance.

Et l'éclair qui par trois fois claqua, jusqu'à s'ouvrir en arc-de-triomphe luminescent, semblait lui promettre ce retour glorieux de la joie.

Mais alors qu'elle était sur le point de saisir en plein vol cette très haute et pure joie pour ne plus la lâcher, un quatrième éclair a paru, décalé au bout de l'horizon ; sa lueur était plus pâle que les premières et son écho plus faible. Un éclair mince comme une fêlure, et

257

de troublante résonance. Un éclair adouci, contresignant la superbe des précédents, et annulant leur somptueuse violence. À sa clarté fugace la terre soudain s'est apaisée, le vent est retombé, et l'horizon a lui comme un visage visité par un songe.

Un songe de tendresse.

C'est en cette seconde qu'une pensée affolée a transpercé l'esprit de Lucie, qu'une question insensée s'est arrachée de son cœur : — savoir si son frère, à l'instant de mourir, avait pensé à elle, savoir si Ferdinand avait murmuré son nom, l'avait appelée, elle, la petite, dans son ultime souffle. Savoir enfin, surtout, s'il l'avait aimée. Savoir.

Et toute réponse à jamais interdite. Alors la pensée folle a dévasté l'esprit de Lucie, la question dévorante lui a noué les entrailles, et Lucie s'est abattue contre le sol en sanglotant.

*

L'orage là-bas emporte dans les plis violacés de ses vents le regard d'une enfant qui fut longtemps hallucinée par la haine et l'effroi, la pluie ruisselle sur le masque de Méduse que l'éclair le plus frêle vient de faire choir du cœur de cette enfant.

Lucie pleure, le front contre la terre. Le sens des larmes, après trois ans, lui est soudain rendu. Mais le goût de la joie lui demeure confisqué.

Et pendant très longtemps Lucie restera étrangère à la joie ; une exilée parmi les hommes qui tous, par avance, sont entachés du signe de l'ogre.

Patience

« Sur ceux qui demeuraient dans la
région sombre de la mort,
une lumière s'est levée. »

MAT.,IV, 16.

FRESQUE

Une clarté jaune paille nimbe le flanc d'une colline. Le flanc de la colline est nu, — ni herbes, ni fleurs ni broussailles n'y croissent. Nu et soyeux comme une dune de sable.

Au sommet de ce mont quelques palmiers se dressent. Ceux qu'effleure la clarté ont des teintes orangées et leurs palmes luisent, les autres sont ombrés. Aucun de ces arbres n'a de racines. Les palmiers semblent posés là, prêts à glisser le long de la roche lisse. Prêts à glisser vers la lumière qui passe tout près d'eux en flottant tel un nuage léger.

Il est si insolite, ce nuage de lumière, car alentour c'est la nuit. Par-delà la montagne le ciel est brun.

C'est la nuit. Au pied de la colline un troupeau de brebis et de béliers dort paisiblement. Mais deux d'entre les bêtes ont relevé la tête, intriguées du fond de leur sommeil par cette lueur surgie au cœur de la nuit. Le chien de garde du troupeau est en alarme ; arc-bouté dans l'ombre, l'échine ronde et le museau pointé vers le nuage insolite, il gronde. Il est inquiet, ses oreilles sont rabattues en arrière et plaquées vers le bas.

Auprès du troupeau deux bergers sont allongés à même la roche. Eux aussi viennent d'être réveillés en sursaut par l'étrange clarté qui illumine le flanc de la colline. Ils ont redressé leurs bustes, pris appui sur un coude, et tournent leurs visages étonnés vers le nuage lumineux. La lumière est si vive qu'ils protègent leurs yeux à l'abri de leurs mains.

Mais la lumière pénètre jusqu'à leur cœur. Car c'est pour eux que ce nuage doré s'en vient poudroyer dans la nuit, c'est pour éblouir leurs paupières, faire tinter leur âme d'émoi et de tendresse.

Ce nuage en vérité est un orbe de feu roux et tourbillonnant, au cœur étincelant duquel vole un ange diaphane. L'ange a un corps de colombe. Il tient un sceptre blanc dans l'une de ses mains, et de son autre main il esquisse un geste vers les bergers.

Un geste d'appel, d'invitation à se lever, à se mettre sur-le-champ en chemin. Un Enfant vient de naître, qui déjà les attend.

LÉGENDE

Lucie contemple longuement la reproduction de *L'Annonciation aux bergers* de Taddeo Gaddi. Il y a plusieurs années elle a visité Florence, elle a vu cette fresque peinte dans une chapelle de l'église Santa Croce. Et elle a gardé un souvenir très prégnant de cette œuvre. À cause de ce halo de lumière jaune paille qui baigne si doucement la scène. Certes, elle avait découvert en Toscane bien d'autres œuvres, et de plus remarquables encore, mais cette tonalité de lumière d'apparition elle ne l'a pas rencontrée chez les autres fresquistes.

Les couleurs de la reproduction sont assez infidèles, mais le léger trouble qui émane de l'image est le même. Et Lucie ne parvient toujours pas à s'expliquer ce qui, dans cette image, retient ainsi son attention et la met en arrêt au bord extrême de l'émoi. Et elle est d'autant plus intriguée que c'est son ami Louis-Félix qui vient de lui envoyer cette carte, alors qu'il ignore l'intérêt particulier qu'elle porte à cette fresque.

Lucie retourne la carte. Louis-Félix a une écriture serrée, aux lettres minuscules et aiguës. À l'école autrefois il avait déjà cette écriture en pattes de mouches difficilement lisible. La carte est datée de la mi-mai.

« Très chère Lucie,

« Enfin de vraies vacances. Je suis venu avec Judith prendre quelques jours de repos en Toscane. Nous demeurons à Fiesole, en retrait de Florence. Je t'écris de la terrasse de l'hôtel où nous nous délassons après la visite de Santa Maria Novella et de Santa Croce. Connais-tu cette fresque de Gaddi, *L'Annonciation aux bergers* ? La lumière surnaturelle qui s'irradie de l'ange ne te rappelle-t-elle rien ? Malgré la faiblesse de la reproduction, regarde bien ; nous avons vu tous les deux quelque chose d'un peu semblable. C'était il y a très longtemps, presque trente ans ! L'éclipse de soleil à laquelle nous avons assisté dans la cour de l'école. Depuis j'en ai vu bien d'autres, mais je garde toujours un souvenir ému de cette première vision. Sais-tu que Taddeo Gaddi était lui aussi un observateur passionné des grands phénomènes célestes, et qu'il avait d'ailleurs gravement endommagé sa vue à la suite de la contemplation d'une éclipse solaire survenue en juillet 1339 ? À trop aimer les astres et les mystères du ciel il s'est ruiné les yeux, mais il a aussi trouvé une inspiration tout à fait originale pour traiter le problème de la lumière, comme cette fresque en témoigne.

« Avec cette évocation de la grande éclipse de notre enfance, je te salue bien affectueusement en attendant de te revoir cet été. Judith se joint à moi pour t'embrasser.

« Louis-Félix »

Lucie repose la carte. Louis-Félix n'a pas changé, et certainement ne changera jamais. Il fait partie de ces rares êtres qui gardent intacte la grâce de leur enfance tout au long de leur vie, comme un grain de beauté à la pointe du cœur ; un grain de folie douce. L'éclat de la Lyre sous laquelle il est né ne s'est jamais terni pour lui, ses rêves d'enfant ont pris vie et histoire. Il est devenu ce qu'il désirait être.

Louis-Félix a la mémoire heureuse. Il ne retient du temps passé que les heures qui furent belles, jamais il ne laisse les ombres s'appesantir en lui. Il n'a pas tenu rigueur à Lucie de la méchanceté dont elle avait fait preuve à son encontre. Quand elle l'avait insulté, chassé, il s'était retiré sans mot dire, blessé mais d'emblée pardonnant le mal qu'elle lui faisait. Le mal glissait sur lui, sans pouvoir trouver prise.

Pendant des années ils s'étaient perdus de vue. Après son baccalauréat Louis-Félix était parti étudier à Paris, puis aux États-Unis où il s'était marié et définitivement installé. Lucie était loin d'avoir réussi dans sa jeunesse des études aussi brillantes que son ancien camarade. Livrée de plus en plus à elle-même après la mort de Ferdinand, elle avait été une adolescente fugueuse et rebelle à toute discipline. Dès qu'elle l'avait pu, elle avait fui la maison familiale, ce caveau dont les murs ne transpiraient que l'ennui et l'odeur rance d'un deuil perpétuel. Elle était venue à Paris, y menant une vie déréglée, plus noctambule que diurne, tâtant vaguement des Beaux-Arts, puis du théâtre, puis de la photographie. Mais elle n'avait rien mené à terme ; elle voulait tout, tout de suite. À chaque fois elle aurait voulu atteindre d'emblée la perfection, ou plus exactement trouver l'accord absolu entre ce qui criait, souffrait en elle et l'expression de cette souffrance. Elle n'avait pas eu la patience de passer par les longs méandres de l'apprentissage, de la rigueur et du travail. Des images flamboyaient en elle ; rongée par ce feu intérieur, Lucie rêvait de pouvoir donner forme à ces flammes d'un seul geste, aussi sublime que définitif. Or ces flammes s'étiolaient, s'affadissaient, perdaient tout élan et beauté sitôt qu'elles sortaient de ses rêves et affrontaient la réalité. Et le monde autour d'elle continuait à se distordre ; elle se blessait sans cesse aux autres, aux choses, aux jours, comme à des pierres ou à des torches de feu noir.

À la mort de la vieille Lucienne, ainsi qu'à celle de la tante Colombe, survenues à deux ans d'intervalle au tout début des années soixante-dix, Lucie avait hérité d'une certaine somme qu'elle s'était empressée de dépenser. Elle était partie arpenter le globe en tous sens. Elle avait réduit le monde, où elle échouait à trouver une place et un sens, à la seule dimension d'un globe. Son errance avait duré près de cinq ans. Elle avait connu des amitiés d'un jour, des amours d'une nuit. Ses passions étaient comme ses grands projets artistiques du début, sans aucun lendemain. Plusieurs fois cependant elle avait établi des relations un peu plus durables avec certains hommes. Mais chaque fois ces liaisons avaient échoué. Car en amour aussi Lucie exigeait l'absolu, sur-le-champ, tout en étant bien incapable de définir la teneur de cet absolu, et sans même prendre garde à la véritable personnalité de son amant qui ne pouvait, ou ne voulait, répondre à une attente aussi démesurée. Elle n'avait réussi qu'à introduire souffrance et violence dans chacune de ses passions aveugles. Elle avait chaque fois fait de l'amour une guerre d'où elle était toujours sortie vaincue et diminuée. Et la question qui avait éclaté en son cœur en ce lointain jour d'orage sur la lande n'avait cessé de resurgir en elle ; « m'aime-t-il ? m'a-t-il aimée, fût-ce un instant ? ». Mais l'ogre n'en finissait pas de dévorer la réponse.

Elle avait vu des choses admirables, traversé des paysages merveilleux, côtoyé parfois des êtres hors du commun. Elle avait vu bien davantage encore de choses laides et nauséeuses, croupi dans des quartiers sordides de grandes villes au charme mensonger, frayé avec des gens à l'âme informe et à l'esprit suiffeux. Son père avait passé la moitié de sa vie à capter le monde à distance ; elle, elle avait grillé les étapes, elle avait couru le monde, l'avait attrapé à mains nues. Elle n'avait rien retenu, avait brûlé ses illusions.

Quand elle était rentrée en France elle avait appris, avec sept mois de retard, le décès de son père. Sa mère n'avait pu l'avertir, ne sachant où la joindre.

Lucie se réinstalla à Paris, lassée de sa fuite éperdue à travers terres et villes étrangères. La terre était ronde, grise et rugueuse comme une scorie. La disparition de son père avait lesté Lucie d'un poids nouveau, celui de la mélancolie. Le regret de n'avoir pas revu son père la tourmentait, rouvrait de vieilles blessures. Elle pensait souvent à lui, il lui semblait qu'elle commençait à le comprendre enfin, elle mesurait la solitude et l'amertume qui avaient été le lot de cet homme tout au long de sa vie. Une vie enlisée au milieu des marais.

Avec un retard irréparable elle ressentait une profonde pitié pour ce vieil homme silencieux, demeuré si pudique et si doux dans son malheur. Et cette pitié tardive qu'elle éprouvait donna à Lucie une certaine gravité. Elle décida de se remettre à étudier tout en travaillant. Elle décrocha un diplôme de professeur d'histoire de l'art. Elle fut nommée à Douai, puis à Reims, et enfin à Meudon. Elle renoua avec la vie de province que pourtant elle détestait. Elle postula pour un poste à l'étranger ; elle voulait repartir, non plus en traîne-savate cette fois, mais munie d'un emploi. Elle avait vieilli, elle organisait sa fuite. Elle obtint un poste de lectrice à l'université de Berlin.

Deux mois avant son départ pour l'Allemagne, sa

mère tomba malade. On diagnostiqua un cancer. Lucie, qui jusqu'alors ne s'était guère senti d'obligations à l'égard de sa mère avec laquelle elle ne s'était jamais entendue, hésita toutefois à partir pour l'étranger. Elle restait ébranlée par la mort de son père survenue en son absence, elle n'osait pas prendre à nouveau le risque de s'éloigner, alors que la mort rôdait à présent autour de sa mère. Aussi lourd fût le passif qui grevait ses relations avec cette femme distante, qui lui avait toujours préféré son frère et qui n'avait pas su la défendre de l'ogre blond dans son enfance, ce poids de rancœur ne put cependant suffire à faire pencher la balance du côté de la fuite. Quelque chose retenait Lucie. Finalement elle se désista, demanda à rester en France. La compassion qu'elle avait éprouvée pour son père disparu rejaillissait sur sa mère malade.

Aloïse fut opérée. On l'amputa d'un sein. Le cancer récidiva. On pratiqua l'ablation du second sein. Cette mutilation réitérée du corps de sa mère se répercuta en Lucie ; celle-ci fut, à mesure du déclin d'Aloïse, amputée de tous ses ressentiments restés coriaces à l'égard de sa mère. La pitié creusait, creusait toujours plus profond en Lucie, ouvrait d'étranges gouffres en elle, où chaviraient ses vieilles rancœurs, ses haines devenues archaïques, ses relents de colère et ses sursauts de rage. Et le pardon, comme une eau claire, se mit à sourdre tout au fond de ces gouffres. Une eau en crue qui peu à peu touchait tous ceux qui l'avaient blessée, déçue ou trahie au cours de sa vie. Une eau lustrale. Mais Lucie ignorait encore le fin ruissellement de cette eau impalpable ; elle tâtonnait, maladroite, indécise, dans la pénombre de cette pitié qui ne savait pas se nommer.

Lucie avait demandé une nouvelle fois une mutation. Non plus au bout du monde ni dans une grande capitale d'Europe, mais dans une petite ville de France. Elle vint enseigner au Blanc, dans le lycée où son père avait autrefois professé les mathématiques. Sa mère était hospitalisée au Blanc. Chaque jour Lucie allait s'asseoir auprès d'elle, dans la petite chambre blanche, au store à rayures vert clair et parme. Aloïse ne parlait presque pas, elle s'absentait progressivement, immobile et si frêle dans son lit de dérive. Elle posait sur sa fille, parfois, un regard étonné. Un regard qui traversait Lucie, qui traversait le présent pour remonter toujours plus loin dans le passé, vers sa source. Quand la fin approcha Lucie demanda à ramener sa mère à la maison. Elle prit un congé, se mit en disponibilité.

Et Lucie se réinstalla rue de la Grange-aux-Larmes. Sa mère mourut un matin de printemps. Une lumière rose baignait la chambre. Aloïse fut enterrée au petit cimetière du bourg, dans le caveau où reposaient Ferdinand et Hyacinthe. Dans la terre où l'attendait son fils. Et Lucie resta seule.

*

Tout était consommé. Lucie avait accompli, non pas son devoir, mais une œuvre bien plus exigeante, plus mystérieuse surtout. Elle avait pardonné.

Elle aurait pu partir, fermer pour toujours la maison vide, la mettre en vente. Elle pouvait s'en aller, retrouver ailleurs un travail, retourner vers de plus vastes villes. Elle aurait dû quitter le pays des marais, la triste terre de son enfance, en finir à jamais avec cette enfance malade, l'abandonner parmi les marécages. Mais quelque chose l'avait retenue. Elle n'aurait su dire quoi. La maison était vide, certes, mais elle n'était pas muette. La maison était environnée par un confus murmure, et, si l'on écoutait bien, ce murmure se révélait un chant. C'était le chant de la terre, et celui des marais, celui du vent, et celui des forêts. Et toutes ces voix restaient familières à Lucie. Elle les avait fuies pourtant, elle leur avait longtemps préféré la rumeur syncopée des villes, mais ce murmure discret mettait son cœur davantage à l'écoute. Elle ne pouvait entendre certaines de ces voix de la terre ou des marais moduler leurs chants sans ressentir une émotion profonde. Car à travers ces chants confluaient étrangement ce qui avait cessé d'être et ce qui n'était pas encore advenu, mais qui cependant se promettait. Ainsi les mélopées des crapauds sonnailleurs. Melchior demeurait le maître de leurs chants.

Lucie est restée, sans trop savoir pourquoi, requise, à son insu, par l'écoute des voix de la terre. Par l'écoute du silence des morts, et par-delà encore, par celle d'un autre silence.

Elle a refait sienne cette maison qu'elle avait pourtant tellement haïe. Elle n'a repris qu'un poste à mi-temps au lycée du Blanc. Les arbres et les fleurs occupent ses journées, elle leur consacre presque tout son temps libre. Elle a transformé l'ancien potager en verger. Pommiers, cerisiers et pruniers se côtoient face à la large baie qu'elle a fait ouvrir dans le salon. Le salon a été agrandi ; le mur qui le séparait de la chambre de Ferdinand a été abattu. La chambre a disparu. Il n'y a plus à présent qu'une très vaste pièce où la lumière du matin pénètre en abondance, et que comblent de fleurs roses, blanches et violines les arbres fruitiers au printemps. En été, c'est un raffut d'oiseaux chapardeurs.

Lucie a entrepris des travaux dans toute la maison.

270

La seule pièce à laquelle elle n'a pas touché, c'est l'appentis où s'enfermait son père. Tout y est resté en l'état d'autrefois. La grande antenne se dresse toujours auprès du noisetier à présent rabougri. La grande antenne qui captait le monde, — désormais inutile.

D'autres antennes ont poussé dans la région. Ce sont de gigantesques pylônes rouge et blanc ; la nuit ils strient le ciel de longs faisceaux de lueurs rougeoyantes. Ces antennes envoient des messages vers un lointain plus secret encore que celui avec lequel communiquait Hyacinthe. Un lointain glacé et sourd à toute poésie. Leurs messages s'adressent à des sous-marins nucléaires rôdant sous les banquises. Voix atomique. Voix du siècle assassin.

Ces antennes ont des servants, fort insolites en ce pays marécageux, — des marins. La nuit Lucie aperçoit les feux lancés par les pylônes ; ces feux glissent au-dessus des marais, ils semblent vouloir découper le ciel en lanières. Mais ils lacèrent vraiment le ciel, la terre est coupée des étoiles dont les scintillements sont tout embués, voilés par ces lueurs obsédantes et laides.

La voix du père s'est tue. Sa douce et mélodieuse voix qui mendiait un écho à l'autre bout du monde pour pouvoir supporter la surdité des siens. La voix glacée du siècle a pris son relais.

Mais dans la mémoire de Lucie la voix du père résonne encore, discrète, fragile. Et elle trouve un écho, cette voix des lointains qui longtemps, vainement supplia. Elle trouve enfin une réponse, qui est tendresse et pitié.

De sa mère Lucie ne retient que la voix essoufflée qui fut la sienne vers la fin. Ce soupir à bout de souffle s'enlace peu à peu à la voix blanchoyante du père. Hyacinthe et Aloïse, tous deux réunis dans la mort ; père et mère, tous deux réconciliés en leur fille prodigue, en son amour tardif.

Mais de Ferdinand, rien. Lucie a banni la voix de l'ogre de sa mémoire. Elle a pardonné à son frère, après trente ans d'errance et de souffrance le mal qu'il a commis contre elle. Cela suffit. Jamais elle n'ira jusqu'à rappeler le souvenir de sa voix dans sa mémoire. Un autre souvenir le lui interdirait d'ailleurs ; celui du rire d'Anne-Lise, et celui de l'air lancinant que Pauline Limbourg jouait sur sa flûte. Lucie peut pardonner le mal qu'elle a subi, mais elle ne se reconnaît ni le droit ni le pouvoir de pardonner des crimes commis sur d'autres. Le pardon au nom des deux fillettes assassinées relève d'un mystère auquel elle n'a pas accès. Lucie a fait la paix avec les siens, avec ses morts, et avec elle-même, mais cette paix demeure toutefois ombrageuse. Cette paix n'est pas encore pleine réconciliation ; l'enfant meurtrie qu'elle fut continue à marcher dans ses pas de femme adulte, à alourdir son ombre de confuse amertume.

Il y a un vide en elle, un vide immense, depuis l'enfance. Ce vide a cessé de provoquer en elle le vertige et l'effroi, il ne l'incite plus à la colère, ne la pousse plus à s'enfuir, enfin. Ce vide est devenu neutre. Mais cela ne suffit pas pour atteindre la joie.

Or c'est bien cela qu'attend Lucie, même si elle n'en a pas une claire conscience, et c'est à cause de cela qu'elle est restée rue de la Grange-aux-Larmes, sans trop savoir se l'expliquer, — pour que la joie lui soit donnée. Pour que la joie lui soit rendue, là même où elle en fut dépossédée.

Non plus une jubilation cruelle et vengeresse comme celle qu'elle a connue le jour où l'ogre a chu, non pas une exaltation belliqueuse comme celle qu'elle avait si désespérément souhaitée en ce lointain orage après la mort de Ferdinand, et pas davantage une ivresse aussi aveugle qu'impatiente comme celle qu'elle a si long-temps et vainement quêtée au cours de ses errances et de ses amours à l'emporte-pièce. Lucie a compris qu'on n'échappe pas ainsi à son passé, ni en le défiant, ni en le reniant. Il est révolu le temps où elle hantait les cime-tières, pactisait magiquement avec les bêtes et bestioles des marais, traquait le regard de la mort au fond des miroirs, incantait la venue de guerriers d'Apocalypse en fixant les trouées du ciel. Les vents violets et sifflants du grand orage sur la lande lui avaient arraché son regard de Méduse, puis le temps, les deuils, ont adouci, un peu, ses yeux trop larges et violents d'idole en peine et en courroux, — ou bien d'orante inquiète scrutant le monde à l'abandon, en quête d'un dieu sauvage.

La joie que Lucie attend désormais est autre, elle est légère. Légère comme un fin bruissement de vent dans les feuillages du noisetier, légère et douce comme le bêlement des agneaux dans les prés, légère comme la brume s'évaporant dans la roseur de l'aube.

Une joie pure de toute colère et de toute violence, qui lui viendrait d'ailleurs, et autrement. Une paix qui descendrait soudain éclairer la pénombre où elle som-meille encore, comme l'ange de l'Annonciation aux bergers, et qui en même temps monterait de la terre, comme le chant de Melchior.

Tout était consommé, et cependant tout était loin encore d'être accompli.

Lucie attendait la joie.

*

Il y a déjà sept ans que Lucie s'est réinstallée rue de la Grange-aux-Larmes. Sept ans qu'elle mène cette vie

273

solitaire, entre les livres et les arbres, au cœur des landes et des étangs. Elle s'est remise à dessiner, et fait aussi de la sculpture sur bois. Voilà sept ans également qu'elle a retrouvé Louis-Félix et renoué avec lui une amitié nouvelle. Amitié épisodique, car Louis-Félix ne revient que deux ou trois fois par an, pour voir sa mère restée veuve. En été il séjourne plus longtemps, il vient avec sa femme Judith et leurs deux fils Mat et Andrew.

Lucie parle beaucoup avec Louis-Félix, elle s'intéresse à ses travaux, à ses recherches. Mais elle ne lui a jamais avoué les raisons du subit et odieux changement de comportement qu'elle a eu autrefois. Elle a dit simplement une fois : « J'étais très malheureuse. » D'ailleurs son ami n'a pas demandé d'explications, Louis-Félix n'en réclame qu'aux astres et aux planètes, toute sa curiosité est ancrée dans le ciel. Avec ses semblables il est très discret, pudique. Il a gardé un peu de sa gaucherie d'enfant ; il ne sautille plus, il se contente de soulever les épaules d'un air étonné à tout moment.

Lucie est déjà allée plusieurs fois rendre visite à Louis-Félix et sa famille aux États-Unis. Mais elle perd de plus en plus le goût des voyages. « Méfie-toi, lui dit Judith, tu vas devenir comme ma belle-mère. À force de ne plus jamais vouloir voyager elle a pris racine sur sa chaise. Une vraie souche ! ».

C'est vrai que Madeleine Ancelot a l'âme farouchement sédentaire. Plus elle vieillit et plus elle redoute le mouvement. Elle ne quitte presque plus sa maison de la rue des Oiseleurs. Elle invoque comme excuses ses chats, ses fleurs, son grand âge, ses rhumatismes. Mais la raison est autre. Lucie va souvent rendre visite à Madeleine Ancelot, elles sont voisines.

La vieille dame passe ses journées à sa fenêtre, côté jardin. Mais ce qui n'était au début que désœuvrement et chagrin est devenu contemplation. « Rendez-vous compte, a-t-elle confié un jour à Lucie, il m'a fallu attendre la soixantaine, il m'a fallu subir l'épreuve du veuvage, pour prendre enfin conscience de ce que c'est que le visible, et prendre du même coup conscience du peu d'attention que j'y avais jusqu'alors porté. Je m'ennuyais, je m'ennuyais tant dans ma maison déserte après la mort de Pierre ! Je passais des heures assise, sans plus avoir de goût à rien. Pour qui faire à manger, pour qui mettre de l'ordre, avec qui parler ? Alors je me suis mise à regarder, à regarder par la fenêtre, tout simplement. Et j'ai vu le ciel. Oh, pas comme mon fils le regarde, bien sûr ! Lui, c'est un regard de savant qu'il porte vers le ciel. Moi, c'est... comment dirais-je ?... c'est un regard, un regard... de veuve. Oui, c'est cela. Un regard de veuve. J'ai tant pleuré après la mort de Pierre, puis les larmes ont cessé, mais la douleur est restée la même. Je ne savais plus où poser mes yeux dans la maison, chaque meuble, le moindre objet me rappelaient Pierre, et ça me faisait mal. Mais le ciel, lui, l'espace du ciel, ça ne me faisait pas souffrir. C'était nu, sans histoire, sans rapport avec mon passé. C'était immense, c'était là, toujours là, et cependant sans cesse mouvant. C'était si familier et mystérieux à la fois, si beau. J'avais moins mal en contemplant le ciel. Surtout lorsqu'il y a des nuages.

« On dit : le ciel est bleu, le ciel est gris, il est ceci, cela. Mais on dit bien peu ainsi. Il existe des multitudes de nuances dans ces bleus et ces gris, dans ces roses et ces pourpres, dans ces jaunes et ces blancs, et dans les noirs de la nuit. Elles sont innombrables, les nuances du noir ! Je ne saurais d'ailleurs même pas trouver les mots exacts pour définir chacune de ces nuances. Je vois plus que je ne suis capable d'expliquer, de décrire. Et je n'ai même pas votre talent pour dessiner et peindre. Je me contente de regarder. Je regarde de toute la force de mon attention, jusqu'à faire coïncider le visible et mon regard... mes yeux avec le ciel, avec la lumière, les nuages... alors, alors je deviens presque nuage ! Je veux dire, je me sens comme emportée dans les remous des nuages, dissoute dans la lumière, dans le brouillard, je suis la pluie, le vent... Alors je ne souffre plus ; j'oublie ma peine, ma solitude... la pensée de Pierre me devient légère... Vous comprenez ?

« Voilà à quoi je passe mon temps, et pourquoi je le passe ainsi. Voilà pourquoi je n'éprouve aucun désir de voyager, de bouger. L'immensité est là, derrière mes vitres. Il me suffit de lever un tout petit peu la tête... quel besoin aurais-je de partir ailleurs ? Moins je bouge et plus je voyage... »

Madeleine Ancelot voyage immobile derrière sa fenêtre ; elle court non pas le monde, mais le ciel. Elle s'envole à la seule force de son regard. De son regard de veuve épuisé par les larmes, épouvanté par l'absence. De son regard de pauvre. Un pan de ciel lui suffit, un simple nuage la ravit. Elle n'attend aucun miracle, n'espère nullement être éblouie un jour par quelque nuage de feu à visage d'ange étincelant, ni même par une éclipse extraordinaire. Pour elle toute nébulosité est merveille, le plus léger vent consolation, la moindre lueur enchantement. Elle a la modestie des pauvres, la patience infinie de ceux qui n'attendent plus rien, sinon leur tour de pénétrer dans le mystère de la disparition.

Le voisinage de Madeleine Ancelot a été pour Lucie un appui dans son propre travail d'apaisement. L'humilité de cette femme dépossédée de sa joie d'épouse, l'extrême attention de son regard posé sur les mouvements et les couleurs du ciel, ont jeté un nouvel éclairage sur le passé de Lucie, sur sa mémoire.

Lucie a été dessaisie de la joie dès l'enfance, et ce vol initial a semé, plus ou moins en sourdine, la panique et la rage dans sa vie jusqu'à ces dernières années. Elle a parcouru le monde, le cœur en cavale, le regard impatient, insatiable. Elle a vu presque tous les pays, des villes par centaines, des gens par milliers. Mais a-t-elle posé une seule fois sur les lieux, sur les choses et les êtres un regard aussi parfaitement attentif que celui de Madeleine Ancelot ? Lucie en doute. Qu'a-t-elle vu au bout du compte ? Des lambeaux du visible arrachés à la hâte, des éclats de beauté dévorés sans patience et sans intelligence. Que lui reste-t-il de tout cela ? Des images kaléidoscopiques, sans lien ni construction d'ensemble. Des bris d'images, souvent coupants.

Alors Lucie a senti qu'il lui fallait réapprendre à regarder ; apprendre à voir. Pas seulement le ciel, mais les arbres, les chemins dans les champs, les ombres glissant sur les murs et les choses, et les visages enfin. Les visages surtout.

Apprendre à regarder le visible, la chair du visible, la peau du ciel et la peau de la terre, pour découvrir peu à peu que cette chair n'est pas que boue, flamme et sang, que cette peau n'est pas que transpiration de violence, tremblement de colère et de peur. Apprendre aussi à écouter, à percevoir les inflexions des voix, des silences et des souffles. Apprendre à effleurer le monde, à le toucher du bout des doigts pour en ressentir la douceur enfouie. Apprendre la patience.

Patience chaque jour, et chaque jour davantage. Patience pour délier lentement le chaos des souf-

frances enchevêtrées dans la mémoire et celui des terreurs nouées au profond des entrailles. Patience pour
exhausser, hors du cœur embourbé dans de vieilles
blessures d'amours trahis, dans des relents de haine et
de vengeance inassouvie, le frêle sourire du pardon.

Patience pour parvenir au-delà de soi-même, —
désert traversé par des amours nomades, brûlé de
mille hontes, angoisses et douleurs, parfois ébloui de
fugaces mirages qui sitôt dissipés attisent la soif et la
blessure, et sifflent de colère. Patience immense et
folle presque, pour consentir à vivre avec soi-même en
déposant les armes, pour consentir à n'être que soi-
même, — désert arasé par le vent de la grâce.

*

Lucie pose la carte de Louis-Félix sur la table, elle
relève la tête. Par la baie elle voit le verger tout en
fleurs. Le jour décline, la lumière assourdie rompt les
teintes des fleurs, les branches s'alourdissent imperceptiblement de ce léger poids d'ombre infusée dans
la chair des pétales et des feuilles. Dans l'air rafraîchi
la rumeur des oiseaux se fait plus vive et dense.

Lucie se lève et sort. Elle va arroser les fleurs dans
le jardin, puis elle fume une cigarette, assise sur les
marches du perron. Sur la route un enfant passe à
bicyclette en sifflotant l'air d'une chanson. Sur son
porte-bagages il a fixé une caissette dans laquelle se
tient, museau au vent, oreilles en pointe, un jeune
chien blanc à longs poils. Il y a moins d'enfants
qu'autrefois dans le bourg. Beaucoup de gens s'en
sont allés ; la terre est ingrate, la vie est lente, tellement lente et monotone dans ce pays marécageux.
Restent en majorité des vieux. Et surtout des
oiseaux.

Les oiseaux l'emportent de très loin sur les hommes, ici. Ils nidifient dans les roseaux, sur des radeaux d'herbes et de brindilles, sur des plantes flottantes. Les maisons des hommes se ferment une à une, leurs jardins sont en friches. Les loups qui hantaient les forêts ont emporté jusqu'à leurs ombres ; les fées, tous les esprits follets, bons et mauvais, dorment dans les landes et dans les roselières. Ce n'est plus la foudre qui chasse les fades aux cœurs trop tendres, les faisceaux aveuglants des antennes géantes les ont exilées. Mais les vieux et les vieilles qui demeurent au pays savent bien qu'un rien suffit pour réveiller ces esprits vagabonds, — et surtout qu'il ne faut jamais les appeler à la légère.

Cela, Lucie le sait aussi à présent ; elle a appris qu'il ne faut pas réveiller brutalement les souvenirs sorciers, en nier la force tapie au fond de la mémoire, et qu'en se retournant avec brusquerie, avec colère, contre l'ombre du passé attachée à ses pas, on ne réussit qu'à se heurter contre elle. Alors l'ombre se raidit, se durcit davantage, et se fait encore plus pesante et hostile. Elle a compris qu'il faut laisser les voix, les visages, les gestes et les pas des disparus revenir à leur heure, s'éloigner à leur heure. Elle a appris la patience.

Le soleil a tout à fait disparu, il ne reste plus qu'une lumière rasante, le ciel est d'un bleu sombre et froid. Le brouhaha des oiseaux décroît, on n'entend plus que quelques chants isolés, modulés en sourdine. Les fleurs se referment. Le petit chien blanc remonte la route en courant, le garçon, arc-bouté sur le guidon de son vélo, le suit. Le garçon fait tintinnabuler son timbre, le chien s'arrête, se retourne, lance un jappement, puis détale à nouveau, la queue en panache.

Lucie se relève des marches du perron et rentre dans la maison, elle revient vers le salon, ouvre la porte. Mais alors qu'elle s'apprête à ouvrir la lumière, son doigt reste en suspens au-dessus du commutateur.

Sur la table il y a la carte postale, tache blonde sur le bois sombre. Toutes les choses alentour semblent s'être retirées, s'être fondues dans l'ombre qui envahit la pièce, pour ne laisser de place qu'à cette image, la poser au cœur du visible. Lucie s'approche de la table, elle ne voit plus que cette tache blonde. Elle se penche vers l'image. Et son enfance aussi se penche.

Lucie Daubigné, bientôt quadragénaire, et la petite Lucie contemplent toutes les deux la même image, et leur double regard tout doucement s'éclaire à la lueur jaune paille qui sourd du flanc de la colline où les bergers reposent.

C'est une paix profonde qui monte de l'image, et console l'enfant demeurée si longtemps dans l'ombre de la femme. C'est une joie légère, légère et transparente qui tinte dans l'image, et délivre la femme de la petite fille jusqu'alors demeurée sa pénombre et sa chaîne. C'est une paix si tendre qui s'éploie dans le cœur de Lucie, comme un iris des marais à la saison de déhiscence. Car, cette image, cette lueur, étaient depuis longtemps en germe dans son cœur, avaient mûri dans l'ombre et le silence ; leur éclosion est tout autant étonnement qu'évidence. C'est la floraison d'une longue patience.

Une seconde enfance vient de naître en Lucie. Une enfance aux yeux non plus brûlés de larmes contenues, mais embués de douceur comme au sortir d'un songe. Une enfance aux yeux non plus démesurés d'idole terrifiante, d'orante hallucinée, mais éblouis par l'amour le plus nu.

Nouvelle enfance qui l'appelle déjà et qui, loin de la tirailler en arrière et d'entraver sa marche, la convoque au-delà de son âge.

Là-bas, là-bas, le plus merveilleux de tous les là-bas luit doucement au cœur de l'ici et de l'instant présent. Là-bas, ici, une enfance nouvellement née luit dans la paille blonde. Il faut s'en occuper. Lucie lui donne asile dans son regard.

Dans son regard couleur de nuit, toujours. Mais, désormais, nuit de Nativité.

« Lève-toi, prends avec toi l'enfant et sa mère, et mets-toi en route... »

MAT., II, 20.

Composition Traitext.
Impression Bussière Camedan Imprimeries
à Saint-Amand (Cher), le 20 mai 1996.
Dépôt légal : mai 1996.
1er dépôt légal dans la collection : août 1993.
Numéro d'imprimeur : 1/1203.
ISBN 2-07-038749-6./Imprimé en France.

72459